Ernest Hemingway

O JARDIM DO ÉDEN

CB011398

Do mesmo autor:

Adeus às armas
A quinta-coluna
As ilhas da corrente
Contos (obra completa)
Contos — *Vol. 1*
Contos — *Vol. 2*
Contos — *Vol. 3*
Do outro lado do rio, entre as árvores
Ernest Hemingway, repórter: Tempo de morrer
Ernest Hemingway, repórter: Tempo de viver
Morte ao entardecer
O jardim do Éden
O sol também se levanta
O velho e o mar
O verão perigoso
Paris é uma festa
Por quem os sinos dobram
Ter e não ter
Verdade ao amanhecer

O JARDIM DO ÉDEN

1ª edição

Tradução
Roberto Muggiati

Rio de Janeiro | 2022

Copyright © 1970 by Ernest Hemingway/Mary Hemingway
Copyright © 1999 renovado by Hemingway Foreign Rights Trust

Título original: *The Garden of Eden*

Capa: Angelo Allevato Bottino
Imagem de capa: Pulse Getty

Editoração eletrônica: Imagem Virtual Editoração Ltda.
Preparação de texto: Veio Libri

Texto segundo o novo
Acordo Ortográfico da Língua Portuguesa

2022
Impresso no Brasil
Printed in Brazil

CIP-BRASIL. CATALOGAÇÃO NA FONTE
SINDICATO NACIONAL DOS EDITORES DE LIVROS, RJ

H429i   Hemingway, Ernest, 1899-1961
       O Jardim do Éden / Ernest Hemingway; tradução Roberto
       Muggiati. – 1ª ed. – Rio de Janeiro: Bertrand Brasil, 2022.
       322p.; 23cm.

       Tradução de: The Garden of Eden
       ISBN 978-85-286-1919-5

       1. Ficção americana. I. Muggiati, Roberto, 1929. II. Título.

                    CDD: 813
14-09798   CDU: 821.111(73)-3

Todos os direitos reservados. Não é permitida a reprodução total ou parcial desta obra, por quaisquer meios, sem a prévia autorização por escrito da Editora.

Direitos exclusivos de publicação em língua portuguesa somente para o Brasil adquiridos pela:
EDITORA BERTRAND BRASIL LTDA.
Rua Argentina, 171 – 3º andar – São Cristóvão
20921-380 – Rio de Janeiro – RJ
Tel.: (21) 2585-2000

Atendimento e venda direta ao leitor:
sac@record.com.br

Nota do editor

Como ocorreu também com a anterior obra póstuma de Hemingway, *As ilhas da corrente*, este romance não estava em sua forma acabada por ocasião da morte do autor. Ao prepararmos o livro para publicação, fizemos alguns cortes no manuscrito e certas correções rotineiras de edição. Além de um número muito reduzido de pequenas interpolações em função de maior clareza e consistência, nada foi acrescentado. Em cada propósito significativo, o trabalho pertence todo ao autor.

Prefácio

Por *Charles Scribner, Jr.*

Até o momento de sua morte, em 1961, Ernest Hemingway vinha trabalhando em uma série de projetos de texto, todos suficientemente próximos da conclusão para serem editados e publicados postumamente. Lembro-me de quando sua viúva, Mary, chegou ao meu escritório com uma grande bolsa de mercado quase estourando, cheia de fotocópias de material não publicado deixado por seu marido. Esse deve ter sido um dos acervos mais ricos de material literário a ser entregue de maneira tão informal. Além de uma série de esboços, fragmentos e algumas histórias completas, a bolsa continha o texto datilografado de três trabalhos maiores: um romance passado em Bimini e Cuba, publicado posteriormente com o título *As ilhas da corrente*, a transcrição original do diário de Hemingway sobre as touradas, *O verão perigoso*, e um grande trabalho de ficção ao qual Hemingway dera o título de *O jardim do Éden*.

Esse último trabalho continha tanta riqueza notável que, apesar de Hemingway jamais tê-lo concluído, ficamos convencidos de que deveria ser publicado. Somente a segunda parte estava incompleta, e a primeira metade, sendo apenas modestamente podada, oferecia uma narrativa completamente harmônica e coerente.

Quando o romance foi publicado, nossa decisão de lançar o livro como fizemos foi reforçada pelo sucesso em todo o mundo e pelas inúmeras reações positivas de críticos proeminentes.

Para muitos leitores familiarizados com as outras obras de Hemingway, *O jardim do Éden* pode parecer um desvio de seus temas habituais ao apresentar um estudo intensivo sobre o estado mental de uma mulher inteligente, tomada por uma inveja incontrolável do sucesso do marido como escritor e pelo desejo de mudar de gênero.

Mas a concepção de Hemingway como escritor primariamente absorvido pela ação externa não leva em consideração seu profundo interesse pelos personagens. Na superfície, muitas de suas histórias parecem lidar com acontecimentos físicos emocionantes, mas, assim como Conrad, seu interesse primário sempre foi no efeito que tais acontecimentos provocam na mente dos indivíduos envolvidos pela ação. Como escritor, ele era um exímio estudioso do comportamento humano. Mary Hemingway me disse certa vez que ele tinha a incrível capacidade de entrar num ambiente cheio de pessoas e quase imediatamente descobrir o tipo de relacionamento entre elas.

Em quase todas as suas histórias, desde as mais antigas, que falavam de sua infância, até as suas grandes obras de ficção, é sempre possível encontrar a interação das personagens sob a superfície da ação. Seus breves estudos de personalidade em *Paris é uma festa* são exemplos adicionais dessa preocupação.

Lembro a sua irritação quando certa vez sugeri que seria útil aos professores se publicássemos uma edição de *O velho e o mar* com a versão original que aparecera na forma de conto na revista *Esquire*, muitos anos antes. Por algum tempo tentei entender sua reação, até finalmente perceber que, para Hemingway, cada história tinha um lado interno e outro externo. O lado exterior poderia ser a base para uma boa narrativa, como no conto publicado em *Esquire*, mas somente seu interior, revelado pelos pensamentos do velho na versão final da novela, poderia servir como base para uma obra literária.

Em *O jardim do Éden*, o leitor mais atento encontrará esses deleites e revelações.

Livro Um

Capítulo Um

Eles moravam em Le Grau du Roi na época e o hotel ficava em um canal que corria da cidade murada de Aigues Mortes direto para o mar. Podiam ver as torres de Aigues Mortes através da várzea da Camarga e iam lá de bicicleta a qualquer hora quase todo dia, ao longo da estrada branca que margeava o canal. Nos fins de tarde e nas manhãs de maré alta, os robalos entravam no canal e eles viam os salmonetes agitados saltitando para escapar dos robalos e também viam a água engrossar quando os robalos atacavam.

Um molhe adentrava o mar azul e aprazível e, do molhe, eles pescavam e nadavam na praia, e todo dia ajudavam os pescadores a arrastar a longa rede que trazia os peixes até a praia extensa e inclinada. Tomavam aperitivos no café da esquina, de frente para o mar, e observavam as velas dos barcos de pesca de cavala no Golfo de Lyon. Era final de primavera e as cavalas estavam prestes a desovar e os pescadores do porto tinham bastante trabalho. Era uma cidade jovial e amistosa, e o jovem casal gostava do hotel, que tinha quatro quartos no andar de cima e um restaurante e duas mesas de bilhar no de baixo, que davam para o canal e o farol. O quarto em que moravam se parecia com a tela do quarto de Van Gogh em Arles, exceto pela cama de casal e pelas duas grandes janelas, através das quais era possível admirar, do lado de lá do brejo e da vegetação costeira, a cidade branca e a praia resplandecente de Palavas.

Estavam sempre famintos, embora se alimentassem muito bem. Chegavam com fome ao café da manhã que tomavam no café da esquina, pedindo brioches, café com leite e ovos, e o tipo de geleia que escolhiam e a maneira como mandavam preparar os ovos eram um divertimento. Sentiam sempre tanta fome no café da manhã que a garota normalmente tinha dor de cabeça até a chegada do café. Mas ele fazia passar a dor de cabeça. Ela o bebia sem açúcar, e o rapaz estava aprendendo a se lembrar sempre disso.

Naquela manhã, havia brioches, geleia de framboesa e ovos cozidos com um naco de manteiga derretida por cima enquanto os mexiam e colocavam um pouco de sal e moíam pimenta sobre eles dentro das taças. Eram ovos grandes e frescos, e os da garota não haviam sido cozidos por tanto tempo quanto os do rapaz. Daquilo ele se recordava com facilidade e estava satisfeito com o seu, que comeu com a colher, só com a manteiga a umedecê-los e a textura fresca do início da manhã, além da pungência dos grãos de pimenta grossamente moídos, do café quente e da xícara de café com leite que exalava fragrância de chicória.

Os barcos pesqueiros já estavam longe. Haviam partido em meio à escuridão ao primeiro sopro da brisa, e o rapaz e a garota acordaram e os ouviram e então se enroscaram sob os lençóis da cama e voltaram a dormir. Fizeram amor quando estavam meio acordados com a luz forte lá fora e o quarto ainda escurecido,

O JARDIM DO ÉDEN ～ 15

e depois repousaram juntos, felizes e cansados, e então fizeram amor outra vez. Depois sentiram tanta fome que pensaram que não chegariam vivos ao café e agora estavam no restaurante, comendo e observando o mar e os veleiros, e era um novo dia mais uma vez.

— No que você está pensando? — perguntou a garota.

— Em nada.

— Tem que estar pensando em algo.

— Estava apenas sentindo.

— Como?

— Feliz.

— Mas eu sinto tanta fome — disse ela. — Acha que é normal? Você sempre tem fome assim depois de fazer amor?

— Quando se ama alguém.

— Oh, você sabe muito bem disso — disse ela.

— Não.

— Não me importa. Adoro isso e não temos nada com que nos preocupar, temos?

— Nada.

— O que acha que deveríamos fazer?

— Não sei — respondeu. — O que você acha?

— Não dou a mínima. Se quiser pescar, posso escrever uma carta ou outra e depois podemos nadar antes do almoço.

— Para ficarmos com fome?

— Nem me fale. Já estou com fome e nem terminei o café da manhã.

— Podemos pensar no almoço.

— E depois do almoço?

— Vamos tirar uma soneca como bons meninos.

— Está aí uma ideia absolutamente nova — disse ela. — Por que nunca pensamos nisso antes?

— Eu tenho esses lampejos de intuição — disse ele. — Sou do tipo que cria.

— E eu sou do tipo que destrói — disse ela. — E vou destruir você. Colocarão uma placa na parede do prédio, do lado de fora do quarto. Vou acordar à noite e fazer com você algo que jamais ouviu falar ou imaginou. É o que eu ia fazer na noite passada, mas estava com muito sono.

— Você tem sono demais para ser perigosa.

— Não se deixe levar por qualquer sensação de falsa segurança. Oh, querido, vamos fazer o tempo passar rápido para que chegue logo a hora do almoço.

Ficaram ali sentados, com suas camisas listradas de pescador e os shorts que haviam comprado na loja de artigos náuticos, e estavam bem bronzeados, com os cabelos estriados e desbotados de sol e de mar. A maioria das pessoas achava que eram irmãos, até que dissessem que eram casados. Alguns não acreditavam que eram casados e aquilo deixava a garota bastante contente.

Em todos aqueles anos, pouquíssimas pessoas vinham ao Mediterrâneo durante o verão e ninguém vinha a Le Grau du Roi, exceto algumas pessoas de Nîmes. Não havia cassinos ou qualquer entretenimento e, a não ser nos meses mais quentes, quando as pessoas vinham nadar, ninguém se hospedava no hotel. Ninguém usava camisas de pescador naquela época, e essa garota com quem se casara foi a primeira que ele vira usando uma delas. Ela comprara as camisas para eles e as lavara na pia no quarto do hotel, para tirar sua rigidez. Eram rijas e feitas para durar, mas as lavagens as amoleceram e agora estavam usadas e tão macias que, ao olhar para a garota, seus seios despontavam graciosamente sob o tecido desgastado. Além disso, ninguém usava shorts nas cercanias do vilarejo e a garota não podia vesti-los quando andavam de bicicleta. Mas no vilarejo não havia problema, pois as pessoas eram muito amigáveis e só o padre local as desaprovava. Mas a garota ia à missa aos domingos vestindo saia e suéter de caxemira de manga comprida, com os cabelos cobertos por uma echarpe, enquanto o rapaz ficava de pé nos fundos da igreja com os homens. Ofertavam vinte francos, que valiam então mais do que um dólar, e, como o próprio padre fazia a coleta, sua atitude em relação à igreja era conhecida, e o uso de shorts no vilarejo era visto mais como uma excentricidade de estrangeiros do que como uma investida contra a moralidade dos portos da Camarga. O padre não falava com eles quando usavam shorts, mas também não os repreendia, e, quando vestiam calças à noite, os três se cumprimentavam.

— Vou subir e escrever as cartas — disse a garota e se levantou e sorriu para o garçom e saiu do café.

— *Monsieur* vai pescar? — perguntou o garçom quando o rapaz, que se chamava David Bourne, o chamou e pagou.

— Acho que sim. Como está a maré?

— Muito boa — disse o garçom. — Tenho iscas, se o senhor quiser.

— Posso comprar no caminho.

— Não. Leve estas. São minhocas da areia e tenho bastante.

— Pode vir comigo?

— Estou de serviço agora. Mas talvez possa escapar e ver como está se saindo. Trouxe seu equipamento?

— Está no hotel.

— Passe aqui para pegar as minhocas.

No hotel, o rapaz queria subir para o quarto e ver a garota, mas, em vez disso, encontrou a vara de bambu longa e articulada e o cesto com seu equipamento de pesca atrás do balcão, onde ficavam penduradas as chaves, e voltou à claridade da rua e desceu até o café e chegou ao molhe ofuscante. O sol estava quente, mas havia uma brisa fresca, e a maré começava a baixar. Desejou que tivesse trazido sua vara com molinete e iscas-colher que pudesse lançar além do fluxo de água vindo do canal sobre as rochas e mais longe, mas, em vez disso, empinou a vara comprida com sua boia de rolha e cálamo e deixou uma minhoca flutuar suavemente em uma profundidade em que julgou que os peixes estivessem se alimentando.

Pescou por algum tempo sem sorte e ficou observando os barcos pesqueiros singrando o mar azul de um lado para o outro e as sombras que as nuvens altas formavam na água. Então, sua boia submergiu em uma descida abrupta com a linha esticada e ele ergueu a vara contra o puxão de um peixe que era forte e se agitava com vigor, fazendo a linha sibilar na água. Tentou segurá-lo com o máximo de leveza, e a longa vara envergou até o ponto de ruptura da linha e do tirante pelo peixe, que insistia na tentativa de voltar para o mar aberto. O rapaz caminhou com ele sobre o molhe para aplacar a tensão, mas o peixe continuava a puxar com tamanha força que, enquanto se movia, um quarto da vara foi parar debaixo d'água.

O garçom chegou do café muito excitado. Falava ao lado do rapaz, dizendo:

— Segure. Segure. Segure-o com o máximo de cuidado. Terá de cansar. Não o deixe escapulir. Devagar com ele. Devagar. Devagar.

O rapaz não tinha jeito de tratá-lo com mais cuidado, a não ser que entrasse na água com o peixe, o que não fazia sentido, pois o canal era profundo. Se ao menos pudesse caminhar pela margem com ele, pensou. Mas tinham chegado bem ao final do molhe. Mais da metade da vara estava submersa agora.

— Basta segurá-lo com cuidado — insistiu o garçom. — A linha é resistente.

O peixe descia ao fundo, puxava, ziguezagueava, e a longa vara de bambu envergava com seu peso e sua força ligeira e intensa. Então surgiu se debatendo na superfície e, depois, mergulhou outra vez, e o rapaz pensou que, embora o peixe parecesse resistir com a mesma força de antes, a violência dramática se atenuara e agora era possível conduzi-lo para o outro lado do final do molhe e depois canal acima.

— Com calma — disse o garçom. — Calma, agora. Tenha calma por todos nós.

Duas vezes mais, o peixe forçou sua fuga rumo ao mar aberto e duas vezes o rapaz o trouxe de volta e agora o conduzia com cuidado ao longo do molhe rumo ao café.

— Como está ele? — perguntou o garçom.

— Bem, mas acabamos com ele.

— Não diga isso — falou o garçom. — Não diga isso. Temos de fazer com que se canse. Vamos, deixe-o cansado.

— Ele deixou meu braço cansado — disse o rapaz.

— Quer que eu pegue? — perguntou o garçom, esperançoso.

— Por Deus, não.

— É só ter calma, calma, calma. Devagar, devagar, devagar, — disse o garçom.

O rapaz passou com o peixe diante da varanda do café e o conduziu canal adentro. Ele nadava logo abaixo da superfície, mas ainda tinha forças, e o rapaz se perguntou se terminariam do outro lado do canal, atravessando a cidade. Agora havia mais pessoas, e, ao passarem pelo hotel, a garota os viu pela janela e gritou:

— Mas que peixe maravilhoso! Me esperem! Me esperem!

Ela viu claramente o peixe lá do alto, seu comprimento e seu brilho na água, e o marido com a vara de bambu quase dobrada e a procissão de pessoas que o seguia. Quando chegou à margem do canal e, correndo, alcançou o grupo, a procissão tinha parado. O garçom estava dentro d'água na beira do canal, e seu marido escorava o peixe lentamente rumo à margem, onde uma moita de ervas crescia. O peixe agora estava na superfície e o garçom se curvou e juntou as mãos e, então, ergueu o peixe com os polegares enfiados nas guelras e subiu à margem do canal com ele. Era um peixe pesado, e o garçom o apertava contra o peito com a cabeça sob seu queixo e a cauda se debatendo contra suas coxas.

Vários homens davam tapinhas nas costas do rapaz, e uma mulher do mercado de peixes o beijou. Então, a garota o abraçou e beijou, e ele disse:

— Você o viu?

Todos foram ver o peixe estendido à beira da estrada, prateado como um salmão e uma coloração bronze de canhão brilhando no dorso. Era um peixe de belas formas e grandes olhos vívidos, com a respiração lenta e entrecortada.

— Que peixe é esse?

— Um *loup* — disse ele. — Um robalo. Também o chamam de *bar*. São peixes maravilhosos. Este é o maior que já vi.

O garçom, que se chamava André, aproximou-se e abraçou e beijou David e depois beijou a garota.

— Madame, é preciso — disse ele. — Realmente é preciso. Ninguém jamais pescou peixe como este com tal equipamento.

— É bom ver o seu peso — disse David.

Estavam no café agora. O rapaz guardou o equipamento depois da pesagem, lavou-se e o peixe ficou sobre um bloco de gelo que viera no *camion* de Nîmes para congelar as cavalas pescadas. O peixe pesava pouco mais de sete quilos. Sobre o gelo, ainda era prateado e belo, mas a coloração em seu dorso mudara para cinza. Só seus olhos ainda pareciam vivos. Os barcos pesqueiros retornavam agora e as mulheres descarregavam das embarcações as cavalas coloridas de um azul-verde-prateado brilhante para dentro dos cestos e carregavam os cestos pesados sobre suas cabeças até a peixaria. Foi uma grande captura e a cidade estava agitada e feliz.

— O que faremos com o peixão? — perguntou a garota.

— Vão levar embora e vender — disse o rapaz. — É grande demais para ser preparado aqui e acham que seria maldade cortar. Talvez vá para Paris, acabar num grande restaurante. Ou será comprado por alguém muito rico.

— Era tão lindo quando estava na água — disse ela. — E quando André o ergueu. Não pude acreditar quando o vi da janela e você com sua turba vindo atrás.

— Vamos comer um menor. São deliciosos. Um peixe desses, menor, deve ser grelhado com manteiga e ervas. São como nossos robalos listrados.

— Fiquei empolgada com o peixe — disse ela. — Não é um jeito simples e maravilhoso de se divertir?

Estavam com fome para o almoço, e a garrafa de vinho branco estava gelada e beberam enquanto comiam o *rémoulade* de aipo, os pequenos rabanetes e os cogumelos em conserva caseira do grande pote de vidro. O robalo foi grelhado, e a pele prateada exibia as marcas da grelha e a manteiga derretia no prato quente. Havia fatias de limão para serem espremidas sobre o robalo e pão fresco da padaria, e o vinho refrescava suas línguas do calor das batatas fritas. Era um vinho leve, seco, jovial e desconhecido, e o restaurante se orgulhava dele.

— Não conversamos muito nas refeições — disse a garota. — Eu aborreço você, querido?

O rapaz riu.

— Não ria de mim, David.

— Não estava rindo. Não. Você não me aborrece. Ficaria feliz só de olhar para você ainda que não dissesse uma só palavra.

Serviu a ela mais um pouquinho de vinho e preencheu sua taça também.

— Eu tenho uma grande surpresa. Não contei ainda, contei? — disse a garota.

— Que tipo de surpresa?

— Oh, é algo muito simples, mas também muito complicado.

— Conte.

— Não. Você pode gostar ou talvez deteste.

— Parece muito perigoso.

— É perigoso — disse ela. — Mas não me pergunte. Vou subir ao quarto se me dá licença.

O rapaz pagou o almoço e tomou o vinho que restara na garrafa. Em seguida, subiu. As roupas da garota estavam dobradas sobre uma das cadeiras de Van Gogh, e ela o esperava na cama coberta pelo lençol. Seus cabelos estavam esparramados sobre o travesseiro e seus olhos sorriam. Ele levantou o lençol e ela disse:

— Olá, querido. Almoçou bem?

Depois, deitaram-se juntos com o braço dele sobre a cabeça da garota e sentiram-se felizes e preguiçosos e ele a sentiu virar a cabeça de um lado para o outro e roçá-la contra seu rosto. Era sedosa e quase não fora castigada pelos efeitos do sol e do mar. Então, com os cabelos a lhe cobrirem o rosto de modo a tocar o rapaz enquanto movia a cabeça, começou a brincar com ele de modo suave e exploratório e depois com deleite e disse:

— Você me ama, não ama?

Ele acenou que sim e beijou o alto da cabeça da garota. Depois se virou, segurou sua cabeça e beijou seus lábios.

— Oh — disse ela. — Oh.

Muito tempo depois estavam deitados abraçados e ela disse:

— E você me ama do jeito que sou? Tem certeza?

— Sim — disse ele. — Certamente.

— Porque estou prestes mudar.

— Não — disse ele. — Não. Nada de mudança.

— Sim — disse ela. — É por você. Por mim, também. Não vou fingir que não é. Mas isso vai causar uma reação em você. Tenho certeza, embora não devesse dizer isso.

— Gosto de surpresas, mas também gosto das coisas como estão neste exato momento.

— Então talvez seja melhor eu não fazer isso — disse ela. — Fico triste. Seria uma surpresa maravilhosa e perigosa. Pensei nela muitos dias e só tomei a decisão hoje de manhã.

— Se é algo que realmente quer.

— Sim — disse ela. — E vou fazer. Você gostou de tudo que fizemos até agora, não foi?

— Sim.

— Ótimo.

Ela deslizou da cama e se levantou com suas longas pernas morenas e seu belíssimo corpo bronzeado por inteiro na praia remota onde haviam nadado sem roupa de banho. Jogou os ombros para trás e o queixo para cima e balançou a cabeça, fazendo os densos cabelos castanho-claros fustigarem suas bochechas, e depois se inclinou para a frente, fazendo com que caíssem e cobrissem seu rosto. Enfiou a camisa listrada por cima da cabeça e jogou o cabelo para trás e sentou na cadeira diante do espelho da cômoda e o penteou para trás, olhando para ele de maneira crítica. O cabelo caiu sobre seus ombros. Balançou a cabeça diante do espelho. Depois vestiu as calças, o cinto e colocou suas alpargatas azul-pálidas.

— Preciso ir a Aigues Mortes — disse.

— Ótimo — disse ele. — Também vou.

— Não. Tenho de ir sozinha. É a tal da surpresa.

Deu-lhe um beijo de despedida, desceu e ele a viu montar na bicicleta e pegar a estrada, pedalando tranquila e sossegada com os cabelos soprando ao vento.

O sol da tarde agora batia na janela e o quarto estava quente demais. O rapaz se lavou, vestiu as roupas e desceu para caminhar na praia. Sabia que deveria nadar, mas estava cansado e, depois de caminhar pela praia e por uma trilha entre a vegetação praiana que o afastava do mar por um caminho, ele voltou a costear a praia rumo ao porto e entrou no café. No café, encontrou o jornal e pediu um *fine à l'eau* porque se sentia vazio e oco depois de fazer amor.

Estavam casados havia três semanas e chegaram no trem de Paris para Avignon com suas bicicletas, uma mala com as roupas sociais, uma mochila e uma sacola de ombro. Ficaram hospedados em um bom hotel em Avignon e lá deixaram a mala e pensaram em pedalar até o Pont du Gard. Mas soprava o mistral. Então desceram com o mistral até Nîmes e ficaram ali no Imperator e depois desceram até Aigues Mortes ainda com o forte vento às suas costas e depois chegaram a Le Grau du Roi. Estavam ali desde então.

Era maravilhoso e estavam realmente felizes, e ele não sabia que era possível amar tanto uma pessoa a ponto de não se importar com coisa alguma e tudo o mais parecer inexistente. Tinha muitos problemas quando casou, mas não pensara em nenhum deles aqui nem em escrever, nem em qualquer outra coisa senão estar ao lado dessa garota que amava e com quem estava casado e não sentia a clareza súbita e fatal que sempre o acometia depois da relação. Aquilo ficara para trás. Agora, depois que faziam amor, eles comiam e bebiam e faziam amor outra vez. Era um mundo bastante simples, e ele jamais fora verdadeiramente feliz em qualquer outro. Achava que deveria ser igual para ela e certamente ela agia assim, mas hoje surgira essa história da mudança e da surpresa. Talvez fosse uma mudança jovial e uma surpresa boa. O conhaque e a água enquanto bebia e lia o jornal local o faziam antegozar o que quer que fosse.

Era a primeira vez desde que saíram para a viagem de casamento que bebia uma dose de conhaque ou uísque quando não estavam juntos. Mas não estava trabalhando e sua única regra quanto à bebida era jamais beber antes ou durante o trabalho. Seria bom trabalhar de novo, mas aquilo logo aconteceria, como bem sabia, e precisava se lembrar de ser altruísta e deixar o mais claro possível que a solidão forçada era algo deplorável de que não se orgulhava. Tinha certeza de que ela aceitaria bem aquilo e de que dispunha de seus próprios recursos, mas ele detestava pensar naquilo, o trabalho, do jeito que as coisas estavam agora. Não poderia começar nunca sem clareza e ele se perguntou se ela sabia daquilo e se fora a razão que a levou além do que eles tinham em busca de algo novo que nada pudesse estragar. Mas o que seria? Eles não podiam ficar mais ligados do que já estavam, livres de qualquer arrependimento. Havia apenas felicidade e o amor de um pelo outro e depois a fome e a saciedade e o reinício de tudo.

Percebeu que terminara de beber o *fine à l'eau* e que a tarde já ia caindo. Pediu outro drinque e se concentrou no jornal. Mas o jornal não despertou seu interesse como deveria e ele olhava para o mar densamente iluminado pelo sol do fim da tarde quando a ouviu chegar ao café e dizer, com sua voz gutural:

— Olá, querido.

Ela se aproximou rapidamente da mesa, sentou-se, levantou o queixo e olhou para ele com olhos que sorriam e o rosto dourado com pequenas sardas. Seu cabelo estava curto como o de um menino. Fora cortado sem qualquer concessão. Fora penteado para trás, denso como de hábito, mas estava bem curto nas laterais e mostrava as orelhas, e o corte dos cabelos seguia de perto o formato da cabeça e estavam sedosos e puxados para trás. Ela virou a cabeça, ergueu os seios e disse:

— Beije-me, por favor.

Ele a beijou e olhou para seu rosto e para seu cabelo e a beijou outra vez.

— Você gostou? Sinta como está sedoso. Pegue só aqui atrás, — disse ela.

Ele tocou a parte de trás.

— Sinta no meu rosto e sinta diante da orelha. Passe os dedos pelas laterais.

— Viu só? — disse ela. — Esta é a surpresa. Sou uma garota. Mas agora sou também um menino e posso fazer tudo, tudo e tudo.

— Sente-se aqui ao meu lado — disse ele. — O que você quer beber, mano?

— Ah, obrigada — disse ela. — O mesmo que você. Entende por que é perigoso, não?

— Sim. Entendo.

— Mas não fiz a coisa certa?

— Talvez.

— Não talvez. Não. Pensei sobre isso. Pensei bastante. Por que temos de seguir as regras de todo mundo? Nós somos nós.

— Estávamos nos divertindo e eu não sentia que estava seguindo qualquer regra.

— Por favor, passe sua mão de novo.

Ele passou e a beijou.

— Ah, você é tão carinhoso! — disse ela. — E gostou do resultado. Posso sentir e estou certa disso. Não precisa amar. Basta gostar de início.

— Eu gosto — disse ele. — E sua cabeça tem um formato tão lindo que ficou muito bonito com os ossos adoráveis em seu rosto.

— Não gostou das laterais? — perguntou. — Não é forçado ou falso. É um verdadeiro corte de menino, e não de qualquer salão de beleza.

— Quem foi que cortou?

— O cabeleireiro de Aigues Mortes. Aquele que cortou seu cabelo uma semana atrás. Você disse como queria e eu pedi que fizesse do mesmo jeito. Ele foi muito simpático e não ficou nem um pouco surpreso. Nem preocupado. Perguntou se eu queria exatamente igual ao seu. Eu disse exatamente igual. Isso não mexe com você, David?

— Sim — disse ele.

— Pessoas burras vão achar estranho. Mas temos de sentir orgulho. Adoro sentir orgulho.

— Eu também — disse ele. — A partir de agora vamos sentir orgulho.

Ficaram sentados no café e olharam o reflexo do sol poente sobre a água e olharam o crepúsculo chegar à cidade e beberam o *fine à l'eau*. As pessoas vinham ao café discretamente para ver a garota, porque eram os únicos forasteiros no vilarejo e estavam ali havia quase três semanas e ela era de uma beleza incrível e gostavam dela. Havia também a história do enorme peixe e era normal que se falasse muito sobre o assunto, mas esse outro evento também era algo e tanto no vilarejo. Nenhuma garota de boa família havia antes cortado o cabelo curto daquele jeito naquela parte do país e, mesmo em Paris, era raro e estranho e poderia ser bonito ou bastante ruim. Poderia significar muito ou apenas a exibição de uma cabeça com um belo formato que antes não podia ser tão bem apreciada.

Comeram carne no jantar, malpassada, com purê de batatas, feijão-branco e uma salada, e a garota perguntou se poderiam beber um Tavel. — É um ótimo vinho para pessoas apaixonadas — disse.

Ela sempre aparentava, pensou ele, exatamente sua idade, que agora era 21 anos. Sentia muito orgulho dela por isso. Mas, naquela noite, não aparentava o mesmo. Os contornos das maçãs do rosto sobressaíam como nunca e ela sorriu e seu rosto era de cortar o coração.

Estava escuro no quarto, com apenas um pouco de luz que vinha de fora. Havia refrescado com a brisa, e a coberta não estava mais sobre a cama.

— Dave, você não liga se a gente se depravou, liga?

— Não, garota — disse ele.

— Não me chame de garota.

— Onde a estou abraçando, você é garota — disse. Abraçou-a com força na altura dos seios e abriu e fechou os dedos, sentindo o corpo dela e o frescor rijo e ereto entre seus dedos.

— Isso é apenas meu dote — disse ela. — O novo é minha surpresa. Sinta. Não largue. Vão estar sempre no mesmo lugar. Sinta minhas bochechas e minha nuca. Oh, que sensação maravilhosa, boa, pura, nova! Por favor, me ame, David, do jeito que sou. Por favor, me entenda e me ame.

Ele fechou os olhos e podia sentir o peso leve da menina e seus seios apertados contra ele e os lábios dela nos dele. Ficou ali deitado e sentiu algo e, então, a mão dela o agarrou e o apalpou mais para baixo; ele a ajudou com suas mãos e depois se deitou no escuro e não pensou em coisa alguma e apenas sentia o peso e a estranheza dentro de si e ela disse: — Agora não consegue dizer quem é quem, consegue?

— Não.

— Você está mudando — disse ela. — Sim, está. Está mudando. Sim, está e você é minha garota Catherine. Por que não muda e passa a ser minha garota e se deixa levar por mim?

— Você é Catherine.

— Não. Sou Peter. Você é minha maravilhosa Catherine. É minha linda e adorável Catherine. Foi tão gentil em mudar. Obrigado, Catherine, muito obrigado. Por favor, entenda. Por favor, pense e entenda. Vou fazer amor com você para sempre.

No final, ambos estavam mortos e vazios, mas não estava terminado. Deitaram-se lado a lado no escuro com as pernas se tocando e a cabeça dela sobre o braço dele. A lua surgiu e havia um pouco mais de luz no quarto. Ela desceu a mão de maneira exploratória pela barriga dele sem olhar e disse: — Não acha que sou imoral?

— Claro que não. Mas por quanto tempo pensou nisso?

— Não o tempo todo. Mas bastante. Você foi incrível por deixar isso acontecer.

O rapaz passou os braços ao redor da garota e a apertou com força e sentiu seus seios adoráveis contra o peito e beijou sua boca preciosa. Abraçou-a com força e firmeza e, dentro de si, disse adeus e em seguida adeus e adeus.

— Vamos ficar deitados bem quietos e nos abraçar e não pensar em coisa alguma — disse ele, e seu coração disse adeus a Catherine, adeus minha garota adorada, adeus e boa sorte e adeus.

Capítulo Dois

Ele se levantou e olhou para a praia lá embaixo, arrolhou a garrafa de azeite, botou-a em um bolso lateral da mochila e caminhou para o mar, sentindo a areia que esfriava sob seus pés. Ficou olhando para a garota deitada de barriga para cima na praia em declive, de olhos fechados, braços bem rentes ao corpo e, atrás dela, um quadrado de lona inclinado e os primeiros tufos de grama praiana. Ela não devia ficar muito tempo naquela posição com o sol a pino batendo com toda a força, pensou. Depois se afastou, mergulhou na água fria e transparente, virou-se de costas e nadou mar adentro, olhando a praia além do movimento constante de suas pernas e seus pés. Virou-se outra vez e mergulhou até o fundo, tocou a areia grossa e sentiu suas ondulações, voltou à superfície e nadou com firmeza, vendo até onde podia ralentar o ritmo de suas braçadas. Caminhou até a garota e viu que dormia. Pegou o relógio de pulso na mochila para verificar quando deveria acordá-la. Havia uma garrafa de vinho branco gelado enrolada em jornal e com toalhas ao redor. Ele a abriu sem remover o jornal ou as toalhas e tomou um gole gelado daquele embrulho desajeitado. Depois sentou-se para olhar a garota e observar o mar.

O mar sempre era mais frio do que aparentava, pensou. Só esquentava de fato até o meio do verão, excetuando as praias de água rasa. Essa praia afundava subitamente e a água ficava gelada até que o nado o aquecesse. Olhou para o mar e as nuvens lá no alto, e percebeu como estava longe a frota pesqueira a oeste. Depois olhou para a garota dormindo na areia, que agora estava bem seca e começava a soprar delicadamente ao vento, que se tornava mais forte quando seus pés a agitavam.

Durante a noite sentira que as mãos dela o tocavam. E, quando acordou, ainda se via a luz da lua, e ela fizera outra vez a magia negra da mudança e ele não dissera não quando ela conversou com ele e fez as perguntas e ele sentiu tão forte a mudança que doía em todo o seu ser e, quando tudo terminou, depois que ambos estavam exaustos, ela estava trêmula e sussurrou para ele:

— Agora, sim, fizemos. Agora fizemos pra valer.

Sim, pensou. Agora fizemos pra valer. E, quando ela foi dormir subitamente como uma garotinha cansada e se deitou adoravelmente ao seu lado sob a luz da lua, que exibia os novos e belos contornos de sua cabeça, ele se inclinou e disse a ela, mas não em voz alta:

— Estou com você. Não importa o que mais tiver em mente, estou com você e te amo.

De manhã ele sentiu uma fome enorme antes do café, mas esperou que ela acordasse. Beijou-a, então, e ela acordou e sorriu e se levantou sonolenta e se lavou na enorme pia e parou lânguida diante do espelho do armário e escovou o cabelo e olhou para o espelho sem sorrir e depois sorriu e tocou suas bochechas com a ponta dos dedos e enfiou uma camisa listrada sobre a cabeça e então o beijou. Ela ficou ereta e seus seios pressionavam o peito dele e ela disse: — Não se preocupe, David. Sou sua boa menina outra vez.

Mas agora ele estava bastante preocupado e pensava o que será de nós se as coisas ficaram loucas assim e perigosas assim, rápidas assim? O que pode existir que não queime totalmente em um fogo que arde assim? Éramos felizes e estou certo de que ela era feliz. Mas quem é que sabe? E quem é você para julgar e quem estava envolvido e quem aceitou a mudança e a vivenciou? Se é isso que ela quer, quem é você para não desejar que ela o faça? Tem sorte de ter uma mulher como ela, e um pecado é algo que faz você se sentir mal depois e você não se sente mal. Não, com o vinho você não se sente mal, disse a si próprio, e o que irá beber quando o vinho não lhe der mais cobertura?

Tirou a garrafa de azeite da mochila e passou um pouco no queixo da garota e nas bochechas e no nariz e encontrou um lenço azul desbotado com estampas no bolso de lona da mochila e o colocou sobre os seios dela.

— Preciso parar? — perguntou a garota. — Estou tendo um sonho maravilhoso.

— Termine o sonho — disse ele.

— Obrigada.

Poucos minutos depois, ela respirou fundo, balançou a cabeça e se sentou.

— Vamos entrar na água agora — disse ela.

Entraram juntos e nadaram para longe da praia e depois brincaram sob a água como golfinhos. Quando nadaram para perto da praia, enxugaram um ao outro com as toalhas e ele entregou a ela a garrafa de vinho, que ainda estava gelada em meio ao jornal enrolado, e cada um deu um gole e ela olhou para ele e sorriu.

— É bom beber para matar a sede — disse ela. — Você não se importa em sermos irmãos, se importa?

— Não. Ele tocou sua testa e seu nariz e depois suas bochechas e o queixo com o azeite e depois o colocou cuidadosamente sobre e atrás de suas orelhas.

— Quero bronzear atrás das orelhas e na nuca e nas maçãs do rosto. Em todos os lugares novos.

— Você está bem bronzeado, mano — disse ele. — Não sabe quanto.

— Gosto assim — disse a garota. — Mas quero ficar mais bronzeada.

Deitaram-se na praia sobre a areia firme, que agora estava seca, mas ainda refrescante, depois que a maré retrocedera. O rapaz colocou um pouco de azeite na palma da mão e o espalhou suavemente com os dedos pelas coxas da garota e elas emitiam um brilho intenso à medida que a pele ia absorvendo o óleo. Continuou e espalhou sobre a barriga e os seios, e a garota disse, sonolenta: — Não parece muito que somos irmãos quando estamos assim, não é mesmo?

— Não.

— Estou tentando ser uma boa menina — disse ela. — Na verdade, não precisa se preocupar, até hoje à noite, querido. Não deixaremos as coisas da noite aparecerem de dia.

No hotel, o carteiro tomava um trago enquanto esperava que a garota assinasse o recibo de um grande envelope carregado de cartas do banco em Paris. Havia também três cartas reendereçadas pelo banco dele. Era a primeira correspondência desde que haviam indicado o hotel como destino postal. O rapaz deu cinco francos ao carteiro e o convidou para beber outra taça de vinho no balcão de zinco. A garota tirou a chave do gancho no quadro e disse: — Vou subir para o quarto e me limpar e encontro você no café.

Depois de terminar sua taça, disse adeus ao carteiro e desceu o canal até chegar ao café. Era bom sentar-se à sombra depois de voltar com a cabeça desprotegida sob o sol da praia distante, o café estava fresco e agradável. Pediu um vermute com soda, puxou seu canivete e abriu as cartas. Todos os três envelopes eram de seus editores e dois deles estavam cheios de recortes e provas de anúncios. Deu uma olhada nos recortes e depois leu a longa carta. O tom era jovial e cautelosamente otimista. Era cedo demais para dizer como o livro se sairia, mas tudo parecia andar bem. A maioria das críticas era excelente. Claro que havia algumas não tão positivas. Mas aquilo era de se esperar. Frases foram sublinhadas nas críticas, e provavelmente seriam usadas em anúncios futuros. Seu editor queria poder dizer mais sobre como o livro se sairia, mas jamais fazia previsões quanto às vendas. Era mau costume. A questão é que o livro não poderia ter sido recebido de maneira melhor. A recepção fora de fato fantástica. Mas ele veria os recortes. A primeira edição era de cinco mil exemplares e, diante do que diziam as críticas, uma segunda edição fora encomendada. Os anúncios subsequentes trariam a expressão *Agora na segunda edição*. Seu editor esperava que estivesse tão feliz quanto merecia estar e que desfrutasse do descanso que tanto merecia. Enviava saudações à esposa.

O rapaz tomou emprestado um lápis do garçom e começou a multiplicar $2.50 por mil. Era fácil. Dez por cento daquilo eram duzentos e cinquenta dólares. Cinco vezes aquilo eram mil duzentos e cinquenta dólares. Deduziu os setecentos e cinquenta dólares do adiantamento. Aquilo o deixava com quinhentos dólares a serem recebidos pela primeira edição.

Agora havia a segunda edição. Digamos que fosse de dois mil. Aquilo eram doze e meio por cento de cinco mil dólares. Se era assim que dizia o contrato, aquilo dava seiscentos e vinte e cinco dólares. Mas talvez não chegasse a doze e meio por cento até vender dez mil. Bem, ainda eram quinhentos dólares. Ainda assim, isso lhe renderia mil dólares.

Começou a ler as resenhas e descobriu que bebera o vermute sem sequer perceber. Pediu outro e devolveu o lápis ao garçom. Ainda lia as resenhas quando a garota chegou, carregando o pesado envelope de cartas.

— Não sabia que chegariam — disse ela. — Deixe-me ver. Por favor, deixe-me ver.

O garçom trouxe um vermute para a garota e, ao colocar sobre a mesa, viu a fotografia quando ela desdobrou um recorte.

— C'est Monsieur? — perguntou.

— Sim, é ele — disse a garota e ergueu o recorte para que o visse.

— Mas vestido diferente — disse o garçom. — Estão falando do casamento? Posso ver uma fotografia da Madame?

— Não é sobre o casamento. São críticas de um livro escrito por Monsieur.

— Magnífico — disse o garçom, que estava bastante emocionado. — Madame também é escritora?

— Não — disse a garota sem tirar os olhos dos recortes. — Madame é dona de casa.

O garçom riu com orgulho.

— Madame deve trabalhar no cinema.

Leram os recortes e depois a garota colocou o que estava lendo sobre a mesa e disse:

— Estou assustada com eles e todas essas coisas que dizem. Como podemos ser nós mesmos e ter o que temos e fazer o que fazemos e você ser isto que está nas reportagens?

— Já passei por isso — disse o rapaz. — Elas fazem mal à gente, mas não duram.

— São terríveis — disse ela. — Poderiam destruí-lo se pensasse nelas ou acreditasse nelas. Não acha que me casei com você por ser o que dizem que é nessas reportagens, acha?

— Não. Quero ler o que escreveram e depois deixaremos tudo no envelope selado.

— Sei que tem de ler. Não quero agir de maneira estúpida. Mas, mesmo dentro de um envelope, é terrível guardar com a gente. É como levarmos as cinzas de alguém numa urna.

— Um monte de pessoas ficaria contente se seus malditos maridos recebessem críticas boas.

— Não sou um monte de pessoas e você não é meu maldito marido. Sei que sou uma garota impetuosa e você também é impetuoso. Não vamos brigar, por favor. Leia e, se houver algo de bom, me conte e, se disserem algo sobre o livro que seja inteligente e que a gente não saiba, me conte.

— O livro já rendeu algum dinheiro — disse a ela.

— Ótimo. Fico feliz. Mas sabemos que é bom. Se as críticas dissessem que era desprezível e não rendesse um só centavo, eu sentiria o mesmo orgulho e estaria contente da mesma maneira.

Eu não, pensou o rapaz. Mas não falou. Continuou lendo as críticas, desdobrando-as e dobrando-as novamente e colocando de volta no envelope. A garota continuou sentada, abrindo envelopes e lendo suas cartas sem qualquer interesse. Depois olhou para o mar fora do café. Seu rosto tinha um tom moreno, mais para o escuro e o dourado, e ela penteara o cabelo todo para trás a partir da testa, como fizera o mar quando ela saiu da água, e, no local onde o corte era rente e nas faces, o sol havia queimado em um branco dourado em contraste com o bronze da pele. Olhava o mar, e seus olhos estavam bastante tristes. Depois voltou a abrir cartas. Havia uma longa carta escrita à máquina que ela leu com atenção. Em seguida continuou a abrir e ler as outras cartas. O rapaz olhou para ela e pensou que ela parecia um pouco alguém que estivesse descascando ervilhas.

— O que havia nas cartas? — perguntou o rapaz.

— Algumas continham cheques.

— De alto valor?

— Dois.

— Que bom! — disse ele.

— Não suma dessa maneira. Você sempre disse que não fazia a menor diferença.

— Eu disse algo?

— Não. Simplesmente sumiu.

— Sinto muito — disse ele. — De quanto são?

— Não muito, na verdade. Mas bom o bastante para nós. Foram depositados. É porque sou casada. Eu disse a você que a melhor coisa para nós seria casar. Sei que não é muito em termos de capital, mas é gastável. Podemos gastá-lo e não fará mal a ninguém e serve para isso mesmo. Não tem nada a ver com uma renda regular ou com o que vou ganhar se chegar aos vinte e cinco anos ou se estiver viva aos trinta. É nosso para o que quisermos fazer. Nenhum de nós precisará se preocupar em fazer contas por um tempo. Simples assim.

— O livro cobriu o adiantamento e rendeu cerca de mil dólares — disse ele.

— Não é fantástico, tendo sido lançado há pouco?

— Não é ruim. Por que não pedimos outros dois desse?

— Vamos tomar outra coisa.

— Quantos vermutes você tomou?

— Só esse. Mas devo dizer que estava insípido.

— Tomei dois e não senti gosto algum.

— O que têm aqui de verdade?

— Já tomou Armagnac com soda? É pra valer.

— Que bom! Vamos experimentar.

O garçom trouxe o Armagnac, e o rapaz pediu que trouxesse uma garrafa gelada de água Perrier em vez do sifão. O garçom serviu duas doses generosas de Armagnac, e o rapaz colocou gelo nos grandes copos e despejou a Perrier.

— Isso vai dar um jeito em nós — disse. — Mas é bem pesado para tomar antes do almoço.

A garota bebeu um longo gole. — É bom — disse. — Tem um gosto fresco, limpo e saudável, horrível. — Deu outro gole longo. — Estou conseguindo sentir. E você?

— Sim — disse ele e respirou fundo. — Estou sentindo.

Ela bebeu outra vez e sorriu, e os vincos do sorriso surgiram no canto de seus olhos. A Perrier gelada dera vida ao conhaque pesado.

— Para os heróis — disse ele.

— Não ligo para ser uma heroína — disse ela. — Não somos como as outras pessoas. Não precisamos chamar o outro de querido ou meu caro ou meu amor nem nada disso para nos afirmar. Querido e meu caro e meu caríssimo e tudo o mais são termos indecentes para mim e chamamos um ao outro por nossos nomes de batismo. Sabe o que estou tentando dizer. Por que temos de fazer outras coisas como todo mundo?

— Você é uma garota muito inteligente.

— Certo, David — disse ela. — Por que temos de ser antiquados? Por que não seguimos em frente e viajamos agora quando não há um momento melhor? Vamos fazer tudo o que você quiser. Se você fosse um europeu com um advogado, meu dinheiro seria seu da mesma forma. É seu.

— Ao diabo com ele!

— Certo. Ao diabo com ele! Mas vamos gastar e eu acho isso maravilhoso. Pode escrever depois. Assim podemos nos divertir antes que eu tenha um filho, por exemplo. Como posso saber quando terei um filho? Agora que estamos falando sobre isso, está tudo ficando chato e modorrento. Por que não podemos simplesmente fazer as coisas sem conversar sobre elas?

— E se eu quiser escrever? No minuto em que você deixa de fazer algo, provavelmente sentirá vontade de fazê-lo.

— Então escreva, seu tolo. Você não disse que não escreveria. Ninguém disse coisa alguma sobre ficar preocupado caso escreva. Disse?

Mas a certa altura algo foi dito e agora ele não conseguia mais lembrar, pois pensava adiante.

— Se quiser escrever, vá em frente e eu me divirto sozinha. Não preciso deixar você quando estiver escrevendo, preciso?

— Mas para onde gostaria que fôssemos agora que as pessoas começam a aparecer por aqui?

— Qualquer lugar aonde queira ir. Você vai viajar comigo, David?

— Por quanto tempo?

— Pelo tempo que quisermos. Seis meses. Nove meses. Um ano.

— Tudo bem — disse ele.

— De verdade?

— Claro.

— Você é muito gentil. Se não o amasse por nenhum outro motivo, eu o amaria por suas decisões.

— É fácil tomá-las quando você não sabe como muitas delas podem acabar.

Bebeu o drinque do herói, mas o gosto não era muito bom, e ele pediu uma nova garrafa de Perrier gelada e preparou um drinque curto sem gelo.

— Faça um para mim. Curto como o seu. E então vamos deixar que faça efeito e almoçar.

Capítulo Três

Naquela noite, na cama, quando ainda estavam acordados, ela disse no escuro:

— Não precisamos fazer sempre coisas diabólicas. Por favor, saiba disso.

— Eu sei.

— Adoro como éramos antes e sou sempre sua garota. Nunca se sinta só. Você sabe disso. Sou como você quer, mas também sou como eu quero e não é como se isso não valesse para nós dois. Não precisa dizer coisa alguma. Estou apenas contando uma história para botá-lo para dormir, pois você é meu bom e amado marido e também meu irmão. Eu te amo e, quando formos à África, vou ser também sua garota africana.

— Nós iremos à África?

— Não? Não se lembra? Foi esse o nosso assunto hoje. A gente ir lá ou a qualquer outro lugar. Não é para lá que vamos?

— Por que não disse?

— Não queria interferir. Disse onde quer que você quisesse. Eu iria a qualquer lugar. Mas pensei que era para lá que você queria ir.

— Agora é muito cedo para ir à África. É a época das grandes chuvas e, depois delas, a grama fica alta demais e faz muito frio.

— Podíamos ficar na cama no quentinho e ouvir a chuva cair no teto de zinco.

— Não, ainda é cedo. As estradas viram um lamaçal e não dá para se locomover e tudo parece um pântano e a grama fica tão alta que não se consegue enxergar.

— Então para onde podemos ir?

— Para a Espanha, mas Sevilha já acabou, assim como San Isidro em Madri, e também é cedo para irmos lá. É cedo demais para irmos à Costa Basca. Ainda faz frio e chove. Lá chove em todo canto agora.

— Não existe um lugar quente onde a gente possa nadar, como fazemos aqui?

— Não se pode nadar na Espanha como fazemos aqui. Você seria presa.

— Que chatice! Vamos esperar para ir lá então, pois quero que a gente pegue uma cor.

— Por que quer tanto se bronzear?

— Não sei. Por que motivo se quer algo? No momento é o que mais quero. Das coisas que não temos, quero dizer. Você não fica excitado com minha pele morena?

— Ã-hã. Eu adoro.

— Achava que minha pele pudesse ficar assim tão escura?

— Não, você é clara.

— Mas pode, pois tenho cor de leão e eles podem ficar mais escuros. Mas quero que toda parte do meu corpo fique escura e está ficando assim e vai ficar mais escuro que um índio e isso nos deixa ainda mais diferentes das outras pessoas. Entende por que é importante?

— E o que vamos ser?

— Não sei. Talvez simplesmente nós mesmos. Apenas mudados. Talvez seja a melhor coisa. E vamos continuar sempre assim, não vamos?

— É claro. Podemos seguir pelo Estérel e explorar a região e encontrar outro lugar como encontramos este.

— Sim, podemos. Existem inúmeros lugares desertos nos quais não se vê ninguém no verão. Podemos pegar um carro e ir aonde quisermos. Para a Espanha também, quando quisermos. Depois que ficarmos bem bronzeados, não será difícil manter a cor, a não ser que a gente tenha de viver em cidades. Não queremos morar em cidades no verão.

— Quanto mais quer ficar bronzeada?

— O máximo que puder. Veremos. Queria ter sangue indígena. Minha pele vai ficar tão escura que você não irá aguentar. Mal posso esperar para voltar à praia amanhã.

E foi dormir daquele jeito, com a cabeça para trás e o queixo erguido, como se estivesse tomando sol na praia, respirando lentamente, e depois se curvou de lado junto a ele e o rapaz ficou acordado e pensou no dia. Talvez fosse melhor não começar e provavelmente seria bom não pensar absolutamente sobre o assunto e desfrutar do que temos. Quando tiver de trabalhar, trabalharei. Nada poderá impedir. O último livro é bom e preciso escrever um ainda melhor agora. Essas bobagens que fazemos são divertidas, embora eu não saiba dizer o que é apenas bobagem e o que é sério. Beber conhaque de manhã não é nada bom e os drinques simples já não provocam mais coisa alguma. Não é um bom sinal. Ela passa de menina a menino e torna a ser menina de maneira alegre e despreocupada. Dorme, linda e tranquila, e você também dormirá, pois tudo o que sabe é que se sente bem. Você não vendeu coisa alguma pelo dinheiro, pensou. Tudo o que ela dissera sobre o dinheiro era verdade. De fato, era tudo verdade. Tudo seria gratuito por algum tempo.

O que foi que ela dissera sobre destruição? Não conseguia lembrar. Ela dissera algo, mas ele não conseguia lembrar.

Depois ficou cansado de tentar lembrar e olhou para a garota e beijou sua bochecha bem levemente e ela não acordou. Ele a amava muito e amava tudo nela e foi dormir pensando no rosto dela tocado por seus lábios e em como no dia seguinte os dois se bronzeariam debaixo do sol e em quanto mais bronzeada ela poderia ficar, pensou; qual seria o máximo de bronzeamento que ela poderia alcançar?

Livro Dois

Capítulo Quatro

Era final de tarde e o carro pequeno e baixo descia a estrada negra em meio a colinas e promontórios com o oceano azul escuro sempre à direita e entrava em um bulevar deserto que costeava uma praia plana de três quilômetros de areia amarela em Hendaye. Bem à frente no lado do oceano, o bojo de um grande hotel e cassino e, à esquerda, árvores recém-plantadas e quintas bascas com paredes caiadas e vigas de madeira em meio às suas próprias árvores e plantas. Os dois jovens dentro do carro desceram o bulevar observando demoradamente a praia magnífica e as montanhas da Espanha, que se revelavam azuis sob aquela luz enquanto o carro passava pelo cassino e pelo grande hotel e prosseguia rumo ao fim do bulevar. À frente, via-se a embocadura do rio que desaguava no oceano. A maré estava baixa e, do outro lado da areia brilhante, viram a antiga cidade espanhola e as colinas verdejantes do outro lado da baía e, naquele ponto distante, o farol. Pararam o carro.

— É um lugar adorável — disse a garota.

— Tem um café com mesas debaixo das árvores — disse o rapaz. — Velhas árvores.

— As árvores são esquisitas — disse a garota. — Foram todas plantadas recentemente. Eu me pergunto por que plantaram mimosas.

— Para competir com o lugar de onde viemos.

— Deve ser. Tudo parece exageradamente novo. Mas a praia é fabulosa. Jamais vi uma praia grande assim na França, nem com essa areia fina e macia. Biarritz é um horror. Vamos até o café.

Voltaram pelo lado direito da estrada. O rapaz parou o carro junto ao meio-fio e desligou a ignição. Atravessaram em direção do café ao ar livre e era agradável comer sozinhos e se dar conta das pessoas que não conheciam comendo nas outras mesas.

Naquela noite, o vento soprou mais forte e, em seu quarto de quina lá no alto do grande hotel, ouviram as ondas arrebentando com força na praia. No escuro, o rapaz puxou um cobertor leve sobre o lençol, e a garota disse: — Não está feliz porque decidimos ficar?

— Gosto de ouvir as ondas quebrando.

— Eu também.

Deitaram bem juntos e ficaram ouvindo o mar. A cabeça dela estava sobre seu peito e ele a empurrou contra seu queixo e então se ergueu na cama e colocou o rosto dela contra o seu e o apertou. Ela o beijou e ele sentiu a mão dela o tocando.

— Assim está bom — disse ela na escuridão. — Assim está ótimo. Tem certeza de que não quer que eu mude?

— Não agora. Agora estou com frio. Por favor me aqueça.

— Eu te amo quando sente frio ao meu lado.

— Se fizer este frio aqui à noite, teremos de usar a parte de cima do pijama. O que vai ser engraçado quando tomarmos café na cama.

— É o Oceano Atlântico — disse ela. — Ouça.

— Vamos nos divertir enquanto estivermos aqui — disse ele. — Se quiser, podemos ficar por um tempo. Se quiser, vamos embora. Há um monte de lugares para irmos.

— Podemos ficar aqui alguns dias e ver.

— Ótimo. Se ficarmos, gostaria de começar a escrever.

— Seria fantástico. Vamos dar uma olhada amanhã. Você pode trabalhar aqui no quarto se eu estiver fora, não pode? Até acharmos um lugar?

— Claro.

— Sabe que não precisa se preocupar comigo, pois te amo e somos nós contra todo mundo. Por favor, me beije — disse ela.

Ele a beijou.

— Sabe que não fiz nada de errado para nós. Precisava fazer. Sabe disso.

Ele não falou nada e ouviu o peso das ondas caindo sobre a areia molhada no meio da noite.

Na manhã seguinte as ondas ainda quebravam com força e a chuva caía em rajadas. Não conseguiam enxergar a costa espanhola e, quando o tempo clareou entre as borrascas de chuva e eles conseguiram enxergar ao longo do mar enfurecido, havia sobre a baía nuvens pesadas que desciam até o sopé das montanhas. Catherine saíra com uma capa de chuva depois do café da manhã e o deixara livre para trabalhar no quarto. Tudo caminhou tão simples e fácil que ele achou que talvez não tivesse qualquer valor. Cuidado, disse a si mesmo, é bom escrever com simplicidade e, quanto mais simples, melhor. Mas não comece a pensar de maneira simples demais. Saiba que é complicado e então escreva simples. Pensa que o tempo em Grau du Roi foi todo simples porque conseguiu escrever um pouco sobre ele de um jeito simples?

Continuou a escrever com lápis no caderno escolar pautado barato, que era chamado de *cahier* e já era numerado em algarismo romano. Parou finalmente e colocou o caderno em uma pasta com uma caixa de papelão com lápis e o apontador em forma de cone, deixando os cinco lápis rombudos para apontar no dia seguinte, e tirou sua capa de chuva do cabide no armário e desceu a escada até o saguão do hotel. Olhou para o bar do hotel, que estava sorumbático e aprazível na chuva e já tinha clientes, e deixou a chave na recepção. O assistente vasculhou a caixa de correio enquanto pendurava a chave e disse: — *Madame* deixou isto para *Monsieur*.

Ele abriu o bilhete, que dizia: *David, não queria perturbá-lo estou no café. Amor Catherine.* Ele vestiu o velho casaco, achou uma boina no bolso e saiu do hotel, entrando na chuva.

Ela estava em uma mesa de canto no pequeno café e, diante dela, encontrava-se uma bebida turva de coloração amarelada e um prato com um pequeno lagostim vermelho-escuro e os resquícios de outros. Ela já estava muito à frente dele. — Por onde andava, estranho?

— Bem aqui pertinho. — Percebeu que o rosto dela estava molhado de chuva e se concentrou no que a chuva fizera àquela pele bastante bronzeada. Apesar disso, parecia bonita e ficou feliz ao vê-la assim.

O JARDIM DO ÉDEN ~ 53

— Conseguiu avançar? — perguntou ela.

— O bastante.

— Então trabalhou. Que bom!

O garçom servia três espanhóis sentados a uma mesa perto da porta. Aproximou-se trazendo um copo e uma garrafa comum de Pernod e uma pequena jarra d'água de boca estreita. Havia pedaços de gelo na água. — *Pour Monsieur aussi?* — perguntou.

— Sim — respondeu o rapaz. — Por favor.

O garçom despejou o líquido amarelado até preencher metade de seus copos longos e começou a despejar a água vagarosamente no copo da garota. Mas o rapaz disse: — Deixe comigo. E o garçom levou a garrafa embora. Parecia aliviado em levá-la, e o rapaz despejou a água em um fluxo bem fino e a garota ficou observando a turvação opalescente do absinto. Parecia quente enquanto os dedos dela seguravam o copo e depois perdeu a coloração amarelada e começou a ficar leitoso e subitamente frio, e o rapaz deixou a água cair, gota a gota.

— Por que tem de ser despejada tão devagar? — perguntou a garota.

— Porque se rompe e despedaça se a água for despejada muito rápido — explicou. — Daí fica uniforme e imprestável. Deveria ter um copo em cima com gelo e só um buraquinho para a água pingar. Mas então todo mundo saberia do que se tratava.

— Tive de beber rápido antes porque entraram dois GNs — disse a garota.

— GNs?

— Oquequerquesejam nacionais. Com uniformes cáqui e bicicletas e coldres de couro preto para suas pistolas. Tive de engolir a prova do crime.

— Engolir?

— Desculpa. Depois de engolir não posso falar mais nisso.

— Melhor ter cuidado com o absinto.

— Ele só me deixa mais tranquila em relação às coisas.

— E nada mais consegue isso?

Terminou de preparar o absinto para ela, decidindo contar com a moderação. — Vá em frente — disse a ela. — Não espere por mim. — Ela tragou fundo e então ele tirou o copo da mão dela, bebeu e disse: — Obrigado, senhora. Isso dá nova vida a um homem.

— Então prepare um para você, seu leitor de recortes — disse ela.

— Para que isso? — perguntou o rapaz a ela.

— Eu não falei nada.

Mas tinha falado e ele disse a ela: — Por que não para simplesmente de falar sobre os recortes?

— Por quê? — disse ela, inclinando-se em sua direção e falando alto. — Por que devo ficar calada? Só porque escreveu esta manhã? Acha que casei com você por ser um escritor? Você e seus recortes.

— Tudo bem — disse o rapaz. — Pode me dizer o resto quando estivermos sozinhos?

— Não pense nem por um instante que não vou fazer isso, — disse ela.

— Acho que não — disse ele.

— Não ache — disse ela. — Esteja certo disso.

O JARDIM DO ÉDEN ~ 55

David Bourne se levantou e foi ao cabideiro e ergueu o impermeável e saiu porta afora sem olhar para trás.

À mesa, Catherine levantou o copo e saboreou o absinto com bastante cuidado e prosseguiu saboreando-o em pequenos goles.

A porta se abriu e David voltou e foi até a mesa. Vestia sua capa e usava a boina enfiada testa abaixo. — Está com a chave do carro?

— Sim — disse ela.

— Pode me dar?

Ela entregou as chaves, mas disse: — Não seja bobo, David. Foi só a chuva e você ser o único que trabalhou. Sente-se.

— É o que quer?

— Por favor — disse ela.

Sentou-se. Aquilo não fazia sentido, pensou. Você se levanta para ir embora e levar o maldito carro e ficar fora e ela que vá ao diabo e depois volta e tem de pedir a chave e então se senta como um pateta. Pegou seu copo e deu um gole. A bebida estava boa, de qualquer jeito.

— E o almoço, o que vai fazer? — perguntou ele.

— Diga onde e vou almoçar com você. Ainda me ama, não?

— Não seja tola.

— Foi uma discussão sórdida — disse Catherine.

— A primeira também.

— Foi culpa minha falar dos recortes.

— Não vamos falar dos malditos recortes.

— Foi exatamente isso.

— Foi por você pensar neles quando estava bebendo. Mencioná-los porque estava bebendo.

— Parece que estava regurgitando — disse ela. — Que horror! Na verdade, minha língua escapuliu e fez uma piada.

— Tinha de estar na sua cabeça para falar naquilo daquele jeito.

— Tudo bem — disse ela. — Pensei que talvez estivesse terminado.

— Está.

— Então por que continua a insistir e insistir no assunto ainda?

— Não devíamos ter tomado essa bebida.

— Não. Claro que não. Especialmente eu. Mas você com certeza precisava. Acha que vai lhe fazer bem?

— Temos de falar sobre isso agora? — perguntou ele.

— Eu com certeza vou parar por aqui. Me aborrece.

— Esta é a única palavra maldita na língua que não suporto.

— Sorte a sua ter só uma palavra como esta em toda a língua.

— Mas que merda! — disse ele. — Vá almoçar sozinha.

— Não. Não vou. Vamos almoçar juntos e nos comportar como seres humanos.

— Tudo bem.

— Me desculpe. Foi só uma piada que não funcionou. Verdade, David, foi só isso.

Capítulo Cinco

A maré estava bem longe quando David Bourne acordou e o sol brilhava na praia e o mar era azul-escuro. As colinas se mostravam verdejantes e renovadas, e as nuvens haviam deixado as montanhas. Catherine ainda dormia e ele olhou para ela e observou sua respiração regular e o sol em seu rosto e pensou: que estranho que o sol batendo em seus olhos não a acorde.

Depois de tomar banho, escovar os dentes e fazer a barba, sentiu fome para o café da manhã, mas vestiu um short e um suéter, e achou seu caderno e o lápis e o apontador e sentou-se à mesa junto à janela da qual via o estuário do rio para a Espanha. Começou a escrever e esqueceu Catherine e o que viu da janela, e a escrita fluiu sozinha, como acontecia quando tinha sorte. Escreveu com precisão e a parte sinistra só aparecia como uma ondulação leve e sutil em um dia calmo marcando o recife submerso.

Depois de trabalhar por algum tempo, olhou para Catherine, que ainda dormia, os lábios sorrindo e o retângulo de sol da janela aberta recaindo sobre o bronze do seu corpo e iluminando seu rosto escuro e a cabeça morena contra o branco amarrotado do lençol e do travesseiro abandonado. Agora era tarde demais para o café da manhã, pensou. Vou deixar um bilhete e descer até o bar e tomar um café com creme e algo mais. Mas, enquanto guardava seu trabalho, Catherine acordou e se aproximou enquanto ele fechava a pasta e colocou os braços sobre ele e beijou-lhe a nuca e disse:

— Sou sua esposa nua e preguiçosa.

— Acordou para quê?

— Não sei. Mas diga aonde vai e estarei lá em cinco minutos.

— Vou ao bar tomar café da manhã.

— Vá em frente, encontro você lá. Trabalhou, não foi?

— Claro.

— Você foi fantástico depois de ontem e tudo mais. Estou tão orgulhosa. Me dê um beijo e olhe para nós no espelho na porta do banheiro.

Ele a beijou e ambos olharam para o espelho de corpo inteiro.

— É tão bom não me sentir vestida demais — disse ela. — Comporte-se e não arrume confusão no caminho até o café. Peça também um *ouef au jambon* para mim. Não me espere. Desculpe ter feito você esperar tanto pelo café.

No café ele encontrou o jornal da manhã e os jornais de Paris do dia anterior e tomou seu café com leite e comeu o presunto de Bayonne com um ovo enorme e esplendidamente fresco sobre o qual moeu uma pitada de pimenta e passou um pouco de mostarda antes de romper a gema. Como Catherine não chegava e seu ovo corria o risco de esfriar, comeu-o também, limpando o prato com um pedaço de pão fresco.

— Aí vem Madame — disse o garçom. — Vou trazer outro *plat* para ela.

Vestia uma saia e um suéter de caxemira e pérolas e secara o cabelo com a toalha, mas o penteara úmido, liso e molhado e não se via a coloração castanha em contraste com seu rosto incrivelmente bronzeado.

— É um dia lindo — disse ela. — Desculpe o atraso.

— Para que se vestiu assim?

— Biarritz. Pensei em dirigir até lá. Quer vir?

— Você quer ir sozinha.

— Sim — disse ela. — Mas você é bem-vindo.

Quando ele se levantou, ela disse:

— Vou trazer uma surpresa para você.

— Não faça isso.

— Sim. E você vai gostar.

— Deixe-me ir junto para impedir que faça uma loucura.

— Não. É melhor que eu vá sozinha. Voltarei à tarde. E não me espere para o almoço.

David leu os jornais e depois caminhou pela cidade à procura de chalés para alugar, ou um lugar da cidade que fosse bom para morar, e achou a área recém-construída agradável, mas monótona. Adorou a vista da baía e o estuário do lado espanhol e o antigo rochedo cinzento de Fuenterrabía e o branco resplandecente das casas que se espalhavam de lá e as montanhas marrons com sombras azuis. Ficou imaginando por que a tempestade se dissipara de modo tão veloz e concluiu que deveria ser só a ponta setentrional de uma tempestade que caíra sobre a Baía de Biscaia. Biscaia era Vizcaya, mas essa era a província basca mais além, descendo a costa, muito depois de San Sebastian. As montanhas que vira além dos telhados da cidade limítrofe de Irun ficavam em Guipúzcoa e, depois delas, ficava Navarra, e Navarra era Navarre. E o que estamos fazendo aqui, pensou ele, e o que estou fazendo caminhando por uma cidade praiana a olhando para magnólias e malditas mimosas recém-plantadas, à procura de cartazes de aluga-se em *villas* bascas de araque? Ficou burro assim por não trabalhar o bastante esta manhã ou ainda está de ressaca por ontem? Na verdade, não trabalhou nada. E é melhor fazer algo logo, pois tudo está acontecendo rápido demais e você está se deixando levar e estará acabado antes que saiba. Talvez já esteja acabado agora. Tudo bem. Não comece. Pelo menos consegue lembrar isso. E continuou a caminhar pela cidade, a visão aguçada pela indisposição e tranquilizada pela beleza cinzenta do dia.

A brisa do mar soprava pelo quarto e ele lia com os ombros e a região lombar apoiados em dois travesseiros e outro dobrado atrás da cabeça. Estava com sono depois de ter almoçado, mas sentia-se vazio ao esperar por ela e leu e esperou. Então ouviu a porta se abrir e ela entrou, e por um instante ele não a reconheceu. Ela ficou parada com as mãos sob os seios dentro do suéter de caxemira e respirando como se tivesse corrido.

— Oh, não — disse ela. — Não.

Logo estava na cama pressionando a cabeça contra ele e dizendo:

— Não. Não. Por favor, David. Nem um pouquinho?

Ele segurou a cabeça dela contra seu peito e sentiu a maciez do cabelo bem curto e grosseiramente sedoso, e ela a empurrou com força contra ele vez após vez.

— O que você fez, diaba?

Ela ergueu a cabeça e olhou para ele, seus lábios pressionaram os dele e ela se mexeu de um lado para o outro e se ajeitou na cama de modo que seu corpo pressionasse o dele.

— Agora posso contar — disse ela. — Estou tão feliz. Foi um risco enorme. Agora sou sua nova garota. Então é melhor descobrirmos.

— Deixe-me ver.

— Vou mostrar, mas me dê um minuto.

Ela voltou e ficou parada diante da cama com o sol a iluminá-la através da janela. Deixara cair a saia e estava descalça, vestindo somente o suéter e as pérolas.

— Dê uma boa olhada — disse ela. — Pois é assim que sou.

Ele deu uma boa olhada nas pernas longas e bronzeadas no corpo ereto no rosto moreno e na cabeça castanha esculpida e ela olhou para ele e disse:

— Obrigada.

— Como fez isso?

— Posso contar na cama?

— Se me contar com pressa.

— Não. Não com pressa. Deixe-me contar. Primeiro, tive a ideia na estrada em algum lugar depois de Aix en Provence. Em Nîmes, quando passeávamos pelo jardim, penso. Mas não sabia como funcionaria ou como explicar a eles como fazer. Depois refleti e ontem tomei a decisão.

David passou a mão pela cabeça da garota da nuca ao topo até chegar à testa.

— Deixe-me prosseguir — disse ela. — Sabia que existiriam bons cabeleireiros em Biarritz, por causa dos ingleses. Então, quando cheguei lá, fui ao melhor salão e disse ao cabeleireiro que o queria todo penteado para a frente e ele o penteou e o cabelo caiu sobre meu nariz e mal conseguia enxergar através dele e disse que queria que o cortasse como o de um menino quando vai à universidade pela primeira vez. Ele me perguntou qual universidade e respondi Eton ou Winchester, pois eram as únicas de que conseguia lembrar excetuando Rugby e eu certamente não queria Rugby. Ele perguntou qual. Então, eu disse Eton, mas sempre voltado para a frente. Então, quando terminou e eu parecia a garota mais atraente que já frequentara Eton, continuei a lhe dizer para encurtá-lo até que Eton desapareceu e continuei a lhe dizer para encurtá-lo. Então ele disse, bastante severo, que este não é um corte para Eton, Mademoiselle. E eu respondi: não quero um corte para Eton, Monsieur. Foi o único jeito que encontrei para explicar o que queria e é Madame, não Mademoiselle. Então pedi que cortasse mais curto e continuei pedindo para que o encurtasse e ficou fantástico ou terrível. Você não se importa com a minha testa? Quando usava Eton, caía sobre os olhos.

— Ficou fantástico.

— É clássico demais — disse ela. — Mas parece com um animal. Sinta.

Ele apalpou.

— Não se preocupe por parecer tão clássico — disse ela. — Minha boca equilibra. Podemos fazer amor agora?

Ela inclinou a cabeça para a frente e ele puxou o suéter sobre sua cabeça e pelos braços e se inclinou sobre sua nuca para desenganchar o fecho de segurança.

— Não, deixe.

Ela deitou na cama com as pernas bronzeadas bem apertadas e a cabeça apoiada no lençol liso, as pérolas caindo sobre a elevação morena dos seus seios. Seus olhos estavam fechados e os braços bem rentes ao corpo. Era *realmente* uma nova garota e ele viu que sua boca também mudara. Ela respirava pausadamente e disse:

— Faça tudo. Desde o princípio. Bem do princípio.

— É este o princípio?

— Sim. E não demore muito. Não demore...

À noite ela deitou enroscada nele com a cabeça sob seu peito e passou a mão suavemente sobre o corpo dele de um lado para outro e depois se ajeitou para colocar seus lábios nos dele e os braços ao redor dele e disse:

— Você foi tão fascinante e leal quando dormia e não acordava e não acordava. Pensei que não fosse mais acordar e foi encantador. Foi tão leal a mim. Pensou que fosse um sonho? Não acorde. Vou dormir, mas, se não conseguir, serei uma garota selvagem. Ela fica acordada e toma conta de você. Durma e saiba que estou aqui. Por favor, durma.

Pela manhã, quando ele acordou, encontrou o adorável corpo que conhecia bem perto de si e olhou e viu o tom escuro como madeira encerada dos ombros e da nuca e da bela cabeça morena próxima e macia deitada como um animalzinho e ele desceu pela cama e se virou para ela e beijou sua testa com o cabelo sob os lábios dele e em seguida seus olhos e depois, suavemente, sua boca.

— Estou dormindo.

— Eu também estava.

— Eu sei. Veja que estranho! A noite toda foi maravilhosa, que estranho!

— Não é estranho.

— Pode dizer o que quiser. Oh, a gente se encaixa perfeitamente. Podemos dormir nós dois?

— Quer dormir?

— Nós dois.

— Vou tentar.

— Está dormindo?

— Não.

— Por favor, tente.

— Estou tentando.

— Então feche os olhos. Como pode dormir se não fecha os olhos?

— Gosto de ver você de manhã, completamente nova e estranha.

— Fiz bem de inventar isso?

— Não fale.

— É o único modo de desacelerar as coisas. Eu já fiz. Não percebeu? Claro que percebeu. Não percebe agora e agora e agora como nossos corações batem juntos e são um só e eu sei que é só isso que importa, mas a gente não importa, é tão adorável e tão bom tão bom e adorável...

Ela voltou ao quarto grande e foi até o espelho e se sentou e penteou o cabelo, olhando para si mesma de maneira crítica.

— Vamos tomar café na cama — disse ela. — Podemos beber champanhe se não for algo tão perverso? De brut, eles têm Lanson e Perrier-Jouët. Posso ligar?

— Sim — disse ele, e foi para baixo do chuveiro. Antes de abrir com força máxima, pôde ouvir sua voz ao telefone.

O JARDIM DO ÉDEN ～ 65

Quando saiu, ela estava sentada de maneira bastante formal, apoiada em dois travesseiros, com todos os outros arrumados organizadamente, dois a dois, na cabeceira da cama.

— Fico bem com os cabelos molhados?

— Só está úmido. Você os secou com a toalha.

— Posso cortar mais curto na testa. Eu mesma posso fazer. Ou você.

— Gostaria que crescesse até os olhos.

— Talvez cresça — disse ela. — Quem sabe? Talvez a gente se canse do clássico. E hoje vamos ficar na praia até meio-dia. Vamos caminhar até bem longe e podemos nos bronzear bem quando as pessoas saírem para almoçar e depois vamos pedalar até St. Jean para comer no Bar Basque, quando bater a fome. Mas, primeiro, você vai nos levar à praia porque precisamos.

— Ótimo.

David puxou uma cadeira e colocou sua mão sobre a dela e ela olhou para ele e disse:

— Dois dias atrás, eu pude entender tudo e, depois, o absinto me fez perder a cabeça.

— Eu sei — disse David. — Foi mais forte que você.

— Mas eu o magoei ao falar dos recortes.

— Não — disse ele. — Você tentou. Mas não conseguiu.

— Me desculpe, David. Por favor, acredite.

— Todos temos coisas estranhas que significam algo para nós. Foi mais forte que você.

— Não — disse a garota e balançou a cabeça.

— Está tudo bem — disse David. — Não chore. Está tudo bem.

— Eu nunca choro — disse ela. — Mas não consigo evitar.

— Sei disso e é linda quando chora.

— Não. Não diga isso. Mas eu nunca chorei antes, chorei?

— Nunca.

— Mas seria ruim para você se ficássemos aqui apenas dois dias na praia? Não temos tido a chance de nadar e seria uma bobagem vir aqui e não nadar. Para onde iremos quando formos embora daqui? Oh. Ainda não decidimos. Talvez a gente decida esta noite ou pela manhã. O que você sugere?

— Acho que qualquer lugar seria bom — disse David.

— Talvez seja este o lugar aonde iremos.

— É um lugar enorme.

— Mas é bom estarmos sozinhos e vou arrumar bem nossas malas.

— Não há muito mais a fazer exceto colocar algumas coisas pessoais e fechar duas malas.

— Podemos partir pela manhã se quiser. É verdade, não quero fazer coisa alguma a você ou provocar qualquer sentimento ruim.

O garçom bateu à porta.

— Não temos mais Perrier-Jouët, Madame. Então eu trouxe o Lanson.

Ela não chorava mais e a mão de David ainda segurava a sua e ele disse:

— Eu sei.

Capítulo Seis

Passaram a manhã no Prado e agora estavam sentados em um lugar dentro de um prédio com grossas paredes de pedra. Era frio e muito velho, com barris de vinho ao redor das paredes. As mesas eram velhas e grossas, e as cadeiras, gastas. A luz vinha da porta. O garçom trouxe taças de manzanilla da planície próxima a Cádiz chamada Marismas, com fatias finas de *jamón serrano*, um presunto defumado e curado feito de porcos alimentados com bolotas, e *salchichón* bem vermelho e picante, outro salame escuro ainda mais apimentado vindo de uma cidade chamada Vich e anchovas e azeitonas com alho. Comeram e beberam mais manzanilla, que era leve e tinha sabor de nozes.

Catherine tinha à mão, sobre a mesa, um dicionário espanhol-inglês com uma capa verde e David tinha uma pilha de jornais matutinos. Era um dia quente, mas dentro do velho edifício estava fresco e o garçom perguntou:

— Querem gazpacho?

Era um velho e encheu suas taças de novo.

— Acha que a *señorita* iria gostar?

— Que ela faça o teste — disse o garçom solenemente, como se falasse de uma égua.

Chegou em uma grande tigela com gelo flutuando ao lado das fatias de pepino, tomate, pão de alho e pimentões verdes e vermelhos no líquido espesso apimentado com leve sabor de azeite e vinagre.

— É uma sopa-salada — disse Catherine. — É deliciosa.

— Es *gazpacho* — disse o garçom.

Tomavam agora Valdepeñas de uma grande jarra, e o vinho começou a subir com o lastro de *marismeño* contido apenas alguns instantes pela diluição do gazpacho, no qual se insinuava confiantemente. Era um sabor consistente.

— Que vinho é esse? — perguntou Catherine.

— É um vinho africano — respondeu David.

— Dizem que a África começa nos Pirineus — falou Catherine. — Lembro como fiquei impressionada da primeira vez que ouvi isso.

— É um daqueles ditos populares — disse David. — É mais complicado do que parece. Apenas beba.

— Mas como posso dizer onde começa a África se nunca estive lá? As pessoas sempre falam coisas difíceis.

— Claro. Dá para dizer.

— O país basco certamente não é como a África ou como qualquer coisa que já ouvi sobre a África.

— Nem as Astúrias ou a Galícia, mas, assim que se chega à costa, logo vira África.

— Mas por que nunca pintaram aquela região? — perguntou Catherine. — Ao fundo, sempre se veem as montanhas de Escorial.

— A sierra — disse David. — Ninguém queria comprar quadros de Castilla do jeito como você a viu. Nunca tiveram pintores de paisagem. Os pintores pintavam o que mandavam que pintassem.

— Exceto a Toledo de Greco. É terrível ver uma região tão fantástica sem ser retratada por algum pintor — disse Catherine.

— O que vamos comer depois do gazpacho? — disse David.

O proprietário, um homem baixo de meia-idade, robusto e com o rosto quadrado, aproximara-se. — Ele acha que devemos comer alguma carne.

— *Hay solomillo muy bueno* — insistiu o dono.

— Não, por favor — disse Catherine. — Só uma salada.

— Ao menos bebam um pouco de vinho — disse o proprietário, e encheu a jarra na torneira do barril atrás do bar.

— Eu não devia beber — disse Catherine. — Desculpe por falar tanto. Desculpe se estou dizendo bobagem. Normalmente digo.

— Está falando muito bem sobre coisas muito interessantes para um dia quente como hoje. O vinho lhe dá vontade de tagarelar?

— É um tipo de tagarelar diferente de quando bebo absinto — disse Catherine. — A sensação não é de perigo. Comecei minha nova e boa vida, e agora estou lendo e tenho a mente aberta e tento não pensar tanto em mim mesma e vou continuar assim, mas não devíamos estar em cidade alguma nesta época do ano. Talvez a gente vá embora. Por todo o caminho, vi coisas magníficas para serem pintadas, mas não sei e nunca soube pintar. Mas sei de coisas fantásticas sobre as quais escrever e não consigo escrever uma só carta que não seja estúpida. Jamais desejei ser uma pintora ou escritora até vir a esta região. Agora sinto como se estivesse sempre faminta e não há nada que possa fazer.

— A região está aqui. Não precisa fazer coisa alguma. Sempre estará aqui. O Prado é aqui — disse David.

— Não há nada exceto o que passa por você mesmo — disse ela. — E não quero morrer e que isso desapareça.

— Você tem cada quilômetro por onde passamos. Todo o campo amarelo e os morros brancos e a palha soprando e as longas fileiras de álamos na estrada. Sabe o que viu e o que sentiu, e é tudo seu. Não tem Le Grau du Roi e Aigues Mortes e toda a Camarga por onde pedalamos? Aqui será o mesmo.

— Mas e quando eu morrer?

— Então estará morta.

— Mas não suporto morrer.

— Então não deixe que isso aconteça até o momento que acontecer. Veja as coisas e ouça e sinta.

— E se não conseguir me lembrar?

Ele falou sobre a morte como se não tivesse importância. Ela bebeu o vinho e ficou olhando para as paredes grossas de pedra nas quais havia só duas janelinhas com grades bem no alto que davam para uma rua estreita onde o sol não brilhava. A porta, porém, dava para uma arcada e para a luz solar forte, que batia sobre as pedras desgastadas da praça.

— Quando você começa a viver fora de si mesmo — disse Catherine —, tudo é muito perigoso. Talvez seja melhor voltar para o nosso mundo, o seu e o meu mundo que inventei; nós inventamos, quero dizer. Fiz um grande sucesso naquele mundo. Faz só quatro semanas. Talvez faça sucesso outra vez.

A salada chegou e lá estava verdejante sobre a mesa escura e o sol na plaza além da arcada.

— Sente-se melhor? — perguntou David.

— Sim — disse ela. — Estava pensando tanto em mim mesma que me tornei impossível de novo, como uma pintora e eu era meu próprio quadro. Foi terrível. Agora que estou bem novamente, espero que dure.

Chovera forte e o calor havia passado. Estavam em meio à escuridão fresca com as persianas cerradas do grande quarto no The Palace e tomaram banho juntos na água funda da banheira comprida e funda, e depois tiraram o tampão e deixaram a força máxima da água chapinhar e fluir sobre eles, rodopiando enquanto escoava. Secaram um ao outro com as enormes toalhas e depois foram para a cama. Quando se deitaram na cama, uma brisa fresca atravessou as ripas da persiana e soprou sobre eles. Catherine deitou apoiada nos cotovelos com as mãos no queixo.

— Acha que seria legal se virasse menino outra vez? Não seria difícil.

— Gosto como é agora.

— É meio tentador. Mas acho que não deveria fazer isso na Espanha. É um país muito formal.

— Deixe como está.

— O que deixa sua voz diferente quando diz isto? Acho que vou mudar.

— Não. *Não agora*.

— Obrigada pelo *não agora*. Devo fazer amor como garota agora e depois mudar?

— Você é uma garota. Você é uma garota. É minha adorada garota Catherine.

— Sim, sou sua garota e te amo, te amo e te amo.

— Não diga.

— Digo, sim. Sou sua garota Catherine e te amo, por favor, te amo sempre, sempre, sempre...

— Não precisa dizer. Posso ver.

— Gosto de dizer e tenho de dizer e fui uma ótima menina e uma boa menina e serei outra vez. Prometo que serei outra vez.

— Não precisa dizer.

— Sim, preciso. Digo e disse e você disse. Você agora, por favor. Você, por favor.

Ficaram deitados quietos por muito tempo e ela disse:

— Eu te amo tanto. Você é um marido fantástico.

— Bendita seja!

— Era a mim que você queria?

— O que acha?

— Espero que sim.

— Era.

— Prometi e vou manter a promessa. Posso ser menino outra vez agora?

— Por quê?

— Só um pouco.

— Por quê?

— Eu adorei e não sinto falta, mas gostaria de ser outra vez na cama à noite se não achar ruim. Posso? Se não for ruim para você?

— Ao diabo se for ruim para mim.

O JARDIM DO ÉDEN ~ 73

— Então eu posso?

— Você quer mesmo?

Ele evitou dizer "tem mesmo", então ela disse:

— Não tenho de mudar, mas por favor, se não for um problema. Posso, por favor?

— Tudo bem. — Ele a beijou e a abraçou forte.

— Ninguém saberá como sou além de nós. Serei menino só à noite e não vou te envergonhar. Não se preocupe, por favor.

— Tudo bem, garoto.

— Eu menti quando disse que não tinha de mudar. Me veio de repente hoje.

Ele fechou os olhos e não pensou, e ela o beijou e agora estava mais fundo e ele percebia e sentia o desespero.

— Mude agora. Por favor. Não me faça mudar você. Terei de mudar você? Tudo bem, vou fazer isso. Você mudou agora. Mudou. Você também mudou. Mudou. Você também. Eu fiz isso com você, mas você também fez. Sim, fez. Você é minha linda e adorada Catherine. É minha amada e adorada Catherine. É minha garota, minha adorada e única garota. Obrigado, obrigado, minha garota...

Ela ficou deitada por um longo tempo e ele pensou que ela estivesse dormindo. Então ela se mexeu bem lentamente, apoiando-se de leve sobre os cotovelos, e disse:

— Vou fazer uma surpresa fantástica para mim amanhã. Vou ao Prado de manhã e verei todos os quadros como um menino.

— Eu desisto — disse David.

CAPÍTULO SETE

Ele acordou cedo enquanto ela ainda dormia e saiu no brilhante frescor do início da manhã, que trazia o ar do platô. Subiu a ladeira até a Plaza Santa Ana, tomou café em um bar e leu os jornais locais. Catherine queria estar no Prado quando abrisse, às dez, e, antes de sair, ele colocou o despertador para as nove. Lá fora, na rua, ele pensou nela dormindo, a linda cabeça que parecia uma moeda antiga deitada sobre a coberta branca, o travesseiro empurrado para longe, o lençol mostrando as curvas do seu corpo. Durou um mês, pensou ele, ou quase. E, da outra vez, de Le Grau du Roi a Hendaye, foram dois meses. Não, menos, pois ela começou a pensar naquilo em Nîmes. Não foram dois meses. Estávamos casados havia três meses e duas semanas, e espero fazê-la sempre feliz, mas acho que nisso ninguém pode tomar conta de ninguém. Já é o bastante estar dentro. A diferença é que dessa vez ela pediu, disse ele a si próprio. Ela pediu.

Depois de ler os jornais e pagar o café da manhã e sair em meio ao calor que voltara ao platô quando o vento mudou, ele seguiu rumo à polidez tranquila, formal e deplorável do banco, onde encontrou a correspondência que fora encaminhada de Paris. Abriu e leu a correspondência enquanto aguardava as longas formalidades de múltiplos guichês para sacar um cheque que fora enviado do seu banco a este, seu correspondente em Madri.

Finalmente, com as notas pesadas abotoadas no bolso do casaco, ele saiu em meio à luz intensa outra vez e parou na banca para comprar os jornais ingleses e americanos que haviam chegado pelo Sud Express da manhã. Comprou alguns semanais sobre touradas para enrolar os jornais de língua inglesa e depois desceu a Carrera San Jerónimo até a escuridão fresca e amigável do Buffet Italianos. Ainda não havia ninguém no lugar e ele lembrou que não marcara qualquer encontro com Catherine.

— O que vai tomar? — perguntou o garçom.

— Cerveja — respondeu.

— Aqui não é lugar para tomar cerveja.

— Não vendem cerveja?

— Sim. Mas não é um lugar para tomar cerveja.

— Vai tomar no cu — disse ele e dobrou os jornais e saiu e atravessou a rua e voltou ao outro lado para virar à esquerda na Calle Victoria até a Cervezería Alvarez. Sentou-se a uma mesa sob o toldo na passagem e tomou uma caneca grande e gelada de chope.

O garçom provavelmente só estava puxando conversa, pensou, e o que disse era verdade. Não era um lugar para tomar cerveja. Foi apenas literal. Não foi insolente. O que ele dissera foi algo muito grosseiro e não tinha qualquer desculpa. Fora uma atitude de merda. Bebeu um segundo chope e chamou o garçom para pagar.

— *Y la señora?* — perguntou o garçom.

— Está no Museo del Prado. Vou buscá-la.

— Bom, até a volta — disse o garçom.

Voltou ao hotel por um atalho morro abaixo. A chave estava na recepção. Então subiu até o seu andar e deixou os jornais e a correspondência em uma mesa no quarto e trancou sua mala com a maior parte do dinheiro. O quarto fora arrumado e as persianas haviam sido fechadas contra o calor, de modo que o quarto estava escuro. Lavou-se e depois examinou a correspondência e sacou quatro cartas e as colocou no bolso de trás. Levou consigo a edição parisiense do *The New York Herald*, o *Chicago Tribune* e o *London Daily Mail* para o bar do hotel, parando na recepção para deixar a chave e pedir ao funcionário que dissesse à Madame, quando chegasse, que ele estava no bar.

Sentou-se em um banco no bar, pediu um *marismeño* e abriu e leu as cartas enquanto comia azeitonas com alho em um pires que o barman colocara diante dele junto à taça. Uma das cartas continha dois recortes de revistas mensais com críticas do seu romance, e ele as leu com a sensação de que não falavam sobre ele ou qualquer coisa do que tinha escrito.

Colocou os recortes de volta no envelope. Eram críticas inteligentes e perceptivas, mas, para ele, nada significavam. Leu a carta do editor com o mesmo distanciamento. O livro vendera bem e eles achavam que poderia continuar a vender até o outono, embora ninguém pudesse fazer aquele tipo de previsão. Era certo, até então, que fora recebido extraordinariamente bem pela crítica e que o caminho estava aberto para seu próximo livro. Era uma grande vantagem que este fosse seu segundo, e não o primeiro romance. Era trágico como muitas vezes os primeiros romances eram os únicos bons romances que os escritores americanos tinham dentro de si. Mas este, continuava o editor, seu segundo, validava toda a promessa que mostrara antes. Era um verão incomum em Nova York, frio e úmido. Oh, Cristo, pensou David, ao diabo com o tempo em Nova York e ao diabo com aquele calhorda sem conteúdo de Coolidge pescando trutas com sua camisa de colarinho alto em um tanque na região de Black Hills que roubamos dos Sioux e dos Cheyennes e com os escritores bêbados de gim falsificado querendo saber se sua boneca dançava o Charleston. E ao diabo com a promessa que tinha validado. Qual promessa e a quem? A *The Dial*, *The Bookman*, *The New Republic*? Não, ele tinha mostrado a eles. Deixe mostrar a promessa que vou validar. Que merda!

— Olá, jovem — disse uma voz. — O que deixou você assim tão indignado?

— Olá, Coronel — disse David, e se sentiu subitamente feliz. — Que diabos faz aqui?

O Coronel, que tinha olhos azul em um tom escuro, cabelos cor de areia e um rosto bronzeado que parecia ter sido talhado em pedra por um escultor cansado que quebrara seu cinzel no processo, pegou a taça de David e provou o *marismeño*.

— Traga à mesa uma garrafa do que o jovem aqui está bebendo — disse ao barman. — Traga uma garrafa gelada. Não precisa esfriar. Traga imediatamente.

— Sim, senhor — disse o garçom. — Muito bem, senhor.

— Venha cá — disse o Coronel a David, levando-o à mesa no canto do bar. — Está com uma aparência boa.

— O senhor também.

O Coronel John Boyle vestia um paletó azul-marinho de um tecido que parecia rígido, mas fresco, uma camisa azul e uma gravata preta. — Sempre estou bem — disse ele. — Quer um trabalho?

— Não — disse David.

— Simples assim. Nem pergunta do que se trata.

Sua voz soava como se a tivesse pigarreado para fora de uma garganta empoeirada.

O vinho chegou e o garçom encheu duas taças e serviu pires de azeitonas com alho e avelãs.

— Nada de anchovas? — perguntou o Coronel. — Que tipo de *fonda* é essa?

O barman sorriu e foi buscar as anchovas.

— Excelente vinho — disse o Coronel. — De primeira classe. Sempre tive esperança de que seu gosto fosse melhorar. Agora, por que não quer o trabalho? Acabou de terminar um livro.

— Estou em minha lua de mel.

— Que expressão tola! — disse o Coronel. — Jamais gostei dela. Soa pegajosa. Por que não disse que acabou de se casar? Não faz diferença. Você não seria de serventia mesmo.

— Que trabalho era?

— Não há por que falar disso agora. Com quem se casou? Alguém que conheço?

— Catherine Hill.

— Conheci seu pai. Um tipo bem esquisito. Matou-se num desastre de carro. A mulher também.

— Não os conheci.

— Não os conheceu?

— Não.

— Estranho. Mas perfeitamente compreensível. Não perdeu nada em relação ao seu sogro. Dizem que a mãe era bastante solitária. Uma maneira estúpida de morrer para pessoas adultas. Onde conheceu esta garota?

— Em Paris.

— Ela tem um tio palerma que mora lá. É um inútil. Você o conheceu?

— Eu o vi nas corridas.

— Em Longchamps e Auteuil. Como poderia evitar?

— Não me casei com a família dela.

— Claro que não. Mas a gente sempre se casa. Mortos ou vivos.

— Não com tios e tias.

— Bem, de qualquer forma, divirta-se. Sabe, gostei do livro. Vendeu bem?

— Vendeu muito bem.

— Me deixou bastante emocionado — disse o Coronel. — Você é um filho da mãe de um enganador.

— Você também, John.

— Espero que sim — disse o Coronel.

David viu Catherine na porta e se levantou. Ela se aproximou e David disse: — Este é o Coronel Boyle.

— Como vai, minha cara?

Catherine olhou para ele, sorriu e se sentou à mesa. David a observou e parecia que ela prendia a respiração.

— Está cansada? — perguntou David.

— Acho que sim.

— Tome uma taça deste vinho — disse o Coronel.

— Algum problema se eu tomasse um absinto?

— Nenhum — disse David. Também vou pedir um.

— Para mim, não — disse o Coronel ao barman. — Esta garrafa perdeu seu frescor. Coloque para gelar e traga-me uma taça de uma garrafa fria.

—Gosta do verdadeiro Pernod?—perguntou ele a Catherine.

— Sim — disse ela. — Sou tímida com as pessoas e isso ajuda.

— É uma bebida excelente — disse ele. — Eu beberia com vocês, mas preciso fazer um trabalho depois do almoço.

— Desculpe ter-me esquecido de marcar com você — disse David.

— Isso é muito bom.

— Passei para buscar a correspondência no banco. Tem muita coisa para você. Deixei no quarto.

—Não me importa — disse ela.

— Vi você no Prado olhando para os Grecos — disse o Coronel.

— Eu também o vi — disse ela. — Sempre olha para os quadros como se fossem seus e estivesse decidindo como pendurá-los corretamente?

— Provavelmente — disse o Coronel. — Sempre olha para eles como se fosse o jovem líder de uma tribo guerreira que se livrou de seus conselheiros e estivesse vislumbrando Leda e o Cisne?

Catherine enrubesceu por trás de seu bronzeado e olhou para David e então para o Coronel.

— Gosto de você — disse ela. — Fale mais.

— Gosto de você — disse ele. — E invejo David. Ele é tudo o que quer?

— Você não sabe?

— Para mim, o mundo visível é visível — disse o coronel. — Agora siga em frente e tome outro gole deste soro da verdade com gosto de caruncho.

— Não preciso dele agora.

— Perdeu a timidez? Tome mesmo assim. Faz bem a você. É a garota branca mais morena que já vi. Mas seu pai era bem escuro.

— Devo ter sua pele. Minha mãe era bastante clara.

— Não a conheci.

— Conhecia bem meu pai?

— Muito bem.

— Como era?

— Um homem difícil e encantador. Você é mesmo tímida?

— Sou. Pergunte a David.

— Deixa de ser tímida bem rápido.

— Você fez com que eu deixasse. Como era meu pai?

— Era o homem mais tímido que já conheci e podia ser também o mais encantador.

— Ele também tinha de usar Pernod?

— Ele usava tudo.

— Eu o faço lembrar dele?

— Nem um pouco.

— Que bom! E David?

— Em nada.

— Melhor ainda. Como soube que eu era um menino no Prado?

— Por que não deveria ser?

— Comecei com isso de novo só ontem à noite. Fui garota por quase um mês. Pergunte a David.

— Não precisa dizer pergunte a David. O que você é neste momento?

— Um menino, se não for problema para você.

— Para mim, está bem. Mas você não é.

— Só quis dizer isso — disse ela. — Agora que disse, não preciso ser. Mas foi maravilhoso no Prado. Por isso eu queria contar a David sobre o que aconteceu.

— Terá bastante tempo para contar a David.

— Sim — disse ela. — Temos tempo para as coisas.

— Me conte, onde se bronzeou assim? — disse o Coronel. — Sabe como está morena?

— Foi em Le Grau du Roi e depois não muito distante de La Napoule. Tinha uma caverna lá com uma trilha que chegava nela em meio aos pinheiros. Não dava para ver da estrada.

— Quanto tempo levou para ficar assim tão bronzeada?

— Uns três meses.

— E o que vai fazer com esta cor?

— Vesti-la — disse ela. — Cai muito bem na cama.

— Não acho que deveria desperdiçá-la na cidade.

— O Prado não é desperdício. Não estou vestindo de verdade. Sou eu mesma. Sou morena assim de verdade. O sol apenas ajuda. Queria ser mais morena.

— Então provavelmente vai ficar — disse o Coronel. — Anseia por outras coisas assim?

— Só a cada dia — disse Catherine. — Anseio a cada novo dia.

— E hoje foi um dia bom?

— Sim. Você sabe que foi. Estava lá.

— Você e David almoçam comigo?

— Certo — disse Catherine. — Vou subir e mudar de roupa. Esperam por mim?

— Não quer terminar sua bebida? — perguntou David.

— Não dou a mínima — disse ela. — Não se preocupe comigo. Não vou ficar tímida.

Foi até a porta e os dois olharam para ela.

— Fui muito duro? — perguntou o Coronel. — Espero que não. Ela é uma garota adorável.

— Só espero que eu seja bom para ela.

— Você é. Como vão as coisas com você?

— Acho que tudo bem.

— Está feliz?

— Muito.

— Lembre-se: tudo está certo até dar errado. Vai saber quando der errado.

— Você acha?

— Tenho certeza. Não tem importância se não souber. Nada terá importância então.

— Vai ser rápido?

— Não falei nada sobre velocidade. Do que está falando?

— Desculpe.

— É o que tem, então aproveite.

— Estamos aproveitando.

— Estou vendo. Só tem uma coisa.

— O quê?

— Cuide bem dela.

— É só isso que tem a dizer?

— Mais uma coisinha: a prole não é boa.

— Ainda não há nenhuma prole.

— É mais generoso eliminar a prole.

— Mais generoso?

— Melhor.

Conversaram sobre pessoas por um tempo, com o Coronel falando com indignação, e então David viu Catherine cruzar a porta com um terninho branco lustroso que mostrava quanto estava bronzeada.

— Está magnificamente deslumbrante — disse o Coronel a Catherine. — Mas tente ficar mais bronzeada.

— Obrigada. É o que farei — disse ela. — Não precisamos sair agora no calor, precisamos? Não podemos ficar aqui sentados no fresco? Podemos comer aqui no restaurante.

— Vocês vão almoçar comigo — disse o Coronel.

— Não, por favor. Você vai almoçar conosco.

David se levantou com pouca firmeza. Havia mais gente no bar agora. Olhando para a mesa, viu que tomara o drinque de Catherine além do seu. Não se lembrava de ter tomado nenhum dos dois.

Era hora da sesta e eles se deitaram na cama e David lia à luz do dia que entrava pela janela à esquerda da cama, onde suspendera uma das persianas a um terço de sua altura. A luz era refletida do prédio do outro lado da rua. A cortina não estava alta o bastante para mostrar o céu.

— O Coronel gostou da minha cor — disse Catherine. — Temos de voltar ao mar. Preciso manter essa cor.

— Vamos quando você quiser.

— Será maravilhoso. Posso dizer uma coisa? Eu preciso.

— De quê?

— Eu não voltei a ser garota durante o almoço. Me comportei bem?

— Você não mudou?

— Não. Você se importa? Mas agora sou seu menino e farei qualquer coisa por você.

David continuou a ler.

— Está chateado?

— Não.

Sóbrio, pensou ele.

— É mais simples agora.

— Não acho.

— Então vou tomar cuidado. Tudo o que fiz de manhã parecia tão certo e alegre, tão claro e bom à luz do dia. Não posso tentar agora para a gente ver?

— Prefiro que não.

— Posso te dar um beijo e tentar?

— Não se você for um menino e eu for um menino.

Sentiu dentro do peito uma barra de ferro que ia de um lado a outro.

— Queria que não tivesse contado ao Coronel.

— Mas ele me viu, David. Ele tocou no assunto e sabia de tudo e compreendeu. Não foi tolice contar a ele. Foi melhor. Ele é nosso amigo. Se eu contasse, ele não falaria. Se não contasse, ele tinha o direito de perguntar.

— Não pode confiar em todo mundo assim.

— Não ligo para as pessoas. Ligo só para você. Nunca provocaria escândalos com outras pessoas.

— Meu peito parece estar pesado como ferro.

— Sinto muito. O meu está muito feliz.

— Minha querida Catherine.

— Isso é bom. Você me chama de Catherine sempre que quer. Também sou sua Catherine. Sou sempre Catherine quando precisar dela. É melhor irmos dormir ou deveríamos começar e ver o que acontece?

— Primeiro vamos ficar deitados bem quietos no escuro — disse David, e abaixou a persiana entrelaçada. Os dois deitaram lado a lado na cama no grande quarto no The Palace em Madri, onde Catherine entrara como menino no Museo del Prado à luz do dia e agora começaria a mostrar as coisas obscuras, e ele tinha a impressão de que aquela mudança nunca teria fim.

Capítulo Oito

O Buen Retiro pela manhã era fresco como uma floresta. Era verdejante, e os troncos das árvores eram escuros e as distâncias, todas novas. O lago não estava onde costumava ficar e, quando eles o enxergaram através das árvores, estava bastante mudado.

— Vá na frente — disse ela. — Quero olhar para você.

Então ele deu as costas para ela e foi até onde havia um banco e sentou. Podia ver um lago a distância e sabia que era longe demais para caminhar até lá. Ficou ali sentado no banco e ela sentou ao seu lado e disse:

— Está tudo bem.

Mas o remorso estava lá à sua espera no Retiro, e agora a sensação era tão ruim que ele disse a Catherine que a encontraria no café do The Palace.

— Você está bem? Quer que eu vá com você?

— Não. Estou bem. Apenas preciso ir.

— Vejo você lá — disse ela.

Ela estava particularmente bonita naquela manhã, e ele sorriu, pensando no segredo dos dois, e sorriu para ela e então carregou seu remorso para o café. Achou que não conseguiria chegar, mas chegou, e, depois, quando Catherine chegou, ele estava terminando seu segundo absinto e o remorso desaparecera.

— Como vai você, diaba?

— Sou sua diaba — disse ela. — Pode me trazer um desses também?

O garçom se afastou satisfeito em vê-la tão atraente e tão feliz e ela disse:

— O que foi?

— Só me senti péssimo, mas agora estou bem.

— Foi tão ruim assim?

— Não — mentiu.

Ela balançou a cabeça.

— Sinto muito. Esperava que não houvesse qualquer tipo de sentimento ruim.

— Já passou.

— Que bom! Não é ótimo estar aqui no verão sem ter ninguém aqui? Pensei em algo.

— Já?

— Podemos ficar aqui e não irmos para o mar. Agora nos pertence. A cidade e tudo aqui. Poderíamos ficar e depois tomar a estrada de volta direto para la Napoule.

— Não há muitos lances mais a fazer.

— Não diga isso. Acabamos de começar.

— Sim... podemos sempre voltar para onde começamos.

— Claro que podemos e faremos.

Ele sentiu a coisa voltando e tomou um longo trago.

O JARDIM DO ÉDEN ~ 91

— É algo muito estranho — disse ele. — Essa bebida tem o exato gosto do remorso. Tem o seu gosto exato e, ao mesmo tempo, o leva embora.

— Não gosto que você tenha de tomá-lo por este motivo. Não somos assim. Não devemos ser.

— Talvez eu seja.

— Não deve ser.

Ela tomou um longo trago em seu copo e outro longo trago e olhou ao redor e então para ele.

— Eu consigo. Olhe para mim e veja. Aqui no café a céu aberto do The Palace, em Madri, e você pode ver o Prado e a rua e os aspersores sob as árvores; então é real. Será terrivelmente brusco. Mas eu consigo. Você pode ver. Olhe. Os lábios são da sua garota outra vez e eu sou tudo o que você quer de verdade. Não consegui? Diga.

— Não precisava.

— Você gosta de mim como garota — disse ela, bastante séria, e depois sorriu.

— Sim — disse ele.

— Que bom! — disse ela. — Fico feliz que alguém goste, pois é uma tremenda chatice.

— Então não mude.

— Não me ouviu dizer que já tinha feito? Não me viu fazer? Quer que me retorça toda e me divida em dois, pois não consegue se decidir? Só porque não aceita coisa alguma?

— Você pode parar com isso?

— Por que eu deveria parar? Quer uma garota, não quer? Não quer tudo o que faz parte de uma? Cenas, histeria, falsas acusações, mau humor, não é? Estou falando baixo. Não vou deixar você constrangido na frente do garçom. Não vou deixar o garçom constrangido. Vou ler minha maldita correspondência. Podemos mandar alguém lá em cima para pegar minha correspondência?

— Eu mesmo subo e pego.

— Não. Eu não deveria ficar aqui sozinha.

— Está certa — disse ele.

— Está vendo? Foi por isso que eu disse para mandarmos alguém.

— Eles não dariam a chave do quarto a um *botones*. Foi por isso que eu disse que subiria.

— Já superei tudo isso — disse Catherine. — Não vou me comportar assim. Por que deveria me comportar assim com você? Foi ridículo e indigno. Fui tão boba que nem vou pedir que me perdoe. Além disso, tenho de subir ao quarto de qualquer jeito.

— Agora?

— Porque sou uma maldita mulher. Achei que, se eu fosse uma garota e permanecesse como garota, no mínimo teria um filho. Nem mesmo isso.

— Pode ser culpa minha.

— Não vamos falar de culpas. Fique aqui e eu vou buscar a correspondência. Vamos ler nossa correspondência e agir como bons e inteligentes turistas americanos que ficaram decepcionados por vir a Madri na época errada do ano.

No almoço, Catherine disse:

— Vamos voltar para La Napoule. Não tem ninguém lá e vamos ficar tranquilos e à vontade e vamos trabalhar e cuidar um do outro. Podemos dirigir até Aix também para ver toda a região de Cézanne. Não ficamos lá por tempo suficiente antes.

— Vamos nos divertir muitíssimo.

— Não é cedo demais para você recomeçar a trabalhar, é?

— Não. Seria bom começar agora. Tenho certeza.

— Será maravilhoso e eu vou estudar espanhol de verdade para quando voltarmos. E eu tenho muita coisa para ler.

— Temos muito a fazer.

— Também vamos fazer isso.

Livro Três

Capítulo Nove

O novo plano durou pouco mais de um mês. Eles tinham três quartos nos fundos de uma casa provençal rosa comprida e baixa, onde já se haviam hospedado. Ficava no pinheiral, no lado de Estérel de la Napoule. As janelas davam para o mar e, do jardim em frente à casa comprida, onde comiam debaixo das árvores, podiam ver as praias desertas, a vegetação alta de papiro no delta do riacho e, do outro lado da baía, ficava a curva branca de Cannes com os morros e as montanhas distantes atrás. Não havia ninguém hospedado na casa comprida agora no verão, e o proprietário e sua mulher estavam felizes em recebê-los de volta.

O quarto no qual dormiam era o grande cômodo nos fundos. Tinha janelas em três lados e era fresco naquele verão. À noite eles sentiam o aroma dos pinheiros e do mar. David trabalhava em um quarto mais ao fundo. Começava cedo todas as manhãs e, ao terminar, encontrava Catherine e iam até uma enseada nas rochas onde ficava uma praia de areia para tomar sol e nadar. Às vezes Catherine saía com o carro e ele a esperava e tomava algo na varanda depois de trabalhar. Era impossível beber pastis depois do absinto e ele passou a tomar uísque e água Perrier. Aquilo agradou ao proprietário, que agora fazia um bom negócio defensivo com a presença do casal Bourne na estação morta de verão. Não contratara um cozinheiro, era sua mulher quem cozinhava. Uma camareira cuidava dos quartos, e um sobrinho, aprendiz de garçom, servia as mesas.

Catherine gostava de dirigir o pequeno carro e saía em incursões de compras para Nice e Cannes. As grandes lojas de inverno estavam fechadas, mas ela encontrava extravagâncias para comer e artigos de valor para beber, e localizou os lugares onde poderia comprar livros e revistas.

David trabalhou duro por quatro dias. Eles haviam passado a tarde inteira sob o sol na areia de uma nova enseada que tinham descoberto e ficaram na água até se cansar e então voltaram para casa à noite com sal seco nas costas e nos cabelos, a fim de beber algo, tomar banho e mudar de roupa.

Na cama, a brisa vinha do mar. Era fresca e os dois deitaram lado a lado no escuro com o lençol sobre eles, e Catherine disse:

— Você me pediu para lhe dizer.

— Eu sei.

Ela se inclinou sobre ele, segurou sua cabeça entre as mãos e o beijou.

— Eu quero tanto. Posso? Poderia?

— Claro.

— Estou tão feliz. Fiz um monte de planos — disse ela. — E dessa vez não vou começar tão má e selvagem.

— Que tipo de planos?

— Posso contar, mas seria melhor mostrar. Podemos fazer isso amanhã. Quer vir comigo?

— Aonde?

— Cannes, aonde eu fui quando estivemos aqui antes. Ele é um ótimo cabeleireiro. Somos amigos e é melhor que o de Biarritz, pois entendeu de imediato.

— O que você anda fazendo?

— Fui vê-lo hoje de manhã enquanto você trabalhava. Expliquei, ele estudou a ideia, entendeu e achou que ficaria bom. Eu disse que ainda não tinha decidido, mas, se resolvesse, tentaria fazer com que você cortasse o seu do mesmo jeito.

— Como é o corte?

— Você vai ver. Vamos juntos. É como se fosse chanfrado para trás da linha natural. Ele está bastante empolgado. Acho que é porque é louco pela Bugatti. Está com medo?

— Não.

— Mal posso esperar. Ele quer clarear, mas ficamos com medo de que você não gostasse.

— O sol e a água salgada vão clareá-los.

— Assim ficariam muito mais claros. Ele disse que poderia deixar tão claros quanto os de uma escandinava. Imagine como ficariam com nossas peles morenas. Poderíamos clarear os seus também.

— Não. Eu me sentiria esquisito.

— Quem você conhece aqui para se importar? De qualquer jeito, ficariam mais claros depois de nadar o verão inteiro.

Ele não disse palavra e ela falou:

— Não precisa fazer. Vamos clarear os meus e talvez você queira fazer. Veremos.

— Não faça planos, diaba. Amanhã vou acordar bem cedo e trabalhar, e você durma até o mais tarde que puder.

— Então escreva sobre mim também — disse ela. Não importa se for quando me comportei mal, mas coloque quanto te amo.

— Estou quase lá.

— Pode publicar ou seria ruim?

— Só estou tentando escrever.

— Posso ler um dia?

— Se eu conseguir fazer direito.

— Já estou tão orgulhosa e não teremos nenhuma cópia à venda e nenhuma para os críticos. Assim, nunca haverá recortes e você nunca se sentirá adulado e o teremos sempre só para nós dois.

David Bourne acordou quando clareou, vestiu short, camisa e saiu. A brisa cessara. O mar estava calmo e o dia cheirava a sereno e pinho. Caminhou descalço pelas lajes da varanda até o quarto nos fundos da casa comprida, entrou e se sentou à mesa na qual trabalhava. As janelas ficaram abertas durante a noite e o quarto estava fresco e cheio das promessas do início da manhã.

Ele escrevia sobre a estrada de Madri a Zaragoza e sobre o sobe e desce da estrada quando entravam em velocidade na região dos morros vermelhos, e o pequeno carro na estrada, então poeirenta, alcançou o trem expresso e Catherine o ultrapassou lentamente, vagão por vagão, o tênder e depois o maquinista e o foguista e finalmente o nariz da locomotiva, e então ela mudou a marcha quando a estrada seguiu para a esquerda e o trem desapareceu em um túnel.

— Eu o alcancei — disse ela. — Mas ele escapou. Diga se posso alcançá-lo de novo.

Ele olhou o mapa Michelin e disse:

— Não por um bom tempo.

— Melhor desistir, vamos ver a região.

A estrada subia e surgiam álamos ao longo do rio e era uma estrada íngreme e ele sentiu o carro aceitá-la. Então, Catherine mudou a marcha outra vez, contente por superar a ladeira.

Depois, ao ouvir a voz dela no jardim, parou de escrever. Trancou a pasta com os cadernos de manuscritos e saiu trancando a porta atrás de si. A garota usaria a chave-mestra para limpar o quarto.

Catherine estava sentada na varanda para o café. Uma toalha xadrez vermelha e branca cobria a mesa. Ela vestia sua velha camisa listrada de Le Grau du Roi recém-lavada e agora encolhida e bastante desbotada, calças novas de flanela cinza e alpargatas.

— Olá — disse ela. — Não consegui dormir até tarde.

— Você está linda.

— Obrigada. Eu me sinto linda.

— Onde comprou estas calças?

— Mandei fazer em Nice. Em um bom costureiro. O que acha?

— Têm um corte muito bom. Parecem novas. Vai vesti-las para ir à cidade?

— Não na cidade. Cannes está na baixa temporada. Todo mundo vai usá-las no ano que vem. As pessoas estão vestindo nossas camisas agora. Eles não são muito bons com saias. Você não se importa, não é?

— Nem um pouco. Estas calças têm o visual certo. Parecem muito bem-feitas.

Depois do café, enquanto David fazia a barba e tomava banho e depois vestia uma velha calça de flanela e uma camisa de pescador e encontrava suas alpargatas, Catherine colocou uma camisa azul de linho com colarinho aberto e uma saia grossa de linho branco.

— Ficamos melhor assim. Mesmo que as calças sejam boas para usar aqui, são chamativas demais para esta manhã. Vamos guardá-las para mais tarde.

Foi tudo muito amigável e espontâneo no cabeleireiro, mas também bastante profissional. Monsieur Jean, que tinha mais ou menos a idade de David e parecia mais italiano do que francês, disse:

— Vou cortar como ela pede. Está de acordo, Monsieur?

— Não faço parte do sindicato — disse David. — Deixo para vocês dois.

— Talvez devêssemos fazer um teste em Monsieur — disse Monsieur Jean. — Caso algo dê errado.

Mas Monsieur Jean começou cortando os cabelos de Catherine com bastante cuidado e técnica, e David viu seu rosto moreno sério sobre o guarda-pó que lhe apertava o pescoço. Ela olhou no espelho de mão e observou o pente e a tesoura a levantar e picotar. O homem trabalhava como um escultor, compenetrado e sério.

— Pensei em tudo na noite passada e hoje de manhã — disse o cabeleireiro. — Se não acreditar, Monsieur, vou entender. Mas isso é tão importante para mim quanto seu *métier* é para o senhor.

O JARDIM DO ÉDEN ～ 103

Deu um passo para trás a fim de olhar a forma que esculpia. Em seguida, cortou mais rápido e, finalmente, virou a cadeira de modo que o espelho grande se refletisse no pequeno que Catherine segurava.

— Quer cortar daquele jeito sobre as orelhas? — perguntou ela ao cabeleireiro.

— Como desejar. Posso deixar mais *dégagé* se quiser. Mas vai ficar lindo se o deixarmos bem claro.

— Eu quero bem claro — disse Catherine.

Ele sorriu. — Madame e eu conversamos sobre isto. Mas eu disse que a decisão caberia a Monsieur.

— O Monsieur já tomou a decisão — disse Catherine.

— Claros até que ponto Monsieur deseja?

— O mais claro que conseguir — disse ela.

— Não diga isso — falou Monsieur Jean. — A senhora tem de me dizer.

— Claros como minhas pérolas — disse Catherine. — O senhor as viu inúmeras vezes.

David se aproximou e viu Monsieur Jean misturar uma boa dose de xampu com uma colher de pau.

— Mando fazer os xampus com sabão de Castela — disse o cabeleireiro. — Está quente. Por favor, venha aqui até a pia. Sente-se inclinada para a frente — disse a Catherine — e coloque esse pano sobre a testa.

— Mas não é um corte masculino — disse Catherine. — Eu queria do jeito que planejamos. Está saindo tudo errado.

— Não poderia ser um corte mais masculino. Acredite em mim.

Ele agora ensaboava a cabeça dela com o xampu grosso e espumento de odor acre.

Depois que sua cabeça foi ensaboada e lavada uma e outra vez, parecia a David que não tinha cor alguma e que a água passara por ela, revelando somente uma palidez úmida. O cabeleireiro colocou uma toalha sobre ela e a esfregou suavemente. Estava bastante confiante.

— Não se desespere, Madame — disse ele. — Por que eu faria algo contra a sua beleza?

— Estou desesperada e não há beleza alguma.

Ele secou sua cabeça gentilmente e depois manteve a toalha sobre a cabeça e trouxe um secador. Então, começou a passá-lo pelos cabelos enquanto os penteava para a frente.

— Veja agora — disse.

À medida que o ar ia atravessando seus cabelos, estes passavam de uma monotonia umedecida a uma clareza setentrional brilhosa e prateada. À medida que o vento do secador ia passando pelos cabelos, eles observavam a mudança.

— Não precisava ter-se desesperado — disse Monsieur Jean, sem dizer Madame e então se lembrando. — Madame não os queria claros?

— Ficou melhor que as pérolas — disse ela. — O senhor é um grande homem e eu agi de maneira horrível.

Ele então esfregou as mãos com algo de uma jarra. — Vou apenas tocá-los com isso — disse. Ele sorriu com bastante satisfação para Catherine e passou as mãos levemente sobre sua cabeça.

Catherine levantou e se olhou bastante séria no espelho. Seu rosto nunca estivera tão escuro e seus cabelos eram como a casca de uma jovem bétula branca.

— Gostei muito — disse ela. — Demais.

Ela olhou para o espelho como se jamais tivesse visto a garota para quem olhava.

— Agora vamos cuidar do Monsieur — disse o cabeleireiro. — Monsieur deseja o corte? É bastante conservador, mas também esportivo.

— O corte — disse David. — Acho que não corto os cabelos há um mês.

— Por favor, faça como o meu — disse Catherine.

— Porém mais curto — disse David.

— Não. Por favor, igual.

Depois do corte, David se levantou e passou a mão pela cabeça. Era uma sensação fresca e confortável.

— Não vai deixar clareá-los?

— Não. Tivemos milagres demais por um dia.

— Só um pouco?

— Não.

David olhou para Catherine e depois para o próprio rosto no espelho. Estava tão moreno quanto ela e usava o corte de cabelo dela.

— Quer mesmo tanto assim?

— Quero, David. De verdade. Tente só um pouquinho. Por favor.

Ele olhou outra vez para o espelho e então foi à cadeira e sentou. O cabeleireiro olhou para Catherine.

— Vá em frente — disse ela.

Capítulo Dez

O proprietário estava sentado a uma das suas mesas na varanda da casa comprida com uma garrafa de vinho, uma taça e uma xícara vazia de café lendo o *Éclaireur de Nice* quando o carro azul chegou apressado sobre o cascalho e Catherine e David desceram e caminharam pela laje até a varanda. Ele não os esperava de volta tão cedo e estava quase dormindo, mas se levantou e disse a primeira coisa que lhe veio à mente quando os viu diante de si.

— *Madame et Monsieur ont fait décolorer les cheveux. C'est bien.*

— *Merci Monsieur. On le fait toujour dans le mois d'août.*

— *C'est bien. C'est très bien.*

— Ficou bom — disse Catherine a David. — Somos bons fregueses. O que um bom cliente faz é *très bien*. Você é *très bien*. Por Deus, você é.

No quarto, uma brisa boa para velejar chegava do mar e o quarto estava frio.

— Adoro essa camisa azul — disse David. — Fique aí parada com ela.

— É da cor do carro — disse ela. — Ficaria melhor sem a saia?

— Tudo em você fica melhor sem a saia — disse ele. — Vou sair e encontrar aquele bode velho e ser um freguês ainda melhor.

Ele voltou com um balde de gelo e uma garrafa de champanhe que o proprietário encomendara para eles e que haviam bebido tantas outras vezes. Também trazia duas taças em uma pequena bandeja na outra mão.

— Isto deve servir como aviso para eles — disse.

— Não precisávamos — disse Catherine.

— Podemos só experimentar. Não vai levar mais de quinze minutos para esfriar.

— Não provoque. Por favor, venha aqui na cama e me deixe ver e apalpar você.

Ela tirava a camisa dele por sobre a cabeça, ele se levantou e a ajudou.

Depois que ela dormiu, David levantou e se olhou no espelho do banheiro. Pegou uma escova e escovou o cabelo. Não havia outro modo de penteá-lo além daquele como fora cortado. Ficaria desgrenhado e bagunçado, mas tinha de cair daquele jeito e a cor era a mesma do de Catherine. Foi até a porta e a observou na cama. Depois voltou e pegou o grande espelho de mão dela.

— Então é assim — disse a si mesmo. — Fez isso com seu cabelo, cortou como o de sua garota, e como se sente? — perguntou ao espelho. — Como se sente? Diga.

— Você gostou — disse ele.

Olhou para o espelho e viu outra pessoa, mas agora era menos estranho.

— Tudo bem. Você gostou — disse ele. — Agora siga em frente com o que vier por aí, seja o que for, e jamais diga que alguém o tentou ou que alguém sacaneou você.

Olhou para o rosto que não lhe era mais estranho, mas que era o seu rosto agora, e disse:

— Você gostou. Lembre-se. Deixe isso claro. Conhece exatamente sua aparência agora e como você é.

É claro que não sabia exatamente quem era. Mas fez um esforço, auxiliado pelo que vira no espelho.

Naquela noite, jantaram na varanda em frente à casa comprida e estavam bastante animados e tranquilos. Gostavam de olhar um para o outro à mesa sob a luz fraca. Depois do jantar, Catherine disse ao garoto que lhes trouxera o café:

— Pegue o balde para o champanhe em nosso quarto e coloque outra garrafa para gelar, por favor.

— Queremos mais uma? — perguntou David.

— Acho que sim. Você não quer?

— Claro.

— Mas não precisa.

— Quer uma *fine*?

— Não. Prefiro beber o vinho. Tem de trabalhar amanhã?

— Vamos ver.

— Por favor, trabalhe se estiver a fim.

— E hoje à noite?

— Esta noite, vamos ver. Foi um dia duro.

Era muito escuro à noite e o vento aumentara, e podiam ouvi-lo no pinheiral.

— David?

— Sim.

— Como está, menina?

— Estou bem.

— Deixe-me apalpar esse cabelo, menina. Quem o cortou? Jean? Está tão cheio e tão encorpado, igual ao meu. Deixe-me te beijar, menina. Oh, seus lábios são adoráveis. Feche os olhos, menina.

Ele não fechou os olhos, mas estava escuro no quarto e lá fora o vento soprava forte entre as árvores.

— Sabe, não é tão fácil ser menina quando se é uma de verdade. A gente sente coisas de verdade.

— Eu sei.

— Ninguém sabe. Eu te digo quando você é minha menina. Não que você seja insaciável. Eu sou facilmente saciada. É só que algumas pessoas sentem e outras não. Acho que as pessoas mentem a esse respeito. Mas é tão bom só te sentir e te abraçar. Estou tão feliz. Seja só minha menina e me ame como eu te amo. Me ame mais. Do jeito que puder agora. Você agora. Sim, você. Por favor, você.

Seguiam pela descida até Cannes e ventava forte quando chegaram à planície e passaram pelas praias desertas, com a relva alta envergando e aplainando à medida que atravessavam a ponte sobre o rio e ganhavam velocidade no último trecho de estrada rápida antes da cidade. David encontrou a garrafa, que estava gelada e embrulhada em uma toalha, tomou um grande trago e sentiu o carro deixar o trabalho para trás e se distanciar e subir o pequeno aclive da estrada negra. Não trabalhara aquela manhã e agora, depois que ela os conduzira pela cidade e de volta ao campo, ele desarrolhou a garrafa, bebeu outra vez e ofereceu a ela.

— Não preciso — disse Catherine. — Me sinto bem demais.

— Muito bem.

Passaram por Golfe-Juan com o bom bistrô e o pequeno bar aberto, depois cruzaram os pinheirais e prosseguiram pela praia amarela virgem de Juan-les-Pins. Atravessaram a pequena península pela estrada rápida e negra, e passaram por Antibes ladeando a linha férrea e depois saíram pela cidade e passaram pelo porto e a torre quadrada das velhas defesas, ressurgindo mais uma vez no campo.

— Nunca dura o bastante — disse ela. — Sempre passo rápido demais por esse trecho.

Pararam e almoçaram no abrigo de um antigo muro de pedra que era parte das ruínas de uma edificação logo ao lado de um riacho límpido que saía das montanhas e cruzava a planície selvagem a caminho do mar. O vento soprava forte de um funil nas montanhas. Colocaram uma toalha no chão e sentaram perto um do outro, apoiados no muro, e ficaram olhando o campo e o mar, liso e polido pelo vento.

— Não é lá um grande lugar para se visitar — disse Catherine. — Não sei como o tinha imaginado.

Levantaram-se e ergueram o olhar na direção dos morros, com seus vilarejos suspensos e as montanhas cinzentas e roxas atrás. O vento açoitava seus cabelos, e Catherine apontou para uma estrada por onde passara certa vez no campo alto.

— Podíamos ter ido a algum lugar ali — disse ela. — Mas é muito fechado e pitoresco. Detesto esses vilarejos suspensos.

— Aqui é um bom lugar — disse David. — Tem um ótimo riacho e não podia haver muro melhor.

— Está sendo gentil. Não precisa ser.

— Estamos bem protegidos e gosto deste lugar. Vamos esquecer tudo o que for pitoresco.

Comeram ovos recheados, frango assado, picles e pão fresco, que cortaram em pedaços e sobre o qual passaram mostarda Savora, e tomaram vinho rosé.

— Está bem agora? — perguntou Catherine.

— Claro.

— E não se sentiu mal?

— Não.

— Nem mesmo em relação a algo que eu tenha dito?

David tomou um gole de vinho e disse:

— Não. Não pensei nisso.

Ela se levantou e ficou olhando na direção do vento que apertava seu suéter contra os seios e açoitava seus cabelos e depois olhou para ele com seu rosto marrom-escuro e sorriu. Ela então se virou e ficou olhando para o mar, que o vento alisava e ondulava.

— Vamos a Cannes comprar os jornais e ler no café — disse ela.

— Você quer se mostrar.

— E por que não deveria? É a primeira vez que saímos juntos. Você se incomoda?

— Não, diaba. Por que me incomodaria?

— Não quero ir se você não quiser.

— Você disse que queria.

— Quero fazer o que você quiser. Não posso ser mais condescendente, posso?

— Ninguém quer que você seja condescendente.

O JARDIM DO ÉDEN ~ 113

— Podemos parar? Tudo o que eu queria era ser boa hoje. Por que estragar tudo?

— Vamos limpar as coisas aqui e ir embora.

— Para onde?

— Para qualquer lugar. Para o maldito café.

Compraram os jornais em Cannes e uma nova *Vogue* francesa, o *Chasseur Français* e o *Miroir des Sports* e sentaram a uma mesa em frente ao café fora do vento e leram e tomaram seus drinques, fazendo as pazes. David bebeu uma garrafa pequena de Haig e Perrier, e Catherine pediu Armagnac e Perrier.

Duas garotas que chegaram de carro e estacionaram na rua entraram no café e sentaram, pedindo um Chambery Cassis e uma *fine à l'eau*. Das duas, foi a beldade quem tomou o conhaque com soda.

— Quem são aquelas duas? — perguntou Catherine. — Você conhece?

— Nunca vi.

— Eu conheço. Devem morar aqui por perto. Eu as vi em Nice.

— Aquela garota ali é bonita — disse David. — E tem belas pernas também.

— São irmãs — disse Catherine. — As duas são bonitas, na verdade.

— Mas aquela ali é uma beleza. Não são americanas.

As duas garotas estavam discutindo, e Catherine disse a David:

–— É uma discussão e tanto, acho.

— Como sabia que eram irmãs?

— Achei que fossem, em Nice. Agora não tenho mais tanta certeza. A placa do carro é da Suíça.

— É um velho Isotta.

— Vamos esperar e ver o que acontece? Já faz muito tempo que não assistimos a um drama.

— Acho que é só uma grande briga italiana.

— Deve estar ficando sério, pois estão se aquietando.

— Mas vai explodir. Aquela é uma beleza de garota.

— É mesmo. E lá vem ela.

David se levantou.

— Desculpe — disse a garota em inglês. — Por favor, me perdoem. Por favor, se sente — disse a David.

— Quer sentar? — perguntou Catherine.

— Não posso. Minha amiga está furiosa comigo. Mas eu disse a ela que vocês entenderiam. Vocês me perdoam?

— Deveríamos perdoá-la? — perguntou Catherine a David.

— Vamos perdoá-la.

— Eu sabia que entenderiam — disse a garota. — Queria só saber onde cortaram o cabelo.

Ficou corada.

— Ou seria como copiar um vestido? Minha amiga disse que é mais ofensivo.

— Vou anotar para você — disse Catherine.

— Estou com muita vergonha — disse a garota. — Não ficou ofendida?

— Claro que não — disse Catherine. — Quer beber algo conosco?

— Não devia. Posso perguntar à minha amiga?

O Jardim do Éden ~ 115

Ela voltou à mesa por um instante e teve início uma breve e acalorada conversa em voz baixa.

— Minha amiga lamenta muito, mas não pode vir — disse a garota. — Espero que nos encontremos outra vez. Vocês foram muito gentis.

— Que tal? — disse Catherine, quando a garota voltou à companhia da amiga. — Para um dia com tanto vento...

— Ela vai voltar para perguntar onde você fez suas calças.

A discussão continuava na outra mesa. Então as duas se levantaram e se aproximaram.

— Gostaria de apresentar minha amiga...

— Eu me chamo Nina.

— Somos os Bourne — disse David. — Ficamos felizes por se juntarem a nós.

— Foram muito gentis em nos convidar — disse a beldade. — Fizemos algo imprudente.

Ela corou.

— É muito lisonjeiro — disse Catherine. — Mas ele é um excelente cabeleireiro.

— Deve ser — disse a beldade. Tinha um modo ofegante de falar e corou outra vez. — Nós vimos você em Nice — disse a Catherine. — Quis falar com você ali. Ou melhor, perguntar.

Ela não pode corar novamente, pensou David. Mas corou.

— Quem vai cortar o cabelo? — perguntou Catherine.

— Eu — respondeu a beldade.

— Eu também, sua boba — disse Nina.

— Você disse que não ia cortar.

— Mudei de ideia.

— Eu vou mesmo — disse a beldade. — Temos de ir agora. Vocês vêm sempre a este café?

— Às vezes — disse Catherine.

— Espero que a gente se encontre de novo então — disse a beldade. — Adeus e obrigada por serem tão simpáticos.

As duas garotas voltaram para a sua mesa, Nina chamou o garçom e elas pagaram e foram embora.

— Não eram italianas — disse David. — Uma delas é bonita, mas me deixou nervoso ao ficar vermelha.

— Ficou apaixonada por você.

— Claro. Ela me viu em Nice.

— Não posso fazer nada se ficou apaixonada por mim. Não é a primeira, e isso só faz bem a elas.

— E quanto a Nina?

— Aquela vadia — disse Catherine.

— Ela era uma loba. Acho que seria divertido.

— Não achei divertido — disse Catherine. — Achei triste.

— Eu também.

— Encontraremos outro café — disse ela. — De qualquer jeito, já foram embora.

— Eram sinistras.

— Eu sei — disse ela. — Também achei. Mas aquela menina foi simpática. Tinha lindos olhos. Você viu?

— Mas não parava de corar.

— Eu gostei dela. Você, não?

— Acho que sim.

— Gente que não fica corada é inútil.

— Nina corou uma vez — disse David.

— Eu podia ser muito grosseira com a Nina.

— Ela não se sentiria atingida.

— Não. Tem uma boa couraça.

— Quer outro drinque antes de voltar para casa?

— Não preciso. Mas vá em frente.

— Não preciso.

— Peça outro. Normalmente toma dois à noite. Vou pedir um pequeno para fazer companhia.

— Não. Vamos para casa.

À noite, ele acordou e ouviu o vento forte e feroz, e se virou e puxou o lençol sobre o ombro e fechou os olhos de novo. Sentiu a respiração dela e fechou os olhos outra vez. Sentiu sua respiração, suave e regular, e então voltou a dormir.

Capítulo Onze

Era o segundo dia que ventava sem trégua. Ele deixou de lado a narrativa em andamento sobre sua viagem com Catherine para escrever uma história que lhe ocorrera quatro ou cinco dias antes e que provavelmente vinha se desenvolvendo, pensou ele, nas últimas duas noites, enquanto dormia. Ele sabia que não era bom interromper o trabalho com o qual estava envolvido, mas se sentiu confiante e seguro de como vinha se saindo e achou que poderia pôr de lado a narrativa mais longa e escrever a história que, achava, deveria escrever agora ou perder.

A história começou sem dificuldade, como uma história começa quando está pronta para ser escrita; ele passou da metade e sentiu que deveria parar e deixá-la para o dia seguinte. Se não conseguisse ficar longe dela depois da pausa, seguiria em frente e terminaria. Mas esperava se manter afastado e trabalhar com vigor renovado no dia seguinte. Era uma boa história e agora ele lembrava que queria muito escrevê-la havia muito tempo. A história não lhe ocorrera nos últimos dias. Sua memória fora imprecisa quanto a isso. Foi a necessidade de escrevê-la que lhe ocorreu. Ele sabia agora como a história acabava. Sempre soube do vento e de ossos carcomidos pela areia, mas já não existiam mais e ele estava inventando tudo aquilo. Era tudo verdade agora, pois as coisas aconteciam com ele enquanto escrevia e só seus ossos estavam mortos, espalhados e deixados para trás. Começava agora com a maldade na plantação africana e teve de escrever sobre aquilo e se aprofundou bastante no assunto.

Estava cansado e feliz com seu trabalho quando encontrou o bilhete de Catherine dizendo que não queria perturbá-lo, que iria sair e voltaria para o almoço. Saiu do quarto e pediu seu café da manhã e, enquanto esperava, Monsieur Aurol, o proprietário, chegou e eles falaram sobre o tempo. Monsieur Aurol disse que o vento soprava daquele jeito às vezes. Não era um mistral de verdade, dizia a estação, mas provavelmente ventaria por três dias. O tempo agora estava louco. Monsieur certamente já havia notado. Quem acompanhava sua evolução sabia que não era normal desde a guerra.

David disse que não o acompanhara, pois estava em viagem, mas o tempo, sem dúvida, andava estranho. Não só o tempo, disse Monsieur Aurol, tudo mudara, e o que não mudara começava a mudar rapidamente. Poderia muito bem mudar para melhor, e ele, em particular, não se opunha. Monsieur, como homem do mundo, provavelmente via a questão da mesma maneira.

Sem dúvida, disse David, buscando uma tolice definitiva, era necessário rever os *cadres*.

— Precisamente — disse Monsieur Aurol.

Deixaram por isso mesmo e David terminou seu *café creme* e leu o *Miroir des Sports*, começando, então, e começou a sentir falta de Catherine. Foi até o quarto e encontrou *Lá longe e faz tempo* e voltou para a varanda e se ajeitou à mesa sob o sol, protegido do vento, para ler aquele adorável livro. Catherine encomendara à Galignani em Paris uma edição Dent para presenteá-lo e, quando os livros chegaram, ele se sentiu realmente rico. Os números em seus saldos bancários, nas contas em francos e em dólares, pareciam-lhe, desde Grau du Roi, completamente irreais, e ele jamais as considerara dinheiro de verdade. Mas os livros de W.H. Hudson o faziam se sentir rico e, quando contou isso a Catherine, ela ficou muito contente.

Depois de ler por uma hora, começou a sentir muita falta de Catherine e viu o garoto que servia as mesas e pediu uísque e Perrier. Depois tomou outro. Só bem depois da hora do almoço, ouviu o carro subir o morro.

Elas chegaram pelo caminho e ele ouviu suas vozes. Estavam animadas e alegres. Então, a garota repentinamente ficou em silêncio e Catherine disse:

— Olha quem eu trouxe para te ver.

— Por favor, eu sei que não devia ter vindo — disse a garota. Era a bela morena das duas que haviam encontrado no dia anterior no café; a que corava.

— Como vai? — disse David. Ela evidentemente fora ao cabeleireiro e cortara os cabelos curtos, como fizera Catherine em Biarritz. — Vejo que encontrou o salão.

A garota corou e olhou para Catherine, em busca de encorajamento.

— Olhe para ela — disse Catherine. — Bagunce o cabelo dela.

— Ah, Catherine — disse a garota. Então disse a David: — Pode bagunçar, se quiser.

— Não se assuste — disse David. — No que acha que se meteu?

— Não sei — disse ela. — Mas fico tão feliz de estar aqui.

— Por onde vocês duas andaram? — perguntou David a Catherine.

— No Jean, é claro. Depois paramos e tomamos um drinque e eu perguntei a Marita se gostaria de almoçar conosco. Não está feliz em nos ver?

— Estou encantado. Querem outro drinque?

— Podia preparar uns Martinis? — perguntou Catherine. — Um só não vai te fazer mal — disse à garota.

— Não, por favor. Tenho de dirigir.

— Quer um xerez?

— Não, por favor.

David foi atrás do balcão e encontrou taças e gelo e preparou dois Martinis.

— Se puder, gostaria de provar o seu — disse a garota a ele.

— Agora não está com medo dele, está? — perguntou Catherine a ela.

— Nem um pouco — disse a garota. Corou mais uma vez. — O gosto é bom, mas está muito forte.

— Estão fortes — disse David. Mas o vento está forte hoje e nós bebemos de acordo com o vento.

— Oh — disse a garota. — Todos os americanos fazem isso?

— Só as famílias mais antigas — disse Catherine. — Nós, os Morgan, os Woolworth, os Jelkse, os Jukese. Você sabe.

— É duro nos meses de nevascas e furacões — disse David. — Às vezes, eu me pergunto se sobreviveremos ao equinócio outonal.

— Gostaria de experimentar quando não tiver que dirigir — disse a garota.

— Não precisa beber porque nós bebemos — disse Catherine. — E não se importe por fazermos piada o tempo todo. Olhe para ela, David. Não está feliz porque a trouxe?

— Adoro quando fazem piadas — disse a garota. — Devem me desculpar, mas me sinto muito feliz por estar aqui.

— Gentileza sua ter vindo — disse David.

Durante o almoço na sala de jantar, fora do vento, David perguntou:

— E sua amiga, Nina?

— Foi embora.

— Ela era bonita — disse David.

— Sim. Tivemos uma briga feia e ela foi embora.

— Ela era uma vagabunda — disse Catherine. — Mas, para mim, quase todo mundo é uma vagabunda.

— Geralmente é — disse a garota. — Sempre espero que não seja, mas é.

— Conheço um monte de mulheres que não são vagabundas — disse David.

— Sim. Acho que conhece — disse a garota.

— Nina era uma pessoa feliz? — perguntou Catherine.

— Espero que sim — respondeu a garota. — Felicidade entre pessoas inteligentes é a coisa mais rara de se ver.

— Você não teve tanto tempo assim para saber.

— Quando você erra, descobre mais rápido — disse a garota.

— Você ficou feliz durante toda a manhã — disse Catherine. — Nos divertimos pra valer.

— Nem precisa dizer — falou a garota. — E estou mais feliz do que nunca agora.

Depois, enquanto comiam a salada, David perguntou à garota:

— Está hospedada longe daqui, no litoral?

— Não acho que vou continuar aqui.

— Mesmo? Que pena! — disse ele, sentindo a tensão tomar conta da mesa e se retesar como uma corda. Desviou o olhar da garota com os cílios tão rebaixados que lhe tocavam as bochechas na direção de Catherine e ela olhou direto para ele e disse:

— Ela estava voltando para Paris, e eu perguntei por que não ficava aqui caso Aurol tivesse um quarto livre. Vamos subir para almoçar e ver se David gosta de você e se você gosta do lugar. Gostou dela, David?

— Isso não é um clube — disse David. — É um hotel.

Catherine desviou o olhar e se moveu rapidamente para ajudá-la, prosseguindo como se nada tivesse dito.

— Gostamos muito de você e estou certa de que Aurol tem um quarto disponível. Ficará encantado em ter mais um hóspede.

A garota se sentou à mesa, olhando para baixo.

— Acho melhor não.

— Por favor, fique alguns dias — disse Catherine. — David e eu adoraríamos tê-la conosco. Não tenho ninguém aqui para me fazer companhia enquanto ele trabalha. Iríamos nos divertir como hoje de manhã. Diga a ela, David.

Ao diabo com ela, pensou David. Ela que se foda.

— Não seja boba — disse ele. — Por favor, chame Monsieur Aurol — pediu ao garoto que servia. — Vamos descobrir se eles têm um quarto.

— Não se importam, de verdade? — perguntou a garota.

— Não teríamos perguntado se nos importássemos — disse David. — Gostamos de você, é bastante decorativa.

O JARDIM DO ÉDEN ~ 125

— Serei útil, se puder — disse a garota. — Espero descobrir um modo.

— Seja feliz do jeito que estava quando chegou — disse-lhe David. — Isto é útil.

— Estou, agora — disse a garota. — Queria ter tomado o Martini, agora que não tenho que dirigir.

— Pode tomar hoje à noite — disse Catherine.

— Será ótimo. Poderíamos ver os quartos agora e acabar logo com isso?

David a conduziu lá embaixo para pegar o velho e grande conversível Isotta e suas malas no local em que o carro fora estacionado, em frente ao café em Cannes.

No caminho, ela disse:

— Sua mulher é maravilhosa e eu estou apaixonada por ela.

Ela estava sentada do seu lado, e David não se virou para ver se ela havia corado.

— Também estou apaixonado por ela — disse ele.

— Estou apaixonada por você também — disse ela. — Não tem problema?

Ele deixou cair o braço e apertou a mão sobre o ombro dela, que se aproximou dele.

— Vamos ver — disse ele.

— Fico contente por ser menor.

— Menor em relação a quem?

— Catherine — disse ela.

— É algo e tanto o que você está dizendo — disse ele.

— Quero dizer, achei que pudesse gostar de alguém do meu tamanho. Ou você só gosta de garotas altas?

— Catherine não é alta.

— Claro que não. Só quis dizer que não sou tão alta.

— Sim e você é bem morena também.

— Sim. Vamos ficar bem juntos.

— Quem?

— Catherine e eu e você e eu.

— Obrigatoriamente.

— O que isso quer dizer?

— Bem, não podemos evitar ficarmos bem juntos, podemos, se ficarmos bem e estivermos juntos?

— Estamos juntos agora.

— Não.

Ele dirigia com uma só mão no volante, reclinado e olhando para a estrada à sua frente, na junção com a N-7. Ela colocou a mão sobre ele.

— Estamos apenas dentro do mesmo carro — disse ele.

— Mas eu posso sentir que você gosta de mim.

— Sim. Sou bastante confiável em relação a isso, mas não significa nada.

— Significa algo.

— Só o que diz.

— Que coisa bonita para falar — disse ela e não falou mais nada nem afastou a mão até entrarem na avenida e pararem atrás do velho Isotta Fraschini estacionado diante do café, sob as velhas árvores. Ela então sorriu para ele e saiu do pequeno carro azul.

Agora, no hotel entre os pinheiros sobre os quais o vento ainda soprava, David e Catherine estavam sozinhos em seu quarto, ao qual ela finalmente voltou depois de ajudar a garota a se instalar nos dois cômodos que ocupara.

— Acho que ela vai ficar confortável — disse Catherine. — Claro que o melhor quarto depois do nosso é o dos fundos, onde você trabalha.

— E eu vou continuar lá — disse David. — Estou muito bem e não vou mudar meu ambiente de trabalho por causa de uma vagabunda importada!

— Por que está sendo tão violento? — disse Catherine. — Ninguém pediu para que abrisse mão. Eu só disse que era o melhor quarto. Mas os dois ao lado dele também funcionam muito bem.

— Quem é essa garota, de qualquer forma?

— Não seja tão violento. É uma boa garota e eu gosto dela. Sei que foi imperdoável trazê-la aqui sem te dizer nada e peço desculpa. Mas foi o que fiz e está feito. Achei que apreciaria que eu tivesse alguém agradável e atraente para ser minha amiga e fazer companhia enquanto você trabalha.

— Aprecio, se você quer alguém.

— Eu não queria alguém. Simplesmente conheci alguém de quem gostei e achei que você gostaria, e que seria bom para ela estar aqui por um tempo.

— Mas quem é ela?

— Não pedi seus documentos. Pode interrogá-la se achar que deve.

— Bom, pelo menos é decorativa. Mas a quem pertence?

— Não seja grosseiro. Ela não pertence a ninguém.

— Diga a verdade.

— Tudo bem. Ela está apaixonada por nós dois, a não ser que eu esteja louca.

— Não está louca.

— Talvez ainda não.

— Então como vai ser?

— Não sei — disse Catherine.

— Também não.

— É um tanto estranho e divertido.

— Não sei — disse David. — Quer ir nadar? Ontem não fomos.

— Vamos nadar. Deveríamos chamá-la? Por educação.

— Teríamos de ir com roupas de banho.

— Não importa, com este vento. Não é um dia para ficar na areia se bronzeando.

— Detesto usar roupas com você.

— Eu também. Mas talvez amanhã pare de ventar.

Estavam na estrada de Estérel com David dirigindo o velho e grande Isotta, sentindo e reprovando os freios muito bruscos e descobrindo quanto o motor precisava de reparos; os três estavam sentados juntos e Catherine disse:

— Há duas ou três enseadas onde nadamos sem roupas de banho quando estamos sozinhos. É o único jeito de se bronzear bem.

— Não é um bom dia para se bronzear — disse David. — Está ventando muito.

— Podemos nadar sem roupas se você quiser — disse Catherine à garota. — Se David não se importar. Será divertido.

— Eu adoraria — disse a garota. — Você se importa? — perguntou a David.

À noite, David preparou Martinis e a garota disse:

— Tudo é assim sempre tão maravilhoso quanto foi hoje?

— Foi um dia agradável — disse David. Catherine ainda estava no quarto, e ele e a garota sentaram juntos no pequeno bar que Monsieur Aurol instalara no inverno anterior, no canto do salão provençal.

— Quando bebo, tenho vontade de dizer coisas que não deveria dizer — declarou a garota.

— Então não diga.

— Então para que serve beber?

— Não para isso. Você só tomou um.

— Ficou com vergonha quando nadamos?

— Não. Deveria?

— Não — disse ela. — Adorei ver você.

— Que bom — disse ele. — Como está o Martini?

— Muito forte, mas eu gosto. Você e Catherine nunca nadaram daquele jeito com mais ninguém?

— Não. Por que deveríamos?

— Vou ficar bem bronzeada.

— Estou certo de que vai.

— Acharia melhor se eu não ficasse tão morena?

— Você está com uma cor bonita. Fique toda dessa cor se quiser.

— Achei que talvez você preferisse que uma de suas garotas fosse mais clara que a outra.

— Você não é minha garota.

— Sou, sim — insistiu ela. — Já te disse isso antes.

— Você não fica mais corada.

— Superei isso depois que nadamos. Espero não corar mais por um bom tempo. Foi por isso que eu disse tudo: para superar. Foi por isso que te contei.

— Você fica bem com este suéter de caxemira — disse David.

— Catherine disse que nós duas o vestiríamos. Não deixou de gostar de mim pelo que eu te disse?

— Esqueci o que você me disse.

— Que te amo.

— Não fale bobagem.

— Não acredita que isso aconteça às pessoas? Do jeito que aconteceu comigo em relação a vocês dois?

— Não é possível se apaixonar por duas pessoas de uma vez.

— Você não sabe — disse ela.

— Bobagem — disse ele. — É só um jeito de falar.

— Não é mesmo. É verdade.

— Apenas acha que é. Não faz sentido.

— Tudo bem — disse ela. — Não faz sentido. Mas estou aqui.

— Sim. Está aqui — disse. Ele viu Catherine atravessar o salão, sorrindo e feliz.

— Olá, nadadores — disse ela. — Que pena! Não pude ver Marita tomar seu primeiro Martini.

— Ainda estou nele — disse ela.

— Como a bebida a afetou, David?

— Fez com que falasse bobagem.

— Vamos começar com outra rodada. Fez bem em ressuscitar este bar. É uma espécie de bar experimental. Vamos arranjar um espelho para ele. Um bar não é nada sem um espelho.

— Podemos procurar amanhã — disse a garota. — Gostaria de comprar.

— Não seja gastadeira — disse Catherine. Nós duas vamos comprá-lo e então podemos todos ver um ao outro enquanto falamos bobagem e saber o monte de bobagens que é. Não se pode enganar um espelho de bar.

— É quando começo a ficar ridículo diante de um que eu sei que perdi — disse David.

— Você nunca perde. Como pode perder com duas garotas? — perguntou Catherine.

— Tentei explicar isso a ele — disse a garota, corando pela primeira vez naquela noite.

— Ela é sua garota e eu sou sua garota — disse Catherine. — Agora deixe de ser cabeça-dura e trate bem suas garotas. Não gosta da aparência delas? Sou aquela bem clara com quem se casou.

— Você está mais escura e mais loura do que aquela com quem me casei.

— Você também está e eu trouxe para você uma garota escura de presente. Não gostou do seu presente?

— Gostei muito do meu presente.

— E gosta do seu futuro?

— Não sei como será meu futuro.

— Não é um futuro escuro, é? — perguntou a garota.

— Muito bom — disse Catherine. — Ela não é só bonita, rica, saudável e afetuosa. Também sabe fazer piadas. Não está contente com o que eu trouxe para você?

— Prefiro ser um presente escuro a ser um futuro escuro — disse a garota.

— Ela acertou de novo — disse Catherine. — Dê um beijo nela, David, e faça dela um presente claro.

David abraçou a garota e a beijou, e ela começou a beijá-lo e virou o rosto. Então começou a chorar com a cabeça baixa e as duas mãos segurando o balcão.

— Faça uma boa piada agora — disse David a Catherine.

— Estou bem — disse a garota. — Não olhem para mim. Estou bem.

Catherine a abraçou e a beijou, acariciando sua cabeça.

— Vou ficar bem — disse a garota. — Por favor, sei que vou ficar bem.

— Sinto muito — disse Catherine.

— Deixe-me ir, por favor — disse a garota. — Preciso ir.

— Bem — disse David, depois que a garota foi embora e Catherine voltou para o bar.

— Não precisa dizer — disse Catherine. — Sinto muito, David.

— Ela vai voltar.

— Não acha que é tudo fingimento, acha?

— Eram lágrimas de verdade, se é o que quer saber.

— Não seja burro. Você não é burro.

— Eu a beijei com muito carinho.

— Sim. Na boca.

— Onde queria que a beijasse?

— Você está certo. Não estou criticando.

— Fico feliz por não ter pedido que eu a beijasse quando estávamos na praia.

— Pensei nisso — disse Catherine. Ela riu e era como os bons tempos antes que alguém entrasse na vida deles. — Achou que eu fosse pedir?

— Achei, e por isso fui nadar.

— Foi bom ter ido.

Eles riram outra vez.

— Bem, estamos mais alegres — disse Catherine.

— Graças a Deus — disse David. — Eu te amo, diaba, e juro que não a beijei para causar tudo aquilo.

— Nem precisa me dizer — afirmou Catherine. — Eu vi. Foi um grande fracasso.

— Queria que ela fosse embora.

— Não seja impiedoso — disse Catherine. — E eu a encorajei.

— Eu tentei não encorajá-la.

— Eu a incitei em relação a você. Vou lá buscá-la.

— Não. Espere um pouco. Ela está muito segura de si.

— Como pode dizer isso, David? Você a deixou em frangalhos.

— Não fiz isso.

— Bem, algo a deixou assim. Vou atrás dela.

Mas não foi necessário, pois a garota voltou ao bar no qual eles estavam, corou e disse:

— Me desculpem. — Seu rosto estava lavado, tinha penteado os cabelos e foi até David e o beijou na boca bem rápido e disse:

— Gosto do meu presente. Alguém tomou meu drinque?

— Joguei fora — disse Catherine. — David vai preparar outro.

— Espero que ainda goste de ter duas garotas — disse ela. — Porque eu sou sua e vou ser de Catherine também.

— Não tenho queda por garotas — disse Catherine. O silêncio pesava, e sua voz não soou sincera nem para ela nem para David.

— Nunca tentou?

— Nunca.

— Posso ser sua garota, se quiser um dia, e de David também.

— Não acha isso um feito e tanto? — perguntou Catherine.

— Foi para isso que eu vim aqui — disse a garota. — Achei que era o que vocês queriam.

— Nunca tive uma garota — disse Catherine.

— Sou muito burra — disse a garota. — Eu não sabia. É verdade? Não está caçoando de mim?

— Não estou caçoando de você.

— Não sei como pude ser tão burra — disse a garota. Ela quis dizer *equivocada*, pensou David, e Catherine pensou o mesmo.

À noite, na cama, Catherine disse:

— Nunca deveria ter metido você em nada disso. Em nada disso.

— Queria que nunca a tivéssemos visto.

— Podia ter sido pior. Talvez seguir em frente e acabar com isso desse jeito seja melhor.

— Você podia mandá-la embora.

— Não acho que seja o melhor jeito de terminar tudo. Ela não mexe com você?

— Mas é claro.

— Eu sabia. Mas eu te amo e tudo isso é nada. Você também sabe disso.

— Não sei de nada, diaba.

— Ora, não vamos ser solenes. Imagino que vai ser a morte se a gente for solene.

Capítulo Doze

Era o terceiro dia de ventania, mas agora já não era mais tão forte e ele sentou à mesa e leu a história desde o início até onde havia parado, corrigindo enquanto lia. Foi em frente, vivendo dentro dela e em nenhum outro lugar, e não deu ouvidos quando escutou a voz das duas garotas do lado de fora. Quando elas passaram pela janela, ele ergueu a mão e acenou. Elas acenaram e a garota morena sorriu e Catherine colocou os dedos em seus lábios. A garota estava muito bonita naquela manhã, com o rosto brilhante e uma cor intensa. Catherine estava bonita como sempre. Ele ouviu a partida do carro e percebeu que era a Bugatti. Voltou à história. Era uma boa história e ele a terminou pouco antes do meio-dia.

Era tarde demais para tomar café e ele se cansara do trabalho e não queria dirigir a velha Isotta até a cidade com seu freio ruim e seu imenso motor avariado, embora a chave estivesse junto a um bilhete deixado por Catherine dizendo que tinham ido a Nice e o procurariam no café ao voltarem para casa.

O que eu queria, pensou, é um litro de cerveja gelada em uma caneca grossa e pesada e uma *pomme à l'huile* com grãos de pimenta moídos em cima. Mas a cerveja naquele litoral era intragável e ele pensou alegremente em Paris e outros lugares por onde andara e ficou contente por ter escrito algo que sabia que era bom e por ter acabado. Era o primeiro texto que terminava desde que se casaram. O que você precisa fazer é terminar, pensou. Se não terminar, nada tem valor. Amanhã vou retomar a narrativa de onde parei e seguir em frente até terminar. E como vai terminar? Como vai terminar agora?

Assim que começou a pensar em outras coisas além do trabalho, tudo aquilo que bloqueara enquanto trabalhava voltou à sua cabeça. Pensou na noite anterior, em Catherine e na garota hoje na mesma estrada por onde ele e Catherine haviam passado, dois dias antes, e ficou chateado. Elas deviam estar a caminho de casa agora. Já é de tarde. Talvez estejam no café. Não seja solene, dissera ela. Mas queria dizer outra coisa também. Talvez ela saiba o que está fazendo. Talvez saiba no que pode dar. Talvez saiba. Você, não.

Então você trabalhou e agora está preocupado. Melhor escrever outra história. Escreva a mais difícil de ser escrita que você conhece. Vá em frente e escreva. Tem de durar se quiser ser bom para ela. Quão bom tem sido para ela? Bastante, disse ele. Não, não bastante. Bastante quer dizer suficiente. Vá em frente e comece a nova narrativa amanhã. Ao diabo com amanhã. Que jeito de ser! *Amanhã.* Vá lá e comece agora.

Enfiou o bilhete e a chave no bolso, voltou à sala de trabalho, sentou e escreveu o primeiro parágrafo da nova história que sempre deixara de lado desde que descobrira o que era uma história. Escreveu usando frases declarativas simples com todos os problemas adiante a serem vivenciados e a ganhar vida. O começo fora escrito e tudo o que tinha a fazer era seguir em frente. Aí está, disse ele. Viu como é simples o que não consegue fazer? Depois foi à varanda, sentou e pediu um uísque com Perrier.

O jovem sobrinho do proprietário trouxe as garrafas, gelo e um copo do bar, e disse:

— Monsieur não tomou café.

— Trabalhei até tarde.

— *C'est dommage* — disse o rapaz. — Posso trazer alguma coisa? Um sanduíche?

— Em nossa despensa você vai encontrar uma lata de Maquereau Vin Blanc Capitaine Cook. Abra e me traga dois num prato.

— Não vão estar frios.

— Não faz diferença. Pode trazer.

Sentou e comeu as cavalas ao vinho branco e tomou o uísque com água mineral. Fazia diferença não estarem frios. Leu o jornal da manhã enquanto comia.

Sempre comemos peixe fresco em Le Grau du Roi, pensou ele, mas isso foi há muito tempo. Começou a se lembrar de Grau du Roi, e então ouviu o carro subindo o morro.

— Leve isso embora — disse ele ao rapaz, levantou-se, foi até o bar e serviu uma dose de uísque, colocou gelo e encheu o copo com Perrier. O gosto do peixe temperado com vinho estava na sua boca e ele pegou a garrafa de água mineral e bebeu dela.

Ouviu as vozes e então elas surgiram na porta, felizes e alegres, como no dia anterior. Viu a cabeça branca e lustrosa de Catherine e seu rosto moreno, afetuoso e animado, e a outra garota morena, com o vento ainda em seus cabelos, os olhos muito brilhantes e então subitamente tímida outra vez ao se aproximar.

— Não paramos quando vimos que você não estava no café — disse Catherine.

— Trabalhei até tarde. Como está, diaba?

— Muito bem. Não me pergunte como essa aqui está.

— Trabalhou bem, David? — perguntou a garota.

— Isso é que é ser uma boa esposa — disse Catherine. — Esqueci de perguntar.

— O que fizeram em Nice?

— Podemos beber algo e depois contamos?

Estavam perto dele, uma de cada lado, e ele sentiu as duas.

— Trabalhou bem, David? — perguntou ela outra vez.

— Claro que trabalhou — disse Catherine. — Ele só trabalha assim, sua boba.

— Trabalhou, David?

— Sim — respondeu ele, e bagunçou os cabelos dela. — Obrigado.

— Não temos direito a um drinque? — perguntou Catherine. — Não trabalhamos nem um pouco. Só compramos coisas e pedimos coisas e causamos um escândalo.

— Não causamos um escândalo de verdade.

— Não sei — disse Catherine. — E eu também não ligo.

— Qual foi o escândalo? — perguntou David.

— Não foi nada — disse a garota.

— Eu não me importei — disse Catherine. — Até gostei.

— Alguém disse algo sobre as calças dela em Nice.

— Isso não é um escândalo — disse David. — É uma cidade grande. Tinham de esperar algo assim lá.

— Estou diferente? — perguntou Catherine. — Queria que trouxessem o espelho. Estou parecendo diferente para você?

— Não.

David olhou para ela. Estava muito loura, despenteada, morena, muito animada e provocante.

— Que bom! — disse ela. — Porque eu tentei.

— Você não fez nada — disse a garota.

— Fiz, gostei e quero outro drinque.

— Ela não fez nada, David — disse a garota.

— Hoje de manhã parei o carro no retão e a beijei, e ela me beijou, e no caminho de volta de Nice também e quando saímos do carro, agora há pouco.

Catherine olhou para ele, afetuosa mas rebelde, e disse:

— Foi divertido e eu gostei. Beije-a também. O rapaz não está aqui.

David se virou para a garota e ela o agarrou subitamente e os dois se beijaram. Não tinha intenção de beijá-la e não sabia que seria assim quando o fizesse.

— Já chega — disse Catherine.

— Como vai você? — perguntou David à garota. Estava tímida e feliz de novo.

— Estou feliz como mandou — disse a garota a ele.

— Todo mundo está feliz agora — disse Catherine. — Todos dividimos a culpa.

Tiveram um almoço muito bom e beberam Tavel gelado durante os *hors d'oeuvres*, o *poulet* e a *ratatouille*, a salada, as frutas e os queijos. Estavam todos famintos e fazendo piadas, e ninguém foi solene.

— Temos uma surpresa fantástica para o jantar ou até antes — disse Catherine. — Ela gasta dinheiro como um índio beberrão dono de poço de petróleo, David.

— Eles são legais? — perguntou a garota. — Ou são como marajás?

— David vai contar sobre eles. Ele veio de Oklahoma.

— Pensei que tivesse vindo do leste africano.

— Não. Alguns dos seus antepassados fugiram de Oklahoma e o levaram para o leste da África quando ele era bem novo.

— Deve ter sido bem emocionante.

— Ele escreveu um romance sobre o tempo que passou no leste da África, quando era garoto.

— Eu sei.

— Você leu? — perguntou David a ela.

— Sim — respondeu. — Quer me sabatinar sobre ele?

— Não — disse ele. — Conheço-o bem.

— Ele me fez chorar — disse a garota. — Aquele era seu pai?

— De certa forma.

— Devia amá-lo muito.

— Sim.

— Você nunca falou comigo sobre ele — disse Catherine.

— Você nunca me perguntou.

— Teria falado?

— Não — disse ele.

— Amei o livro — falou a garota.

— Não exagere — disse Catherine.

— Não estou exagerando.

— Quando você o beijou...

— Você me pediu.

— O que eu queria dizer quando você interrompeu — disse Catherine — é se pensava nele como escritor quando o beijou e gostou tanto?

O Jardim do Éden ~ 141

David encheu a taça de Tavel e bebeu.

— Não sei — disse a garota. — Não pensei.

— Fico feliz — disse Catherine. — Tive medo de que fosse como os recortes.

A garota pareceu intrigada e Catherine explicou:

— Os recortes da imprensa sobre o segundo livro. Ele escreveu dois, sabe?

— Eu só li *A fenda*.

— O segundo é sobre aviação. Na guerra. É a única coisa boa que já se escreveu sobre aviação.

— Bulhufas — disse David.

— Espere até você ler — disse Catherine. — É um livro que, para escrever, você teria de morrer e ficar completamente destruído. Não pense que não conheço seus livros só porque não o vejo como escritor quando o beijo.

— Acho que devíamos fazer a sesta — disse David. — Você devia tirar uma soneca, diaba. Está cansada.

— Falei demais — disse Catherine. — Foi um bom almoço, e lamento se falei demais e me gabei.

— Adorei quando falou dos livros — disse a garota. — Você foi admirável.

— Não me sinto admirável. Estou cansada — disse Catherine. — Tem o bastante para ler, Marita?

— Ainda tenho dois livros — disse a garota. — Depois pego mais alguns emprestados, se me deixar.

— Posso ir ao seu quarto mais tarde?

— Se quiser — disse a garota.

David não olhou para a garota e ela não olhou para ele.

— Não vou incomodar? — disse Catherine.

— Nada do que faço é importante — disse a garota.

Catherine e David estavam deitados lado a lado na cama em seu quarto, com a ventania soprando em seu último dia lá fora, e a sesta não era como nos velhos tempos.

— Posso te contar agora?

— Prefiro que deixe para lá.

— Não, deixe-me contar. Hoje de manhã, quando dei a partida no carro, tive medo e tentei dirigir muito bem e me senti vazia por dentro. Então vi Cannes à minha frente no morro e a estrada estava limpa à frente junto ao mar e olhei para trás e não havia ninguém, então saí da estrada e encostei perto da moita. Onde parece uma moita de estragão. Eu a beijei e ela me beijou, e ficamos sentadas no carro e me senti muito estranha e então fomos até Nice e não sei se as pessoas perceberam ou não. Àquela altura, não me importava e fomos a um monte de lugares e não compramos nada. Ela adora comprar. Alguém fez um comentário grosseiro, mas não foi nada de mais. Depois paramos no caminho de volta e ela disse que era melhor que eu fosse a garota dela e eu disse que eu não me importava com o que quer que fosse e, na verdade, eu estava feliz, pois agora sou uma garota de todo jeito e eu não sabia o que fazer. Nunca me senti assim sem saber o que fazer. Mas ela é boazinha e acho que queria me ajudar. Não sei. De qualquer jeito, ela foi boazinha e eu estava dirigindo, e ela estava tão bonita e feliz e foi tão carinhosa quanto somos às vezes ou eu sou com você ou nós dois, e eu disse que não conseguia dirigir se ela fizesse aquilo. Então paramos. Eu só a beijei, mas sei o que aconteceu comigo. Então ficamos ali por um tempo e depois dirigi direto para casa. Beijei-a antes de entrarmos e estávamos felizes e eu gostei e ainda gosto.

— Então agora você já fez — disse David, cautelosamente — e acabou com a história.

— Mas ainda não acabei. Gostei e vou mesmo seguir em frente.

— Não. Você não precisa.

— Preciso e vou fazer até esgotar a história e deixar tudo isso para trás.

— Quem disse que você vai deixar para trás?

— Eu. Mas preciso fazer isso, David. Nunca pensei que um dia eu seria assim.

Ele não falou nada.

— Vou voltar — disse ela. — Estou certa de que vou deixar isso para trás, assim como estou certa de qualquer outra coisa. Por favor, confie em mim.

Ele não disse nada.

— Ela está me esperando. Não ouviu quando perguntei a ela? É como parar no meio de alguma coisa.

— Vou a Paris — disse David. — Pode me contatar pelo banco.

— Não — disse ela. — Não. Você tem de me ajudar.

— Não posso te ajudar.

— Pode, sim. Você não pode ir embora. Eu não suportaria se você fosse embora. Não quero ficar com ela. É só uma coisa que tenho de fazer. Não consegue entender? Por favor, entenda. Você sempre entende.

— Não esta parte.

— Por favor, tente. Você sempre entendeu antes. Sabe que sim. Tudo. Não é?

— Sim. Antes.

— Começou com nós dois e só vai haver nós dois depois que eu terminar. Não estou apaixonada por mais ninguém.

— Não faça isso.

— Eu preciso. Desde que fui à escola, tudo o que tive foram oportunidades para fazer isso e pessoas que queriam fazer isso comigo. E eu nunca quis e nunca fiz. Mas agora tenho de fazer.

Ele não disse palavra.

— De qualquer jeito, ela está apaixonada por você, e você pode ficar com ela e se esquecer de tudo assim.

— Você está falando loucuras, diaba.

— Eu sei — disse ela. — Vou parar.

— Tire uma soneca — disse ele. — Deite aqui perto e fique quieta, e nós dois vamos dormir.

— Eu te amo tanto — disse ela. — E você é meu companheiro de verdade, como eu disse a ela. Contei coisas demais a ela sobre você, mas é só disso que ela gosta de falar. Estou calma agora. Então vou até lá.

— Não. Não vá.

— Sim — disse ela. — Me espere. Não vou demorar.

Quando ela voltou ao quarto, David não estava mais lá, e ela ficou parada durante muito tempo e olhou para a cama e então foi até a porta do banheiro e abriu e ficou parada e olhou para o grande espelho. Seu rosto não tinha qualquer expressão e ela se olhou da cabeça aos pés sem a menor expressão no rosto. Quase não havia mais luz quando ela entrou no banheiro e fechou a porta atrás de si.

Capítulo Treze

David voltou de Cannes depois do pôr do sol. O vento estava mais fraco e ele deixou o carro no lugar de sempre e tomou o caminho até onde a luz batia no pátio e no jardim. Marita saiu porta afora e partiu em sua direção.

— Catherine está péssima — disse ela. — Por favor, seja gentil com ela.

— Ao diabo com vocês duas — disse David.

— Comigo, sim. Mas não com ela. Não faça isso, David.

— Não me diga o que devo ou não fazer.

— Não quer tomar conta dela?

— Não particularmente.

— Eu, sim.

— Com certeza, você fez isso.

— Não seja bobo — disse ela. — Você não é bobo. Estou dizendo, é sério.

— Onde ela está?

— Lá dentro, esperando você.

David cruzou a porta. Catherine estava sentada no bar vazio.

— Olá — disse ela. — Eles não trouxeram o espelho.

— Olá, diaba — disse ele. — Desculpe pelo atraso.

Ele ficou chocado ao ver como ela parecia morta e também com sua voz inexpressiva.

— Pensei que tivesse ido embora — disse ela.

— Não viu que não levei nada?

— Não olhei. Você não precisaria levar nada para ir embora.

— Não — disse David. — Fui só até a cidade.

— Sim — disse ela, e ficou olhando para a parede.

— O vento está mais fraco — disse ele. — Amanhã será um bom dia.

— Não me importa amanhã.

— Claro que importa.

— Não importa, não. Não me peça.

— Não vou pedir — disse ele. — Beberam alguma coisa?

— Não.

— Vou preparar.

— Não vai adiantar.

— Talvez sim. Ainda somos nós.

Ele fazia o drinque e ela o observava mecanicamente enquanto ele o mexia e o despejava nas taças.

— Coloque a azeitona ao alho — disse ela.

Passou uma taça para ela, ergueu a sua e encostou na taça dela.

— A nós.

Ela despejou seu drinque no balcão e o observou escorrer pela madeira. Então pegou a azeitona e colocou na boca.

— Não existe nós — disse ela. — Não mais.

David tirou um lenço do bolso, enxugou o balcão e preparou outro drinque.

— É tudo uma merda — disse Catherine. David passou-lhe o drinque, ela ficou olhando para a taça e a despejou no bar. David secou tudo outra vez e torceu o lenço. Depois, tomou seu próprio Martini e fez outros dois.

— Esse aqui, você vai beber — disse ele. — Beba.

— Beba — disse ela. Ergueu a taça e disse: — A você e ao seu maldito lenço.

Ela bebeu tudo e depois segurou a taça, olhando para ela, e David estava certo de que Catherine a jogaria em seu rosto. Então, ela a pôs no balcão, pegou a azeitona ao alho, comeu com muito cuidado e deu o caroço a David.

— É uma pedra semipreciosa — disse ela. — Coloque no bolso. Eu tomaria outro, se você preparasse.

— Beba devagar dessa vez.

— Estou muito bem agora — disse Catherine. — Você provavelmente não vai notar a diferença. Tenho certeza de que acontece a todo mundo.

— Sente-se melhor?

— Muito melhor, de verdade. Você perde algo que não volta mais e é isso. Tudo o que perdemos é aquilo que tínhamos. Mas vamos recuperar. Não tem nenhum problema, tem?

— Está com fome?

— Não. Mas estou certa de que tudo vai ficar bem. Você disse que sim, não disse?

— Claro que vai.

— Gostaria de poder lembrar o que foi que perdemos. Mas não tem importância, tem? Você disse que não tinha importância.

— Não.

— Então vamos nos alegrar. Já se foi, o que quer que fosse.

— Deve ter sido algo que esquecemos — disse ele. — Mas encontraremos.

— Sei que fiz algo. Mas agora já se foi.

— Que bom!

— Não foi culpa de ninguém, o que quer que fosse.

— Não fale em culpa.

— Agora sei o que foi — ela sorriu. — Mas não fui infiel. De verdade, David. Como podia ser? Não poderia. Você sabe disso. Como pode dizer que fui? Por que disse isso?

— Você não foi.

— Claro que não fui. Mas queria que você não tivesse dito isso.

— Eu não disse, diaba.

— Alguém disse. Mas não fui eu. Só fiz o que disse que ia fazer. Cadê Marita?

— Em seu quarto, acho.

— Estou contente por me sentir bem de novo. Depois que você retirou o que disse, fiquei bem. Queria que fosse você que tivesse feito para que eu pudesse retirar o que disse sobre você. Agora somos nós outra vez, não? Não estraguei tudo.

— Não.

Ela sorriu novamente. — Que bom! Vou chamar Marita. Você se importa? Ela estava preocupada comigo. Antes de você voltar.

— Estava?

— Eu falei muito — disse Catherine. — Sempre falo demais. Ela é excepcionalmente gentil, David, se você a conhecesse melhor. Foi muito legal comigo.

— Ao diabo com ela!

— Não. Você retirou tudo o que disse. Lembra? Não quero começar tudo de novo. Você quer? É muita confusão. De verdade.

— Tudo bem, vá buscar Marita. Ela vai ficar feliz em ver que está bem de novo.

— Sei que vai e você deve fazer com que ela se sinta bem também.

— Claro. Ela ficou mal?

— Só quando eu fiquei. Quando vi que fui infiel. Nunca fui antes, você sabe. Vá buscá-la, David. Assim, ela não vai se sentir mal. Não, deixa pra lá. Eu vou.

Catherine atravessou a porta e David a viu ir embora. Seus movimentos eram menos mecânicos e sua voz estava melhor. Quando voltou, sorria e sua voz soava quase natural.

— Ela vem em um minuto — disse Catherine. — Ela é adorável, David. Estou muito feliz por você tê-la trazido.

A garota chegou e David disse:

— Estávamos à sua espera.

Ela olhou para ele e desviou o olhar. Depois olhou de volta para ele, manteve-se ereta e disse:

— Desculpe o atraso.

— Você está muito bonita — disse David e era verdade, mas os olhos dela eram os mais tristes que já vira.

— Prepare um drinque para ela, David. Já tomei dois — disse Catherine à garota.

— Fico feliz por ver que está melhor — disse a garota.

— David me fez sentir bem novamente — disse Catherine.
— Contei tudo a ele e como foi bom e ele entendeu perfeitamente. Deu sua aprovação total.

A garota olhou para David, e ele viu como os dentes dela mordiam o lábio superior e o que ela lhe disse com os olhos.

— Estava chato na cidade. Perdi o mergulho — disse ele.

— Não sabe o que perdeu — disse Catherine. — Perdeu tudo. Era o que sempre quis fazer em toda a minha vida e agora fiz e adorei.

A garota olhava para a taça com a cabeça baixa.

— O mais fantástico é que me sinto bastante adulta agora. Mas é cansativo. Claro que era o que eu queria e agora fiz e sei que sou só uma aprendiz, mas não vou ser para sempre.

— Permissão de aprendiz requisitada — disse David e então arriscou e perguntou com grande animação: — Você nunca fala sobre outros assuntos? A perversão é algo monótono e antiquado. Eu nem sabia que pessoas como nós ainda insistíamos nisso.

— Acho que só é realmente interessante da primeira vez — disse Catherine.

— E também só para a pessoa que faz e é uma tremenda chatice para os outros — disse David. — Concorda, Herdeira?

— Você a chama de Herdeira? — perguntou Catherine. — Está aí um nome engraçado.

— Não poderia chamá-la de Madame ou Alteza — disse David. — Concorda, Herdeira? Sobre a perversão?

— Sempre a considerei algo superestimado e tolo — disse ela. — É só algo que as garotas fazem, pois não têm nada melhor para fazer.

— Mas a primeira vez que se faz qualquer coisa é interessante — disse Catherine.

— Sim — concordou David. — Mas gostaria de falar sempre sobre seu primeiro brinquedo no Steeplechase Park ou como você, só você, pessoalmente aterrissou sozinha sem mais ninguém num avião bem distante da terra lá no alto do céu?

— Estou com vergonha — disse Catherine. — Olhe para mim e veja se não estou com vergonha.

David a abraçou.

— Não tenha vergonha — disse ele. — Lembre só como você gostaria de ouvir a Herdeira aqui recordar como subiu naquele avião, só ela e o avião, e não havia nada entre ela e a terra, imagine a Terra, com um T maiúsculo, mas só o *avião* dela, e eles poderiam ter morrido e se partido em *pedacinhos* terríveis todos os dois e ela perder o dinheiro, a saúde, a sanidade e a vida com um V maiúsculo e seus entes queridos ou a mim ou você ou Jesus, todos com letras maiúsculas, se ela "colidisse". Coloque a palavra *colidisse* entre aspas.

— Já voou solo, Herdeira?

— Não — disse a garota. — Agora não preciso. Mas gostaria de outro drinque. Eu te amo, David.

— Beije-a de novo, como fez antes — disse Catherine.

— Outra hora — disse David. — Estou preparando os drinques.

— Fico tão feliz por sermos todos amigos de novo e por tudo estar bem — disse Catherine. Estava muito animada agora e sua voz soava natural e quase relaxada.

— Esqueci a surpresa que a Herdeira trouxe de manhã. Vou buscá-la.

Depois que Catherine saiu, a garota pegou a mão de David e a apertou e depois a beijou. Os dois ficaram sentados e olharam um para o outro. Ela tocou a mão dele com os dedos quase distraidamente. Segurou os dedos dele e depois os soltou. — Não precisamos conversar — disse ela. — Não quer que eu faça um discurso, quer?

— Não. Mas vamos ter de conversar uma hora.

— Quer que eu vá embora?

— Seria inteligente de sua parte ir embora.

— Pode me dar um beijo para que eu saiba que não tem problema se eu ficar?

Catherine estava de volta agora com o jovem garçom, que carregava uma grande lata de caviar em uma tigela com gelo sobre uma bandeja com um prato de torradas.

— Foi um beijo maravilhoso — disse ela. — Todos viram. Então não há mais qualquer medo de escândalo ou algo do gênero — disse Catherine. — Eles estão cortando claras de ovos e cebolas.

Era um caviar cinza firme e muito grande, e Catherine o colocou sobre as fatias finas de torrada.

— A Herdeira comprou uma caixa de Bollinger Brut 1915 e alguns estão gelados. Não acha que devemos beber uma garrafa com isso?

— Claro — disse David. — Vamos beber durante toda a refeição.

— Não é muita sorte que eu e a Herdeira sejamos ricas? Assim, você nunca vai ter com o que se preocupar. Vamos cuidar bem dele, não vamos, Herdeira?

— Vamos ter de nos esforçar — disse a garota. — Estou tentando avaliar as necessidades dele. Isso foi tudo que conseguimos descobrir hoje.

Capítulo Quatorze

Havia dormido cerca de duas horas quando a luz do dia o acordou e ele olhou para Catherine dormindo tranquila e parecendo feliz em seu sono. Deixou-a, linda, jovem e intocada, foi ao banheiro, tomou banho, colocou shorts e caminhou descalço pelo jardim até o quarto onde trabalhava. O céu estava limpo depois do vento e era um refrescante início de manhã de um novo dia no final do verão.

Retomou a história nova e difícil e trabalhou atacando cada tema que, por anos, adiara enfrentar. Trabalhou até quase onze horas e, depois de dar por encerrado o dia, fechou o quarto, saiu e foi encontrar as duas garotas jogando xadrez no jardim. Tinham a aparência fresca e jovem e eram atraentes como o céu matutino lavado pelo vento.

— Ela está ganhando de novo — disse Catherine. — Como vai, David?

A garota sorriu para ele muito timidamente.

São as duas garotas mais adoráveis que já vi na vida, pensou David. O que será que este dia vai nos trazer?

— Como vão as duas? — perguntou ele.

— Estamos muito bem — disse a garota. — Teve sorte?

— É como subir uma ladeira, mas está indo bem — disse ele.

— Você não tomou café.

— Ficou tarde para o café — disse David.

— Bobagem — disse Catherine. — Você é a esposa do dia, Herdeira. Faça-o tomar café.

— Não quer umas frutas e café, David? — perguntou a garota. — Tem que comer alguma coisa.

— Um pouquinho de café preto — disse David.

— Vou trazer algo — disse a garota e entrou pelo hotel.

David se sentou à mesa ao lado de Catherine e ela colocou as peças e o tabuleiro em uma cadeira. Ela bagunçou os cabelos dele e disse:

— Esqueceu que tem os cabelos prateados como os meus?

— Sim — disse ele.

— Vão ficar cada vez mais claros e eu vou ficar cada vez mais loura e também morena no corpo.

— Vai ser uma maravilha.

— Sim e já esqueci tudo.

A bela morena trazia uma bandeja com uma pequena tigela com caviar, meio limão, uma colher e duas fatias de torrada, e o jovem garçom carregava um balde com uma garrafa de Böllinger e uma bandeja com três taças.

— Isto vai fazer bem a David — disse a garota. — Depois podemos ir nadar antes do almoço.

O JARDIM DO ÉDEN ～ 155

* * *

Depois de nadarem e pegarem sol na praia e de um almoço lauto e prolongado com mais Böllinger, Catherine disse:

— Estou bem cansada e com sono.

— Você nadou bastante — disse David. — Vamos tirar uma sesta.

— Quero dormir pra valer — disse Catherine.

— Está se sentindo bem, Catherine? — perguntou a garota.

— Sim. Sinto só muito sono.

— Vamos levá-la para a cama — disse David. — Tem um termômetro? — perguntou ele à garota.

— Tenho certeza de que não estou com febre — disse Catherine. — Só quero dormir por um bom tempo.

Quando estava na cama, a garota trouxe o termômetro e David mediu a temperatura e o pulso de Catherine. A temperatura estava normal e o pulso era de cento e cinco.

— O pulso está um pouco elevado — disse ele. — Mas nem sei qual é a sua pulsação normal.

— Também não, mas provavelmente é acelerada.

— Acho que o pulso não quer dizer muito com a temperatura normal — disse David. — Mas, se você tiver febre, irei buscar um médico em Cannes.

— Não quero um médico — disse Catherine. — Só quero dormir. Posso dormir agora?

— Sim, minha linda. Chame se precisar.

Levantaram-se e a viram ir dormir, depois saíram em silêncio e David caminhou junto às rochas e olhou pela janela. Catherine dormia tranquilamente e sua respiração estava regular. Ele levou duas cadeiras para cima e uma mesa, e eles se sentaram à sombra, próximos à janela de Catherine, e olharam através dos pinheiros para o mar azul.

— O que você acha? — perguntou David.

— Não sei. Ela estava feliz de manhã. Assim como quando a viu ao terminar de escrever.

— Mas e agora?

— Talvez seja só uma reação ao dia de ontem. Ela é uma garota muito natural, David, e isso é natural.

— Ontem foi como amar uma pessoa que morreu — disse ele. — Não era certo.

Levantou-se, foi até a janela e olhou para dentro. Catherine dormia na mesma posição e respirava suavemente.

— Ela está dormindo bem — disse à garota. — Não quer tirar uma soneca?

— Acho que sim.

— Vou descer para o quarto em que trabalho — disse ele. — Tem uma porta para o seu quarto que abre para os dois lados.

Ele caminhou junto às rochas e destrancou a porta do seu quarto e depois destravou a porta entre os dois quartos. Ficou de pé e esperou e então ouviu o ferrolho girar do outro lado da porta e a porta se abrir. Os dois se sentaram lado a lado na cama e ele a abraçou.

— Me beija — disse David.

— Adoro te beijar — disse ela. — Amo demais. Mas não posso fazer o resto.

— Não?

— Não. Não posso.

Ela disse então:

— Tem algo que eu possa fazer por você agora? Sinto muita vergonha pelo resto, mas você sabe como isso pode causar problemas.

— Apenas deite aqui ao meu lado.

— Adoraria isso.

— Faça o que quiser.

— Vou fazer — disse ela. — Você também, por favor. Vamos fazer o que der.

Catherine dormiu a tarde inteira e o início da noite. David e a garota estavam sentados no bar tomando um drinque juntos e ela disse:

— Eles não trouxeram o espelho.

— Perguntou ao velho Aurol?

— Sim. Ele gostou da ideia.

— É melhor eu pagar a taxa de rolha pelo Böllinger ou coisa parecida.

— Dei a ele quatro garrafas e duas garrafas muito boas de *fine*. Já me entendi com ele. Era com Madame que eu temia ter problemas.

— Você está absolutamente certa.

— Não quero criar problemas, David.

— Não — disse ele. — Não acho que crie.

O jovem garçom chegou com mais gelo e David preparou dois Martinis e deu um a ela. O garçom colocou as azeitonas com alho e voltou à cozinha.

— Vou ver como está Catherine — disse a garota. — Vai tudo ficar bem ou então não.

Ela saiu por dez minutos e ele tocou o drinque da garota e decidiu tomá-lo antes que esquentasse. Pegou-o nas mãos e levou aos lábios e sentiu, quando a taça tocou seus lábios, que aquilo lhe dava prazer, pois pertencia a ela. Era claro e inegável. É tudo de que precisa, pensou ele. É tudo de que precisa para deixar as coisas realmente perfeitas. Apaixonar-se pelas duas. O que aconteceu com você de maio para cá? Restou ainda alguma coisa de você? Mas ele encostou a taça outra vez nos lábios e sentiu a mesma reação de antes. Tudo bem, disse, lembre se de fazer o trabalho. O trabalho é o que lhe resta. É melhor se entregar ao trabalho.

A garota voltou e, quando ele a viu se aproximar, com o rosto feliz, soube o que sentia em relação a ela.

— Está se vestindo — disse a garota. — Ela está bem. Não é maravilhoso?

— Sim — disse ele, amando também Catherine, como sempre.

— O que aconteceu com meu drinque?

— Bebi — disse ele. — Porque era seu.

— De verdade, David? — Ela corou e ficou feliz.

— É a melhor explicação que posso dar — disse ele. — Aqui está outro.

Ela o experimentou e passou os lábios com muita sutileza pela borda e, em seguida, o devolveu a ele, que fez o mesmo e tomou um longo gole.

— Você é muito bonita — disse ele. — E eu te amo.

Capítulo Quinze

Ele ouviu a Bugatti dar a partida, e o som veio como uma surpresa e uma intrusão, pois não havia barulho de motor no lugar onde estava vivendo. Achava-se completamente alheio a tudo, exceto à história que escrevia e na qual vivia enquanto a elaborava. As partes difíceis que antes receara agora eram enfrentadas uma a uma e, no processo, as pessoas, a região, os dias e as noites e o tempo estavam todos ali à medida que ia escrevendo. Continuou trabalhando e se sentiu cansado como se tivesse passado a noite atravessando o deserto vulcânico fragmentado e o sol tivesse recaído sobre ele e os outros, com os lagos secos, e cinzentos ainda por virem. Podia sentir o peso do fuzil de cano duplo que carregava sobre o ombro, com a mão na boca da arma, e sentiu o gosto de pedra na boca. Do outro lado da luz difusa dos lagos secos, conseguia enxergar o azul distante das escarpas. Não havia ninguém à sua frente, e atrás vinha uma longa fila de carregadores que sabiam ter alcançado aquele ponto com um atraso de três horas.

Não era ele, claro, quem estava ali naquela manhã: tampouco vestira a jaqueta de veludo cotelê remendada, desbotada e quase branca agora, com as axilas encharcadas de suor, que ele tirou e entregou ao criado e irmão Kamba, que dividia com ele a culpa e o reconhecimento do atraso, observando-o sentir o cheiro azedo e avinagrado e balançar a cabeça, desgostoso, e então sorrir ao jogar a camisa sobre o seu ombro negro, segurando-a pelas mangas enquanto partiam em meio ao cinza seco e crestado, com a boca da arma na mão direita, o cano apoiado no ombro e a coronha pesada apontada para trás, na direção da fila de carregadores.

Não era ele, mas enquanto escrevia era ele, e quando alguém lesse, finalmente, seria quem quer que o lesse e o que encontrasse ao chegar à escarpa, se lá chegasse, e ele os faria chegar à sua base ao meio-dia daquele dia; assim, quem lesse aquilo descobriria o que havia lá e o guardaria para sempre.

Tudo o que seu pai encontrou foi também para você, pensou ele, o bom, o maravilhoso, o ruim, o muito ruim, o realmente muito ruim, o ruim de verdade e então o muito pior. Era uma pena que um homem com tamanho talento para o desastre e para o deleite tivesse partido do jeito que partiu, pensou. Lembrar o pai sempre o deixava feliz, e ele sabia que seu pai teria gostado dessa história.

Era quase meio-dia quando saiu do quarto e foi caminhando descalço pelas pedras do pátio até a entrada do hotel. No salão, trabalhadores penduravam um espelho na parede atrás do bar. Monsieur Aurol e o jovem garçom estavam com eles, e ele falou com eles e adentrou a cozinha, onde encontrou Madame.

— A senhora teria cerveja, Madame? — perguntou.

O Jardim do Éden ~ 161

— *Mais certainement, Monsieur Bourne* — disse ela, e tirou uma garrafa gelada da caixa de gelo.

— Vou beber no gargalo — disse ele.

— Como quiser, Monsieur — disse ela. — As senhoras foram de carro até Nice, acredito. Monsieur trabalhou bem?

— Muito bem.

— Monsieur trabalha demais. Não é bom perder o café da manhã.

— Sobrou algo daquele caviar na lata?

— Tenho certeza de que sim.

— Vou comer umas duas colheradas.

— Monsieur é estranho — disse Madame. — Ontem o senhor o comeu com champanhe. Hoje, com cerveja.

— Hoje estou sozinho — disse David. — Sabe se minha bicicleta ainda está na *remise*?

— Deveria estar — disse Madame.

David encheu a colher de caviar e ofereceu a lata a Madame.
— Experimente, Madame. É muito bom.

— Não posso — disse ela.

— Não seja boba — disse ele. — Coma um pouco. Tem torrada. Pegue uma taça de champanhe. Tem um pouco na caixa de gelo.

Madame pegou uma colher de caviar e colocou sobre uma fatia de torrada que sobrara do café e encheu uma taça de rosé.

— É excelente — disse ela. — Agora é melhor guardarmos.

— Sente algum efeito bom? — perguntou David. — Vou comer outra colher.

— Ah, Monsieur. Não deveria brincar assim.

— Por que não? — disse David. — Minhas parceiras de brincadeira não estão aqui. Se aquelas duas lindas mulheres voltarem, diga-lhes que fui dar um mergulho, sim?

— Certamente. A pequenina é uma beleza. Não tão bela quanto a Madame, é claro.

— Não a acho feia — disse David.

— Ela é linda, Monsieur, e muito charmosa.

— Ela serve até coisa melhor aparecer — disse David. — Se a senhora acha que ela é bonita.

— Monsieur — disse ela, em um tom de mais profunda reprovação.

— O que são estas reformas arquitetônicas? — perguntou David.

— O novo *miroir* para o bar? É um charmoso presente para a *maison*.

— Todo mundo é cheio de charme — disse David. — Charme e ovas de esturjão. A senhora poderia pedir ao rapaz para dar uma olhada nos meus pneus enquanto calço alguma coisa e procuro um boné, por favor?

— Monsieur gosta de andar descalço. Eu também, no verão.

— Vamos andar descalços juntos uma hora dessas.

— Monsieur — disse ela, com toda a sua energia.

— Aurol é ciumento?

— *Sans blague* — disse ela. — Direi às duas belas senhoras que o senhor foi nadar.

— Mantenha o caviar bem longe de Aurol — disse David.

— *À bientôt, chère Madame.*

— *À tout à l'heure, Monsieur.*

Na brilhante estrada negra que escalava em meio aos pinheiros ao deixar o hotel, ele sentiu o arranque em seus braços e ombros e o empuxo circular dos pés contra os pedais à medida que subia sob o sol quente sentindo o aroma dos pinheiros e a brisa suave do mar. Inclinou as costas para a frente e puxou levemente o guidom contra as mãos, sentindo a cadência irregular da escalada inicial arrefecer ao passar as rochas dos cem metros e depois a primeira placa com a borda superior vermelha marcando os quilômetros e então a segunda. No promontório, a estrada descia costeando o mar e ele freou, desmontou e colocou a bicicleta sobre o ombro, descendo com ela pela trilha até a praia. Ele a encostou em um pinheiro que emitia o odor de resina do dia quente e desceu até as pedras, despiu-se e colocou as alparcatas sobre o short, a camisa e o boné e mergulhou das pedras no mar claro, profundo e frio. Subiu seguindo a luz variante e, quando sua cabeça emergiu, ele a balançou para desentupir os ouvidos e nadou mar afora. Deitou de costas, flutuou e ficou a ver o céu e as primeiras nuvens brancas que vinham com a brisa.

Nadou de volta à enseada e subiu pelas rochas vermelho-escuras e sentou ao sol, olhando para o mar lá embaixo. Sentia-se feliz por estar sozinho e ter acabado o trabalho daquele dia. Então veio a solidão que sempre sentia após o trabalho e ele começou a pensar nas garotas e a sentir a falta delas; não sentia falta de uma ou de outra inicialmente, mas das duas. Depois pensou nelas, não de maneira crítica, não como um problema de amor ou de afeto, nem de obrigação ou do que acontecera ou viria a acontecer, tampouco como um problema de comportamento no presente ou no futuro, mas simplesmente pensou em quanto sentia falta delas. Sentia-se só sem as duas, sozinhas ou juntas, e queria ambas.

Sentado ao sol sobre as rochas, olhando para o mar lá embaixo, sabia que era errado desejar as duas, mas desejava. Nada com uma ou outra pode acabar bem e nem com você também agora, disse a si mesmo. Mas não comece a culpar quem você ama ou a compartilhar culpas. Tudo será compartilhado em seu devido tempo, e não será por você.

Olhou para o mar lá embaixo e tentou avaliar claramente a situação, mas não conseguiu. A pior coisa foi o que acontecera a Catherine. A segunda pior coisa era que ele começara a gostar da outra garota. Não precisava examinar sua consciência para saber que amava Catherine e que não era errado amar duas mulheres e que nada de bom poderia sair dali. Ainda não sabia quanto aquilo poderia ser terrível. Sabia apenas que a coisa começara. Vocês três já estão engatados como três engrenagens que giram uma roda, disse ele a si mesmo e disse também que uma das engrenagens fora corrompida ou, no mínimo, muito avariada. Mergulhou fundo na água clara e fria, onde não sentia falta de ninguém, e então emergiu, balançou a cabeça e nadou uma boa distância e depois se virou para nadar de volta à praia.

Vestiu-se, ainda molhado do mar, colocou o boné no bolso, escalou até a estrada com a bicicleta e subiu, levando a máquina morro abaixo, sentindo a falta de exercício nas coxas ao pressionar a planta dos pés sobre os pedais com o impulso constante da subida, que o carregava para cima na estrada negra como se ele e a bicicleta de corrida fossem um animal sobre rodas. Depois seguiu costa abaixo, com as mãos apertando os freios, fazendo as curvas rapidamente, descendo pela estrada escura e cintilante em meio aos pinheiros até o desvio no pátio atrás do hotel, onde o mar brilhava azul-verão além das árvores.

O JARDIM DO ÉDEN ～ 165

As garotas ainda não tinham voltado. Ele foi para o quarto, tomou banho, vestiu camisa e shorts limpos e saiu para o bar com seu novo e belo espelho. Chamou o rapaz e pediu que trouxesse limão, uma faca e gelo, e lhe ensinou como preparar um Tom Collins. Depois se sentou no banco do bar e olhou para o espelho ao erguer o drinque em um copo alto. Não sei se tomaria ou não um drinque com você se o tivesse conhecido há quatro meses, pensou. O garoto trouxe o *Éclaireur de Nice* e ele leu enquanto aguardava. Ficara decepcionado por não encontrar as garotas ao voltar, sentia falta delas e começou a ficar preocupado.

Quando chegaram, finalmente, Catherine estava bem alegre e animada, e a garota estava fechada e muito quieta.

— Olá, querido — disse Catherine a David. — Ei, vejam só o espelho. Foi pendurado. E é também uma beleza. Mas ele é terrivelmente crítico. Vou entrar e me limpar para o almoço. Desculpe pelo atraso.

— Paramos na cidade para tomar um drinque — disse a garota a David. — Sinto muito por fazer você esperar.

— Um drinque? — disse David.

A garota levantou dois dedos. Ela ergueu o rosto e o beijou e foi embora. David voltou a ler o jornal.

Quando Catherine saiu, vestia a camisa de linho azul-marinho de que David gostava e alpargatas, e disse:

— Querido, espero que não esteja chateado. Na verdade, não foi culpa nossa. Encontrei Jean e o convidei para tomar um drinque conosco e ele aceitou e foi muito bacana.

— O cabeleireiro?

— Jean. Mas é claro. Que outro Jean eu poderia conhecer em Cannes?

— Ele foi muito simpático e perguntou de você. Posso tomar um Martini, querido? Só tomei um.

— O almoço já deve estar pronto.

— Só um, querido. Somos os únicos hóspedes.

David preparou dois Martinis sem qualquer pressa e a garota chegou. Vestia um *tailleur* branco e parecia leve e refrescada.

— Pode me preparar um, David? Foi um dia muito quente. Como foi aqui?

— Você devia ter ficado em casa e tomado conta dele — disse Catherine.

— Eu me saí bem — disse David. — O mar estava muito bom.

— Você usa adjetivos bem interessantes — disse Catherine. — Fazem tudo soar bastante vívido.

— Desculpa — disse David.

— Está aí outra palavra dândi — disse Catherine. — Explique à sua nova garota o que significa dândi. É um americanismo.

— Acho que sei — disse a garota. — É a terceira palavra em "Yankee Doodle Dandy". Por favor, não se irrite, Catherine.

— Não estou irritada — disse Catherine. — Mas dois dias atrás, quando você me cantou, foi simplesmente dândi, mas hoje, se me sentisse só um pouquinho daquela maneira, você tinha de agir como se eu fosse uma sei lá o quê.

— Desculpa, Catherine — disse a garota.

— Outra desculpa — disse Catherine. — Como se já não tivesse me ensinado o pouco que sei.

— Por que não vamos almoçar? — disse David. — O dia está quente, diaba, e você está cansada.

— Estou cansada de todo mundo — disse Catherine. — Por favor, me perdoem.

— Não há nada para perdoar — disse a garota. — Me desculpe por ter sido intolerante. Não vim aqui para agir assim.

Ela foi até Catherine e a beijou com muita leveza e cuidado.

— Seja uma boa garota agora — disse ela. — Vamos para a mesa?

— Ainda não almoçamos? — perguntou Catherine.

— Não, diaba — disse David. — Vamos almoçar agora.

No final do almoço, Catherine, que se comportara bem quase o tempo todo, exceto por certa distração, disse:

— Por favor, me deem licença, mas acho que é melhor ir dormir.

— Me deixa ir junto para ver você adormecer — disse a garota.

— Na verdade, acho que bebi demais — disse Catherine.

— Também vou entrar e tirar uma soneca — disse David.

— Não, por favor, David. Se quiser, venha quando eu estiver dormindo — disse Catherine.

Cerca de meia hora depois, a garota saiu do quarto.

— Ela está bem — disse. — Mas temos de ser cuidadosos e bons com ela e pensarmos só nela.

No quarto, Catherine estava acordada quando David chegou. Ele se aproximou e sentou na cama.

— Não sou uma porcaria de inválida — disse ela. — Só bebi demais. Eu sei, lamento por mentir a você quanto a isso. Como pude agir assim, David?

— Você não se lembrava.

— Não. Fiz de propósito. Você me aceita de volta? Não vou mais fazer birra.

— Você nunca foi a lugar algum.

— Tudo o que quero é que me aceite de volta. Vou ser sua garota de verdade e de verdade vou ser. Você gostaria disso?

Ele a beijou.

— Me beije de verdade.

— Ei — disse ela. — Por favor, devagar.

Eles nadaram na enseada onde estiveram no primeiro dia. David planejara mandar as duas garotas nadarem e depois levar o velho Isotta até Cannes, para consertar os freios e vistoriar a ignição. Mas Catherine pediu por favor que nadasse com elas e levasse o carro no dia seguinte, e ela parecia bem contente, saudável e animada outra vez depois da sua soneca e Marita disse com bastante seriedade:

— Pode vir, por favor?

Então ele as levou até a curva da enseada e mostrou às duas no caminho como os freios estavam perigosos.

— Acabaria se matando com este carro — disse ele a Marita. — É um crime dirigi-lo do jeito que está.

— Deveria comprar um novo? — perguntou ela.

— Por Cristo, não. Apenas me deixe consertar os freios, para começar.

— Precisamos de um carro maior com espaço para todos nós — disse Catherine.

— Este carro é bom — disse David. — Só precisa de um monte de reparos. Mas é carro demais para você.

— Veja se conseguem endireitá-lo — disse a garota. — Se não conseguirem, vamos comprar o tipo de carro que você quer.

Mais tarde, eles estavam se bronzeando na praia e David disse preguiçosamente:

— Venha nadar.

— Jogue um pouco de água na minha cabeça — disse Catherine. — Trouxe um balde de areia na mochila. Oh, que sensação maravilhosa! — disse ela. — Pode fazer de novo? Jogue no meu rosto também.

Ela deitou na areia dura em cima do robe branco sob o sol e David e a garota nadaram mar afora e junto às rochas, na boca da enseada. A garota nadava à frente e David a inspecionou. Ele estendeu o braço e agarrou um pé e, então, a abraçou forte e a beijou enquanto flutuavam. Ela se sentiu escorregadia e estranha na água, e eles pareciam ter a mesma altura enquanto flutuavam com seus corpos juntos e se beijavam. Então a cabeça dela submergiu e ele se inclinou para trás, e ela emergiu rindo e balançando a cabeça, lisa como uma foca, e levou seus lábios aos dele e se beijaram até os dois submergirem. Deitaram-se lado a lado, boiaram e se tocaram e depois se beijaram com força e alegremente e submergiram outra vez.

— Agora não me preocupo com nada — disse ela, quando emergiram outra vez. — Você também não deve se preocupar.

— Não vou — disse ele e nadaram de volta.

— Você devia entrar, diaba — disse ele a Catherine. — Sua cabeça vai ficar muito quente.

— Tudo bem. Vamos entrar — disse ela. — Deixa a Herdeira se bronzear agora. Deixe-me passar óleo nela.

— Não passe muito — disse a garota. — Pode jogar um balde d'água na minha cabeça também?

— Sua cabeça está mais do que molhada — disse Catherine.

— Só queria senti-lo — disse a garota.

— Vá lá, David, e encha o balde de água gelada — disse Catherine. E, depois que ele despejou a água do mar fresca e límpida sobre a cabeça de Marita, eles a deixaram deitada com o rosto nos braços e foram nadar no mar adentro. Boiavam relaxadamente como animais marinhos e Catherine disse:

— Não seria maravilhoso se eu não fosse maluca?

— Você não é maluca.

— Não agora à tarde — disse ela. — De qualquer jeito, não estamos longe. Podemos nadar mais?

— Estamos bem longe, diaba.

— Tudo bem. Vamos voltar. Mas o fundo do mar é lindo aqui.

— Quer mergulhar uma vez antes de voltarmos?

— Só uma vez — disse ela. — Nessa parte bem funda.

— Vamos descer até quase não conseguirmos mais subir.

Capítulo Dezesseis

Ele acordou quando havia luz apenas suficiente para ver os troncos dos pinheiros e se levantou da cama com cuidado para não acordar Catherine, pegou seus shorts e percorreu, com as solas dos pés molhadas do sereno nas pedras, a lateral do hotel até a porta do seu quarto de trabalho. Ao abrir a porta, sentiu, outra vez, o toque do ar que vinha do mar e antecipava como seria o dia.

Quando sentou, o sol ainda não havia nascido e ele sentiu que havia recuperado parte do tempo que fora perdido na história. Mas, ao reler, sua caligrafia caprichosamente legível e as palavras o levaram embora para outro lugar e ele perdeu aquela vantagem e se viu diante do mesmo problema e, quando o sol se levantou do outro lado do mar, para ele já se havia levantado muito antes e ele estava bem adiantado na travessia dos lagos cinzentos, secos, amargos, suas botas agora brancas de crostas de álcalis. Sentiu o peso do sol na cabeça, no pescoço e nas costas. Sua camisa estava molhada e sentia o suor escorrer pelas costas e entre as coxas. Quando parou, ereto, e descansou, respirando lentamente, e a camisa pendia dos ombros, pôde senti-la secar ao sol e ver as manchas brancas que os sais do seu corpo produziam enquanto secavam. Podia sentir e ver a si próprio parado ali e sabia que não havia mais coisa alguma a fazer a não ser seguir em frente.

Às dez e meia, ele havia cruzado os lagos e estava bem longe deles. Àquela altura, alcançara o rio e o grande pomar de figueiras, onde montariam acampamento. A casca dos troncos era verde e amarela, e os galhos eram pesados. Babuínos tinham comido os figos selvagens e havia excremento de babuíno e figos despedaçados pelo chão. O cheiro era nauseabundo.

Mas o relógio em seu pulso marcava dez e meia quando o consultou no quarto, onde estava sentado à mesa sentindo a brisa do mar agora, e a hora real era de noite e ele estava sentado na base amarelo-acinzentada de uma árvore com um copo de uísque e água na mão e os figos varridos para longe, observando os carregadores cortarem o antílope que caçara na primeira campina pantanosa pela qual haviam passado antes de alcançar o rio.

Vou deixá-los com a carne, pensou ele. Assim, passarão a noite felizes, não importa o que vier depois. Guardou os lápis e os cadernos, trancou a pasta, saiu porta afora e caminhou pelas pedras, agora secas e quentes, até o pátio do hotel.

A garota estava sentada a uma das mesas lendo um livro. Vestia uma camisa listrada de pescador e saia de tênis e alpargatas e, quando o viu, ergueu o olhar, e David pensou que ela fosse corar. Porém, aparentemente, ela se conteve e disse:

— Bom dia, David. Trabalhou bem?

— Sim, bela — disse ele.

Ela se levantou, deu-lhe um beijo de bom-dia e disse:

— Isso me deixa muito contente. Catherine foi a Cannes. Pediu para dizer que devo levar você para nadar.

— Não quis que você fosse com ela à cidade?

— Não. Quis que eu ficasse. Ela me disse que você acordou muito cedo para trabalhar e talvez se sentisse sozinho quando terminasse. Posso pedir o café da manhã? Você não deve ficar sempre sem o café da manhã.

A garota foi à cozinha e voltou com os *oeufs au plat avec jambon*, mostarda inglesa e Savora.

— Foi difícil hoje? — perguntou ela.

— Não — disse ele. — É sempre difícil, mas também é fácil. Foi tudo bem.

— Gostaria de poder ajudar.

— Ninguém pode ajudar — disse ele.

— Mas eu posso ajudar com outras coisas, não posso?

Ele começou a dizer que não havia outras coisas, mas não disse, e, em vez disso, falou:

— Você tem ajudado e ajuda.

Limpou o que sobrara do ovo e da mostarda do prato raso com um pedacinho de pão e tomou um pouco de chá.

— Dormiu bem? — perguntou.

— Muito bem — disse a garota. — Espero que isso não seja deslealdade.

— Não. É inteligente.

— Podemos parar de ser tão formais? — perguntou a garota. — Tudo estava muito bem e simples até agora.

— Sim, vamos parar. Vamos parar também com esta bobagem de "não posso, David" — disse ele.

— Tudo bem — disse ela e se levantou. — Se quiser ir nadar, estarei no quarto.

Ele se levantou.

— Não vá, por favor — Parei de ser um merda.

— Não pare por minha causa — disse ela. — Oh, David, como pudemos nos meter em algo assim? David, coitado. Olha o que as mulheres fazem com você.

Ela acariciava sua cabeça e sorria para ele.

— Vou pegar as coisas de praia se quiser nadar.

— Ótimo — disse ele. — Vou pegar minhas alpargatas.

Deitaram-se na areia onde David estendera os roupões de praia e as toalhas, à sombra de uma pedra vermelha, e a garota disse:

— Você vai lá nadar primeiro e eu vou depois.

Ele se levantou bem devagar, afastando-se suavemente dela, e então escapou da praia e mergulhou onde a água estava fria e foi até o fundo. Quando emergiu, nadou contra o sopro da brisa e depois nadou até onde a garota esperava por ele com a água na cintura, sua cabeça negra lisa e molhada, seu corpo moreno-claro pingando. Ele a abraçou forte e as ondas bateram neles.

Beijaram-se e ela disse:

— Tudo o que é nosso foi lavado pelo oceano.

— Temos de voltar.

— Vamos mergulhar mais uma vez abraçados.

De volta ao hotel, Catherine não havia chegado e, depois de tomarem banho e mudarem de roupa, David e Marita sentaram-se no bar com dois Martinis. Olharam um para o outro no espelho.

O JARDIM DO ÉDEN ~ 175

Examinaram um ao outro com muita atenção e, então, David passou o dedo sob o nariz enquanto a olhava e ela corou.

— Quero ter mais coisas assim — disse ela. — Coisas que só nós temos e então não vou ter ciúmes.

— Eu não lançaria tantas âncoras — disse ele. — Pode acabar enrolando as cordas.

— Não. Vou achar coisas para fazer que vão te prender.

— Eis aí uma Herdeira boa e prática — disse ele.

— Queria poder mudar esse nome. Você não?

— Os nomes dizem tudo — disse ele.

— Então vamos mudar o meu — disse ela. — Isso te incomodaria muito?

— Não... *Haya*.

— Diga outra vez, por favor.

— Haya.

— É bom?

— Muito bom. É um apelido nosso. Para mais ninguém.

— O que significa Haya?

— Aquela que cora. A modesta.

Ele a abraçou forte e ela se reconfortou nele com a cabeça em seu ombro.

— Me beija só uma vez — disse ela.

Catherine entrou no salão despenteada, empolgada e cheia de satisfação e contentamento.

— Você *realmente* o levou para nadar — disse ela. — Vocês dois estão lindos, mesmo ainda molhados do banho. Me deixem olhar para vocês.

— Me deixe olhar para *você* — disse a garota. — O que fez com seu cabelo?

— É *cendre* — disse Catherine. — Gostou? É um novo enxágue que Jean está experimentando.

— Ficou lindo — disse a garota.

Os cabelos de Catherine eram estranhos e exultantes, em contraste com seu rosto moreno. Ela pegou o drinque de Marita e, bebericando, olhou-se no espelho e disse:

— Vocês se divertiram nadando?

— Demos um bom mergulho — disse a garota. — Mas não por tanto tempo quanto ontem.

— Que bebida gostosa, David — disse Catherine. — O que torna seus Martinis melhores do que o de todos os outros?

— Gim — respondeu David.

— Podia fazer um para mim, por favor?

— Você não quer beber agora, diaba. Vamos almoçar.

— Sim, eu quero — disse ela. — Vou dormir depois do almoço. Você não teve que passar por todo o clareamento e reclareamento. É exaustivo.

— Qual a cor verdadeira do seu cabelo agora? — perguntou David.

— Quase branco — disse ela. — Você gostaria. Mas eu quero deixar assim para ver quanto dura.

— Branco até que ponto? — perguntou David.

— Como a espuma do sabão — disse ela. — Você lembra?

Naquela noite, Catherine estava completamente diferente de como estivera ao meio-dia. Estava sentada no bar quando eles voltaram do mergulho. A garota se dirigiu ao quarto e, quando David entrou no salão, disse:

— O que você fez agora, diaba?

— Limpei toda aquela bobagem com xampu — disse ela. — Ficaram umas manchas cinzentas no travesseiro.

Ela estava muito atraente, com os cabelos em um cinza muito claro, quase sem cor, que deixavam seu rosto mais moreno do que nunca.

— Você é diabolicamente linda — disse ele. — Mas eu preferia que nunca tivessem tocado em seus cabelos.

— Agora é tarde. Posso te dizer outra coisa?

— Claro.

— Amanhã não vou beber e vou estudar espanhol e ler de novo e parar de pensar só em mim mesma.

— Meu Deus — disse David. — Você teve um dia e tanto hoje. Olha, me deixe pegar um drinque, entrar e trocar de roupa.

— Estou por aqui — disse Catherine. — Coloque a camisa azul-marinho, sim? Aquela que eu comprei para você, igual à minha?

David não teve pressa no chuveiro, nem para vestir a roupa, e, quando voltou, as duas garotas estavam juntas no bar e ele desejou ter uma pintura delas.

— Contei à Herdeira sobre minha nova página — disse Catherine. — Aquela que acabei de virar e como quero que você a ame também e você pode casar-se com ela também, se ela quiser.

— Poderíamos nos casar na África se eu fosse mulçumano (ou maometano). Você tem direito a três esposas lá.

— Acho que seria muito melhor se fôssemos todos casados — disse Catherine. — Assim, ninguém nos criticaria. Vai mesmo casar-se com ele, Herdeira?

— Sim — disse a garota.

— Estou muito feliz — disse Catherine. — Tudo que me preocupava parece bem simples agora.

— Aceitaria mesmo? — perguntou David à garota bronzeada.

— Sim — disse ela. — É só pedir.

David olhou para ela. Estava muito séria e animada. Ele pensou no rosto dela com os olhos fechados contra o sol e em sua cabeça negra contrastando com o branco da toalha sobre a areia amarela, como acontecera quando finalmente fizeram amor.

— Vou pedir — disse ele. — Mas não em um bar qualquer.

— Não é um bar qualquer — disse Catherine. — É nosso bar especial e fomos nós que compramos o espelho. Queria que pudéssemos nos casar com você hoje.

— Não fale bobagem — disse David.

— Não estou falando — respondeu Catherine. — Estou falando sério. De verdade.

— Quer um drinque? — perguntou David.

— Não — disse Catherine. — Quero passar tudo a limpo antes. Olhe para mim e veja.

A garota olhava para baixo e David olhou para Catherine.

— Pensei em tudo hoje à tarde — disse ela. — Pensei mesmo. Não te falei, Marita?

— Falou — disse a garota.

David viu que ela estava falando sério e que elas haviam chegado a algum tipo de acordo que ele ignorava.

— Ainda sou sua mulher — disse Catherine. — Vamos começar por aqui. Quero que Marita seja sua mulher também, para me ajudar, e depois ela será minha herdeira.

— Por que ela deve ser sua herdeira?

— As pessoas fazem testamentos — disse ela. — E isso é mais importante que um testamento.

— E o que você diz disso? — perguntou David à garota.

— É o que eu quero, se vocês quiserem.

— Ótimo — disse ele. — Vocês se incomodam se eu tomar um drinque?

— Vá em frente, por favor — disse Catherine. — Está vendo, não vou te arruinar se eu ficar louca e não conseguir decidir. Nem vou ficar calada. Também tomei essa decisão. Ela te ama e você a ama um pouco. Dá para ver. Jamais vai encontrar alguém como ela e não quero que acabe com uma vagabunda ou sozinho.

— Vamos lá, anime-se — disse David. — Você está vendendo saúde.

— Então, vamos em frente — disse Catherine. — Nós cuidaremos de tudo.

Capítulo Dezessete

O sol brilhava no quarto e era um novo dia. É melhor você ir trabalhar, disse a si mesmo. Não pode voltar ao que era antes. Só uma pessoa pode fazer voltar ao que era antes e ela não sabe como vai acordar nem se estará lá quando acordar. Não interessa como você se sente. É melhor você trabalhar. Tem de fazer sentido lá. Você não faz sentido nenhum aqui, nesse outro. Nada vai te ajudar. Nem poderia, depois de ter começado.

Quando finalmente voltou à história, o sol já ia bem alto e ele se esquecera das garotas. Foi necessário pensar o mesmo que seu pai teria pensado naquela noite sentado com as costas apoiadas no tronco verde-amarelo da figueira, com o copo esmaltado de uísque e água na mão. Seu pai lidara com o mal de maneira bem leve, sem jamais lhe dar qualquer chance e negando sua importância, de modo que não tivesse status nem forma ou dignidade. Ele tratava o mal como um velho e fiel amigo, pensou David, e a maldade, quando o atingia, nunca sabia que o havia pegado. Seu pai não era vulnerável, ele sabia, e, diferentemente da maioria das pessoas que conhecera, só a morte poderia matá-lo.

Finalmente, descobriu o que seu pai pensou e, uma vez sabendo o que havia sido, não o colocou na história. Só escreveu o que o pai fez e como se sentiu e nisso tudo ele se transformou no pai e o que o pai disse a Molo foi o que ele disse. Ele dormiu bem no chão sob a árvore e acordou e ouviu o leopardo tossir. Depois não ouviu o leopardo no acampamento, mas sabia que ele estava lá e voltou a dormir. O leopardo estava à procura de carne. Então não havia problema. De manhã, antes de o sol nascer, sentado junto às cinzas da fogueira com seu chá na xícara esmaltada e lascada, perguntou a Molo se o leopardo comera carne e Molo disse: "Ndiyo". E ele disse:

— Tem bastante lá aonde estamos indo. Chame o pessoal, para que possamos começar a escalada.

Atravessavam pelo segundo dia a região bastante arborizada e semelhante a um parque sobre a escarpa quando ele finalmente parou e ficou contente com o lugar e com o dia e com a distância que percorreram. Agora tinha a capacidade do pai para esquecer e nada a temer do que estava por vir. Havia outro dia e outra noite pela frente naquela nova área elevada quando ele parou de escrever e tinha vivido dois dias e uma noite hoje.

Agora que havia deixado aquele lugar, seu pai ainda estava com ele quando trancou a porta e voltou ao salão e ao bar.

Disse ao rapaz que não queria tomar café e pediu que trouxesse uísque e Perrier, além do jornal da manhã. Já passava do meio-dia, e ele pretendia levar a velha Isotta a Cannes para ver se os consertos podiam ser feitos, mas sabia que as oficinas já estavam fechadas e era tarde demais. Em vez disso, ficou de pé no bar, pois era ali que teria encontrado seu pai àquela hora e, tendo acabado de descer das terras altas, sentia sua falta. O céu lá fora era praticamente aquele que deixara. Era de um azul intenso, com as nuvens cumulus brancas, e ele recepcionou a presença do pai no bar até vislumbrar o espelho e ver que estava sozinho. Queria perguntar ao pai duas coisas. Seu pai, que saíra da sua vida da maneira mais desastrosa que qualquer outro homem que já conhecera, dava conselhos maravilhosos. Ele os destilava da mistura amarga formada por todos os seus erros anteriores, com a adição fresca dos novos erros que estava prestes a cometer, e os dava com uma rigidez e uma precisão que carregavam a autoridade de um homem que ouvira todas as disposições mais macabras da sua sentença e não lhe dava maior importância do que dera às letras miúdas em um bilhete de um navio a vapor transatlântico.

Lamentava que seu pai não tivesse ficado, mas conseguiu ouvir o conselho bastante bem e sorriu. Seu pai o teria dado com mais precisão, mas ele, David, parara de escrever porque estava cansado e, cansado, não faria justiça ao estilo do pai. Ninguém podia, na verdade, e às vezes nem mesmo seu pai. Ele sabia agora, mais do que nunca, por que sempre adiara escrever esta história e sabia que não devia mais pensar nela, agora que a deixara para trás, ou prejudicaria sua capacidade de escrevê-la.

Não deve se preocupar com ela antes de começar, nem quando parar, disse a si mesmo. Tem sorte em possuí-la. Então não comece a remexer nela agora. Se não consegue respeitar seu jeito de lidar com a vida, pelo menos respeite seu ofício. Você pelo menos conhece seu ofício. Mas era uma história bem medonha, na verdade. Por Deus, era mesmo.

Bebericou o uísque com Perrier outra vez e olhou porta afora, para o dia de final do verão. Estava relaxando como sempre fazia, e o assassino gigante tornava as coisas melhores. Perguntou-se aonde teriam ido as garotas. Estavam atrasadas de novo e ele esperava que dessa vez não fosse nada de mau. Não era um personagem trágico. Ter tido aquele pai e ser um escritor o impediam de sê-lo e, quando terminou o uísque com Perrier, sentiu-se ainda menos trágico. Nunca conhecera uma manhã em que não tivesse acordado feliz até que a enormidade do dia o tocasse e ele aceitava aquele dia agora, como aceitara todos os outros. Perdera a capacidade de sofrimento pessoal ou pensou tê-la perdido, e só ficava magoado de verdade com o que acontecia aos outros. Acreditava nisso, erroneamente, é claro, já que não sabia então como as capacidades de uma pessoa podem mudar, nem como os outros podiam mudar, e esse era um pensamento confortável. Pensou nas duas garotas e desejou que estivessem de volta. Estava ficando tarde demais para nadar antes do almoço, mas queria vê-las. Pensou nas duas. Depois foi ao quarto que compartilhava com Catherine, tomou banho e fez a barba. Enquanto se barbeava, ouviu o carro subindo e teve a súbita sensação de vazio no estômago. Ouviu, então, suas vozes e seus risos, e achou shorts limpos e uma camisa e os vestiu e saiu para ver como seriam as coisas.

Os três tomaram drinques em silêncio, seguidos por um almoço que foi bom, mas leve, e beberam Tavel e, enquanto comiam queijo e frutas, Catherine disse:

— Devo contar a ele?

— Se você quiser — disse a garota. Ela pegou o vinho e bebeu um pouco.

— Esqueci como vou dizer — disse Catherine. — Esperamos demais.

— Não se lembra? — disse a garota.

— Não, eu esqueci e era maravilhoso. Tínhamos preparado tudo e era maravilhoso de verdade.

O JARDIM DO ÉDEN ～ 185

David encheu sua taça de Tavel.

— Quer tentar só com o conteúdo factual? — perguntou.

— Eu sei o conteúdo factual — disse Catherine. — É que ontem você fez a sesta comigo e depois foi ao quarto de Marita, mas hoje pode simplesmente ir lá. Mas agora eu estraguei tudo e o que desejo é que pudéssemos todos fazer a sesta juntos.

— Não a sesta — David se ouviu dizer.

— Suponho que não — disse Catherine. — Bem, me desculpe por ter falado tudo da maneira errada, mas não consegui evitar dizer o que queria.

No quarto, ele falou a Catherine:

— Ao diabo com ela!

— Não, David. Ela queria fazer o que eu lhe pedi. Talvez ela possa te dizer.

— Ela que se foda!

— Você a fodeu — disse ela. — Não é essa a questão. Vá conversar com ela, David. E, se quiser fodê-la, então foda bem por mim.

— Não fale palavrão.

— Você começou. Eu só rebati. Como no tênis.

— Tudo bem — disse David. — O que ela tem para me dizer?

— Meu discurso — disse Catherine. — O que eu esqueci. Não fique tão sério ou não o deixarei ir. Você fica tremendamente atraente quando está sério. É melhor você ir antes que ela esqueça o discurso.

— Ao diabo com você também!

— Isso é bom. Agora está reagindo melhor. Gosto quando você é mais solto. Me dê um beijo de despedida. Quero dizer de boa-tarde. É melhor você ir ou ela vai mesmo esquecer o discurso. Não está vendo como sou sensata e boa?

— Você não é sensata e boa.

— Mas você gosta de mim.

— Claro.

— Quer que eu te conte um segredo?

— Um novo?

— Velho.

— Tudo bem.

— Você não é muito difícil de ser corrompido e é uma grande diversão te corromper.

— Você já devia saber.

— Foi só uma brincadeira secreta. Não há corrupção. Estamos apenas nos divertindo. Vá lá e ouça o meu discurso antes que ela também esqueça. Vá e seja um bom garoto, David.

No quarto bem nos fundos do hotel, David deitou-se na cama e disse:

— Do que se trata na verdade?

— Do que ela falou ontem à noite — disse a garota. — Ela falava sério. Você não sabe quanto.

— Contou para ela que fizemos amor?

— Não.

— Ela sabia.

— Isso tem importância?

— Não parecia.

— Tome uma taça de vinho, David, e fique à vontade. Não sou indiferente — disse ela. — Espero que saiba disso.

— Nem eu — disse ele.

Então seus lábios se juntaram e ele sentiu o corpo dela contra o seu e os seios dela em seu peito e os lábios dela apertados contra os seus e, em seguida, abertos, a cabeça dela se mexendo de um lado para o outro e a respiração dela e a sensação da fivela do cinto em sua barriga e em suas mãos.

Eles se deitaram na praia e David ficou observando o céu e o movimento das nuvens e não pensou em nada. Pensar não fazia bem algum e, ao se deitar, ele pensara que, se não pensasse, então tudo o que estava errado poderia desaparecer. As garotas conversavam, mas ele não as ouvia. Ficou deitado olhando o céu de setembro e, quando as garotas ficaram em silêncio, ele começou a pensar e, sem olhar para a garota, perguntou:

— No que está pensando?

— Em nada — disse ela.

— Pergunte a mim — disse Catherine.

— Posso adivinhar o que você está pensando.

— Não pode, não. Estava pensando no Prado.

— Já esteve lá? — perguntou David à garota.

— Ainda não — disse ela.

— Mas nós iremos — disse Catherine. — Quando podemos ir, David?

— A qualquer hora — disse David. — Primeiro, quero terminar essa história.

— Vai trabalhar duro na história?

— É o que estou fazendo. Não posso trabalhar mais duro que isso.

— Não queria te apressar.

— Não vou me apressar — disse ele. — Se estão ficando entediadas aqui, podem ir na frente e eu encontro vocês lá.

— Não quero fazer isso — disse Marita.

— Não seja boba — disse Catherine. — Ele só está sendo gentil.

— Não. Podem ir.

— Não teria a menor graça sem você — disse Catherine. — Sabe disso. Nós duas na Espanha não teria graça.

— Ele está trabalhando, Catherine — disse Marita.

— Ele pode trabalhar na Espanha — disse Catherine. — Vários escritores espanhóis devem ter trabalhado na Espanha. Aposto que eu poderia escrever bem na Espanha se fosse escritora.

— Eu posso escrever na Espanha — disse David. — Quando querem ir?

— Que droga, Catherine! — disse Marita. — Ele está no meio de uma história.

— Está escrevendo há mais de seis semanas — disse Catherine. — Por que não podemos ir a Madri?

— Eu disse que podemos ir — disse David.

— Não ouse fazer isso — disse a garota a Catherine. — Não ouse tentar fazer isso. Não tem consciência alguma?

— Você é a pessoa certa para falar sobre consciência — disse Catherine.

— Tenho consciência em relação a certas coisas.

— Que bom! Fico contente em saber. Agora pode tentar ser educada e não interferir quando alguém estiver tentando fazer o que é melhor para todos?

— Vou nadar — disse David.

A garota se levantou e o seguiu e, fora da enseada, enquanto flutuavam, ela disse:

— Ela é louca.

— Então não a culpe.

— Mas o que você vai fazer?

— Terminar a história e começar outra.

— E o que eu e você faremos?

— O que pudermos.

Capítulo Dezoito

Ele terminou a história em quatro dias. Colocou nela toda a pressão acumulada enquanto escrevia, e sua porção modesta temia que possivelmente não fosse tão boa quanto acreditava que seria. A porção fria e dura sabia que ficara melhor.

— Como foi hoje? — perguntou a garota.

— Acabei.

— Posso ler?

— Se quiser.

— Não se importaria mesmo?

— Está naqueles dois cadernos em cima da pasta.

Deu a ela a chave, sentou-se no bar, tomou uísque com Perrier e leu o jornal da manhã. Ela voltou e se sentou em um banco um pouco afastada dele e leu a história.

Depois de terminar, começou a ler tudo de novo e ele preparou um segundo uísque com soda, observando-a enquanto lia. Depois que ela terminou pela segunda vez, ele disse:

— Gostou?

— Não é algo para gostar ou não — disse ela. — É seu pai, não é?

— Claro.

— Foi aqui que deixou de amá-lo?

— Não. Eu sempre o amei. Aí foi quando comecei a conhecê-lo.

— É uma história terrível e fantástica.

— Fico feliz que tenha gostado — disse ele.

— Vou levar de volta — disse ela. — Gosto de entrar no quarto quando está trancado.

— Temos isso em comum — disse David.

Quando voltaram da praia, encontraram Catherine no jardim.

— Então vocês voltaram — disse ela.

— Sim — disse David. — Demos um bom mergulho. Queria que você estivesse lá.

— Mas eu não estava — observou ela. — Se é que lhes interessa.

— Por onde andou?

— Estava em Cannes cuidando da minha própria vida — declarou ela. — Vocês dois estão atrasados para o almoço.

— Desculpe — disse David. — Quer tomar algo antes de almoçar?

— Por favor, me dê licença, Catherine — disse Marita. — Volto em um instante.

— Ainda está bebendo antes do almoço? — perguntou Catherine a David.

— Sim — respondeu ele. — Não vejo nenhum problema, quando se faz muito exercício.

— Eu vi um copo de uísque vazio no bar quando entrei.

O JARDIM DO ÉDEN ~ 193

— Sim — concordou David. — Tomei dois uísques, a bem da verdade.

— A bem da verdade — repetiu ela. — Você está muito britânico hoje.

— É mesmo? — retrucou ele. — Não me sentia britânico. Me sentia como um taitiano incompetente.

— É só o seu jeito de falar que me irrita — disse ela. — Sua escolha de palavras.

— Entendo — disse ele. — Estás a fim de um trago antes que tragam o rango?

— Não seja palhaço.

— Os melhores palhaços não falam.

— Ninguém acusou você de ser o melhor palhaço — disse ela. — Sim. Gostaria de um drinque, se não for muito trabalho para você.

Ele preparou três Martinis, dosando-os separadamente e despejando a bebida no cântaro onde havia um grande pedaço de gelo, e então mexeu.

— Para quem é o terceiro drinque?

— Marita.

— Sua amásia?

— Minha o quê?

— Sua amásia.

— Você acertou na mosca — falou David. — Nunca ouvi essa palavra ser pronunciada e não tinha a menor esperança de ouvi-la nesta vida. Você é realmente maravilhosa.

— É uma palavra perfeitamente comum.

— É sim — concordou David. — Mas ter a coragem nua e crua de usá-la numa conversa. Diaba, seja boa. Não poderia ter dito "sua soturna amásia"?

Catherine desviou o olhar ao erguer a taça.

— E eu costumava achar esse tipo de gracejo divertido — disse ela.

— Por que não tenta se comportar? — perguntou David. — Vamos nos comportar, nós dois?

— Não — respondeu ela. — Lá vem a sua sei-lá-como-a-chama, doce e inocente como sempre. Devo dizer que fico contente por tê-la conquistado antes de você. Cara Marita, me diga, David trabalhou antes de começar a beber hoje?

— Trabalhou, David? — perguntou Marita.

— Terminei uma história — respondeu David.

— E imagino que Marita já tenha lido?

— Sim. Li.

— Você sabe, nunca li uma história de David. Nunca me meto. Tentei apenas tornar economicamente viável que ele fizesse o melhor trabalho do qual é capaz.

David tomou um trago e olhou para ela. Era a mesma garota linda e morena de sempre, e o cabelo cor de marfim parecia uma cicatriz em sua testa. Somente seus olhos tinham mudado e seus lábios, que diziam coisas que eram incapazes de dizer.

— Achei a história muito boa — disse Marita. — É estranha e, como vocês dizem, *pastorale*. Depois se tornou terrível de um jeito que eu não sei explicar. Achei *magnifique*.

— Bem... — disse Catherine. — Todos nós falamos francês, sabe? Poderia ter feito todo o seu discurso emocionado em francês.

O JARDIM DO ÉDEN ~ 195

— Fiquei muito emocionada com a história — disse Marita.

— Porque David a escreveu ou porque é mesmo de alto nível?

— As duas coisas — respondeu a garota.

— Bem — disse Catherine —, existe algum motivo pelo qual eu não possa ler essa história extraordinária? Botei dinheiro nela.

— Você fez o quê? — perguntou David.

— Talvez não exatamente. Você tinha mil e quinhentos dólares quando se casou comigo e aquele livro sobre os aviadores malucos vendeu, não foi? Nunca me disse quanto. Mas eu coloquei uma quantia substancial e você tem de admitir que está vivendo com mais conforto do que antes de se casar comigo.

A garota nada disse, e David ficou observando o garçom preparar a mesa na varanda. Ele olhou para o relógio. Faltavam uns vinte minutos para a hora em que normalmente almoçavam.

— Eu gostaria de ir ao quarto e me limpar, se me dão licença — disse ele.

— Não seja tão falsamente educado — disse Catherine. — Por que não posso ler a história?

— Ainda está a lápis. Nem foi copiada. Você não gostaria de ler a história assim.

— Marita leu assim.

— Então, leia depois do almoço.

— Eu quero ler agora, David.

— Eu realmente não leria antes do almoço.

— É nojenta?

— É uma história sobre a África antes da Guerra de 1914. Na época da Revolta Maji Maji. A rebelião nativa de 1905, em Tanganica.

— Não sabia que você escrevia romances históricos.

— Preferia que você deixasse isso para lá — disse David. —
É uma história que se passa na África quando eu tinha uns oito
anos.

— Eu quero ler.

David foi até o final do bar e rolava dados de um copo de
couro. A garota se sentou em um banco perto de Catherine. Ele a
observou enquanto ela observava Catherine e sua leitura.

— O início é muito bom — disse ela. — Embora sua
caligrafia seja lastimável. O lugar é soberbo. A passagem. Que
Marita chamou erroneamente de parte *pastorale*.

Ela largou o primeiro caderno, e a garota o pegou e o colocou
no colo, com os olhos ainda fixos em Catherine.

Catherine continuou a ler sem dizer mais nada. Estava na
metade da segunda parte. Então rasgou o caderno em dois e o
jogou no chão.

— É horrível — disse ela. — É bestial. Então, seu pai era
assim.

— Não — disse David. — Mas esse era um de seus aspectos.
Você não terminou de ler.

— Nada me faria terminar.

— Eu nem queria que você lesse.

— Pode me dar a chave, David, para que eu possa guardá-lo?
— pediu a garota. Ela recolhera as metades despedaçadas do
caderno no chão. Estava apenas rasgado ao meio. Não despedaçado
de um lado a outro. David lhe deu a chave.

— É ainda mais horrível por estar escrito nesse caderno
infantil — disse Catherine. — Você é um monstro.

— Foi uma rebelião bem estranha — disse David.

— Você é uma pessoa estranha por escrever sobre isso — observou ela.

— Eu pedi a você para não ler.

Ela agora chorava.

— Odeio você — disse.

Eles estavam na cama, no quarto, e era tarde.

— Ela vai embora e você vai me silenciar ou me internar.

— Não. Isso não é verdade.

— Mas você sugeriu que fôssemos à Suíça.

— Se você estiver preocupada, poderíamos consultar um bom médico. Iríamos também ao dentista.

— Não. Eles me silenciariam. Eu sei. Tudo o que é inocente para nós é loucura para eles. Conheço esses lugares.

— É uma viagem tranquila e bonita. Passaríamos por Aix e St. Remy e subiríamos o Ródano de Lyon a Genebra. Iríamos ao médico para que nos aconselhasse e faríamos do passeio algo divertido.

— Eu não vou.

— Um médico bom e inteligente que...

— Eu não vou. Não me ouviu? Eu não vou. Eu não vou. Quer que eu grite?

— Tudo bem. Não pense nisso agora. Tente apenas dormir.

— Se eu não tiver de ir.

— Não temos.

— Então, eu vou dormir. Vai trabalhar pela manhã?

— Sim. É o que vou fazer.

— Trabalhe bem — disse ela. — Sei que vai. Boa noite, David. Durma bem, também.

Ele não dormiu por um bom tempo. Quando conseguiu, sonhou com a África. Foram sonhos bons até chegar ao que o despertou. Ele então se levantou e foi direto do sonho para o trabalho. Tinha avançado bem na nova história quando o sol surgiu além do mar e ele não viu, de onde estava, como o sol ficara vermelho. Na história, ele esperava a lua aparecer e sentiu os pelos de seu cão arrepiar sob sua mão enquanto o acariciava para acalmá-lo e os dois observaram e escutaram enquanto a lua surgia e lhes dava sombras. Seu braço estava agora em volta do pescoço do cão e ele o sentia tremer. Por toda a noite, os sons haviam cessado. Eles não ouviram o elefante, e David não o viu até que o cachorro virasse a cabeça e parecesse acomodar-se sobre David. Então, a sombra do elefante os cobriu e ele passou sem fazer qualquer barulho e sentiram seu cheiro com o vento suave que descia das montanhas. Tinha um cheiro forte, velho e azedo, e, depois de passar, David viu que a presa esquerda era tão longa que parecia tocar o chão. Esperaram, mas nenhum outro elefante apareceu, e, então, David e o cachorro começaram a correr ao luar. O cachorro o seguia de perto e, quando David parou, o cachorro apertou o focinho na parte de trás do seu joelho. David queria ver o elefante de novo e eles o alcançaram à beira da floresta. Ele viajava rumo à montanha e agora se movia lentamente em meio ao vento noturno constante. David chegou perto o bastante a ponto de vê-lo encobrir a lua outra vez e sentir o cheiro de sua velhice azeda, mas não conseguiu enxergar a presa direita. Estava com medo de se aproximar com o cão e o levou para trás com o vento, empurrando-o para baixo contra a base de uma árvore, e tentou fazê-lo entender. Achou que o cachorro ficaria quieto, e realmente ficou, mas, quando David se moveu novamente na direção do volume do elefante, sentiu o focinho molhado encostar outra vez na parte de trás do joelho.

Os dois seguiram o elefante até o animal chegar a uma clareira entre as árvores. Ficou ali parado, mexendo suas grandes orelhas. Seu volume estava na sombra, mas a lua iluminava sua cabeça. David estendeu o braço para trás e fechou a mandíbula do cachorro suavemente com a mão. Em seguida, deslocou-se com cuidado, prendendo a respiração, para a direita, sentindo a brisa noturna em sua face, movendo-se com ela, jamais permitindo que ficasse entre ele e o volume, até que pudesse ver a cabeça do elefante e as grandes orelhas se mexendo lentamente. A presa direita era grossa como sua própria coxa e se curvava quase até o chão.

Ele e o cachorro retornaram, agora com o vento no pescoço, saíram da floresta e entraram na campina aberta. O cachorro agora seguia à sua frente e parou onde David deixara as duas lanças de caça na trilha, quando seguiram o elefante. Ele as jogou por cima do ombro em suas correias e armaduras de couro e, com sua melhor lança, que mantinha sempre à mão, pegaram o caminho para a shamba, a pequena plantação. A lua agora estava lá no alto e ele se perguntou por que não ouvia o batuque da shamba. Algo estranho acontecia, caso seu pai estivesse lá e não houvesse batuque.

Capítulo Dezenove

Estavam deitados na areia firme da menor das três enseadas, aquela aonde sempre iam quando estavam sozinhos, e a garota disse:

— Ela não irá à Suíça.

— Também não deveria ir a Madri. A Espanha não é um bom lugar para se ter um colapso nervoso.

— Sinto-me como se estivéssemos casados por toda a minha vida e tudo o que tivemos foram problemas.

Ela tirou o cabelo da testa dele e o beijou.

— Quer ir nadar agora?

— Sim. Vamos mergulhar da pedra alta. Aquela bem alta.

— Mergulhe você — disse ela. — Vou nadando até lá e você mergulha sobre a minha cabeça.

— Tudo bem. Mas fique parada quando eu mergulhar.

— Veja quão perto consegue passar.

Olhando para cima, ela o viu equilibrado na pedra alta, formando um arco marrom contra o céu azul. Então, ele veio em sua direção e a água subiu em um esguicho de um buraco pouco atrás dos seus ombros. Ele sumiu debaixo d'água, apareceu na frente dela e balançou a cabeça.

— Passei muito perto — disse ele.

Nadaram até a ponta, voltaram, depois secaram um ao outro e se vestiram na praia.

— Gostou mesmo de me ver mergulhar tão perto?

— Adorei.

Ele a beijou e ela se sentiu fresca e renovada depois de nadar e ainda tinha gosto de mar.

Catherine chegou quando eles ainda estavam sentados no bar. Estava cansada, calma e educada.

À mesa, disse:

— Fui a Nice, depois dirigi pela estradinha junto à montanha e parei acima de Villefranche. Vi passar um cruzador de batalha e depois ficou tarde.

— Não se atrasou muito — disse Marita.

— Mas foi muito estranho — disse Catherine. — Todas as cores eram muito claras. Até o cinza era claro. As oliveiras reluziam.

— É a luz do meio-dia — disse David.

— Não. Não acho que seja — disse ela. — Não foi muito legal e foi fascinante quando parei para ver o navio. Não parecia muito grande para ter um nome tão longo.

— Por favor, coma um pouco do bife — disse David. Você mal comeu.

— Perdão — disse ela. — Está bom. Gosto de tournedos.

— Gostaria de outra coisa em vez de carne?

— Não. Vou comer a salada. Acha que poderíamos pedir uma garrafa de Perrier-Jouët?

— Mas é claro.

— Sempre foi um excelente vinho — disse ela. — E sempre ficamos contentes com ele.

Depois, no quarto, Catherine disse:

— Não se preocupe, David, por favor. É que tudo está acontecendo muito rápido ultimamente.

— Como assim? — perguntou. Ele acariciava a testa dela.

— Não sei. De repente, eu estava velha hoje de manhã e nem era o período certo do ano. Depois as cores começaram a se tornar falsas. Fiquei preocupada e quis cuidar de você.

— Você cuida muito bem de todos.

— Vou cuidar, mas estava tão cansada e não havia tempo e eu sabia que seria muito humilhante se o dinheiro acabasse e você tivesse que pedir emprestado e eu não tivesse arranjado nada, nem assinado nada, e tivesse apenas sido relapsa como venho sendo. Depois fiquei preocupada com seu cachorro.

— Meu cachorro?

— Sim, seu cachorro da África, na história. Entrei no quarto para ver se você precisava de alguma coisa e li a história. Enquanto você e Marita conversavam no outro quarto. Eu não ouvi. Você deixou as chaves no short depois de se trocar.

— Estou na metade — disse ele.

— É fantástica — disse ela. — Mas me assusta. O elefante era tão estranho e seu pai também. Jamais gostei dele, mas gosto mais do cachorro que de qualquer um, exceto você, David, estou muito preocupada com ele.

— Era um cachorro maravilhoso. Não precisa se preocupar com ele.

— Posso ler o que aconteceu com ele hoje na história?

— Claro, se quiser. Mas ele agora está no shamba e você não precisa se preocupar.

— Se ele estiver bem, não vou ler até você voltar a ele. Kibo. Tinha um nome adorável.

— É o nome de uma montanha. A outra parte é Mawenzi.

— Você e Kibo. Eu te amo tanto. Vocês eram muito parecidos.

— Está se sentindo melhor, diaba.

— Provavelmente — disse Catherine. — Espero que sim. Mas não vai durar muito. Enquanto dirigia hoje de manhã, estava tão feliz e de repente me senti velha, tão velha que não ligava mais para nada.

— Você não é velha.

— Sim, eu sou. Sou mais velha que as roupas velhas de minha mãe e não vou viver mais que seu cão. Nem mesmo em uma história.

Capítulo Vinte

David acabara de escrever e se sentia oco e vazio por ter-se deixado levar muito além do ponto no qual devia ter parado. Ele não achou que aquele dia importaria, pois tratava do trecho da exaustão na história e, assim, ele sentira o cansaço tão logo retomaram a trilha. Por um bom tempo, ficou mais enérgico e em melhor forma que os dois homens e se impacientou com o ritmo lento e as paradas regulares que seu pai fazia a cada hora em ponto. Podia ter seguido em frente muito mais rápido que Juma e seu pai, mas, quando começou a se cansar, eles estavam como antes e, ao meio-dia, fizeram o descanso habitual de cinco minutos e ele percebeu que Juma apressava um pouco o passo. Talvez não apressasse. Talvez tivesse apenas parecido mais rápido, mas o esterco agora estava mais fresco, embora ainda não quente ao toque. Juma lhe dera a carabina para carregar depois de subirem no último monte de esterco, mas, depois de uma hora, olhou para ele e pegou a arma de volta. Vinham subindo em um ritmo constante pela encosta da montanha, mas agora a trilha descia, e, por uma abertura na floresta, viu o campo desolado à sua frente.

206 ~ ERNEST HEMINGWAY

— Aqui é que começa a dureza, Davey — disse o pai.

Só então soube que deveria ser mandado de volta ao shamba depois de colocá-los na trilha. Juma sabia daquilo havia muito tempo. Seu pai descobrira agora e nada havia a ser feito. Era outro de seus erros e não podia fazer outra coisa agora a não ser arriscar. David baixou o olhar para o grande círculo achatado da pegada do elefante e viu onde o arbusto fora esmagado e onde a haste quebrada de uma erva florescente secava no ponto além da ruptura. Juma a colheu e olhou para o sol. Juma entregou a erva macerada ao pai de David, e seu pai a enrolou nos dedos. David notou as flores brancas que estavam caídas e morrendo. Mas ainda não tinham murchado no sol nem soltado as pétalas.

— Vai ser foda — disse o pai. — Vamos andando.

No final da tarde, eles ainda estavam atravessando a região desolada. Sentiu-se sonolento por um bom tempo e, ao olhar os dois homens, sabia que o sono era seu verdadeiro inimigo e seguiu o passo deles e tentou deixar para trás o sono que o amortecia. Os dois homens se revezavam na liderança a cada hora exata, e o que vinha atrás olhava para ele em intervalos regulares para verificar se os acompanhava. Depois de montarem novamente um acampamento na floresta em meio à escuridão, ele dormiu assim que se sentou e acordou com Juma segurando seus mocassins e tateando os pés descalços em busca de calos. Seu pai o cobrira com o casaco e estava sentado ao seu lado com um pedaço de carne cozida fria e dois biscoitos. Ofereceu-lhe um cantil com chá frio.

— Ele vai ter de se alimentar, Davey — disse o pai. — Seus pés estão em boas condições. Estão saudáveis como os de Juma. Coma isso devagar, tome um pouco de chá e volte a dormir. Não tem nenhum problema.

— Desculpa o meu sono.

— Você e Kibo caçaram e caminharam toda a noite passada. Por que não deveria sentir sono? Pode comer um pouco mais de carne, se quiser.

— Não estou com fome.

— Ótimo. Estamos abastecidos por três dias. Vamos encontrar água de novo amanhã. Tem um monte de afluentes que descem das montanhas.

— Aonde ele vai?

— Juma acha que sabe.

— Isso não é ruim?

— Não muito, Davey.

— Vou voltar a dormir — informou David. — Não preciso do seu casaco.

— Juma e eu estamos bem — disse o pai. — Não sinto frio quando durmo, você sabe.

David dormiu antes que o pai lhe desse boa-noite. Acordou depois com a luz da lua no rosto e pensou no elefante abanando suas orelhas grandes na floresta, a cabeça baixa com o peso das presas. Então, David pensou à noite que o motivo pelo qual se sentia oco ao se lembrar dele era acordar com fome. Mas não era por isso, como veio a descobrir nos três dias seguintes.

Na história, ele tentou fazer o elefante voltar à vida como ele e Kibo o tinham visto na noite em que a lua surgiu. Talvez eu consiga, pensou David, talvez eu consiga. Mas, depois de guardar à chave o trabalho do dia, sair do quarto e fechar a porta, disse a si mesmo: Não, você não consegue. O elefante era velho e, se não fosse seu pai, teria sido outra pessoa. Não há nada que possa fazer a não ser tentar escrever do jeito que aconteceu. Então, você tem que escrever cada dia o melhor que puder e usar a dor que sente agora para saber como aquela dor antiga surgiu. E deve lembrar sempre as coisas em que acreditava, pois, se identificá-las, elas estarão sempre ali no texto e você não as trairá. A escrita é o único progresso que você faz.

Passou para o outro lado do bar e encontrou a garrafa de Haig e uma garrafa gelada pela metade de Perrier, e preparou um drinque, levando-o à grande cozinha, onde encontrou Madame. Disse a ela que iria a Cannes e não estaria de volta para o almoço. Ela ralhou com ele por beber uísque com o estômago vazio e ele perguntou se havia algo frio que pudesse colocar no estômago vazio com o uísque. Ela trouxe um pouco de frango frio, fatiou e colocou em um prato, fez uma salada de endívia e ele foi ao bar, preparou outro drinque e voltou para se sentar à mesa da cozinha.

— Não beba isso antes de comer, Monsieur — disse Madame.

— Me faz bem — disse a ela. — Na guerra, bebíamos isso no refeitório como se fosse vinho.

— Milagre que não viraram todos uns beberrões.

— Como os franceses — disse ele, e os dois ficaram debatendo os hábitos etílicos da classe operária francesa, sobre os quais concordavam, e ela o provocou, dizendo que suas mulheres o haviam largado. Ele disse que estava cansado das duas e perguntou se ela não estaria disposta a assumir o lugar delas agora. Não, respondeu ela, ele teria de dar mais provas de que era homem para excitar uma mulher do Midi. Ele disse que iria a Cannes, onde podia fazer uma refeição de verdade, e voltaria como um leão e deixaria as mulheres do Sul tomarem conta. Beijaram-se afetuosamente com o beijo do freguês favorito e da *femme* honrada e então David entrou para tomar banho, fazer a barba e trocar de roupa.

O banho o fez sentir-se bem e ele ficou animado depois de conversar com Madame. Eu me pergunto o que ela diria se soubesse o que estava acontecendo, pensou ele. As coisas tinham mudado depois da guerra e tanto Monsieur como Madame tinham uma noção de estilo e desejavam acompanhar as mudanças. Nós três, fregueses, éramos todos *des gens très bien*. Contanto que se pague e não haja violência, não há nada de errado. Os russos se foram, os britânicos começam a empobrecer, os alemães estão arruinados e agora existe esse desprezo pelas regras estabelecidas, que pode muito bem ser a salvação de toda a costa. Somos os pioneiros em criar uma temporada de verão, algo que ainda é visto como uma loucura. Olhou para seu rosto no espelho com um dos lados barbeado. Ainda assim, disse a si mesmo, não precisaria ser pioneiro em deixar de fazer o outro lado da barba. Percebeu então, com um desgosto crítico e atento, a brancura quase prateada de seus cabelos.

Ouviu a Bugatti subir a longa ladeira, virar no cascalho e parar.

Catherine entrou no quarto. Usava um xale na cabeça e óculos escuros. Tirou-os e beijou David. Ele a abraçou forte e disse:

— Como vai?

— Não muito bem — respondeu ela. — Estava muito quente.

— Ela sorriu para ele e colocou a testa em seu ombro. — Fico feliz de estar em casa.

Ele saiu, preparou um Tom Collins e o levou para Catherine, que acabara de tomar um banho frio. Ela pegou o copo longo e gelado, bebericou e o apertou contra a pele escura e macia de sua barriga. Encostou o copo nos bicos dos seios para que endurecessem e então tomou um trago longo e apertou o copo contra a barriga outra vez.

— Isto é maravilhoso — disse ela.

Ele a beijou e ela disse:

— Isso é gostoso mesmo. Já tinha esquecido. Não vejo nenhum motivo para abrir mão disso. E você?

— Não.

— Bem, eu não abri — disse ela. — Não vou entregar você a outra pessoa prematuramente. Foi uma ideia boba.

— Vista-se e vamos sair — disse David.

— Não. Eu quero me divertir com você como nos velhos tempos.

— Como?

— Você sabe. Para te deixar feliz.

— Feliz como?

— Assim.

— Cuidado — disse ele.

— Por favor.

— Tudo bem, se você quiser...

— Do jeito que foi em Grau du Roi da primeira vez que aconteceu?

— Se quiser.

— Obrigada por me dar esse tempo, porque...

— Fique quieta.

— É igual a Grau du Roi, só que mais fascinante, pois vai ser durante o dia e nos amamos ainda mais porque eu fui embora. Por favor, vamos fazer devagar, devagar, devagar...

— Sim, devagar.

— Você está...

— Sim.

— Está mesmo?

— Sim, se você quiser.

— Eu quero tanto e você está e eu tenho. Por favor, vá devagar e me deixa prender.

— Já prendeu.

— Sim, prendi. Prendi mesmo. Oh, sim, apertei ele. Está preso. Por favor, goze agora comigo. Por favor, agora você podia...

Ficaram deitados na cama e Catherine, com a perna bronzeada sobre a dele, tocando seu peito do pé levemente com os dedos do pé, repousava de bruços e levantou sua boca da boca de David e disse:

— Está feliz por me ter de volta?

— Você — disse ele. — Você voltou.

— Você nunca achou que eu pudesse. Ontem nada mais existia e estava tudo acabado e agora estou aqui. Está feliz?

— Sim.

— Lembra quando tudo o que eu queria era ficar mais morena e agora sou a garota branca mais morena do mundo?

— E a mais loura. É como marfim. É o que sempre penso. Você também é suave como marfim.

— Estou tão feliz e quero me divertir com você do jeito que sempre fizemos. Mas o que é meu é meu. Não vou entregar você a ela como estava fazendo sem ficar com nada para mim. Acabou.

— Não está muito claro — disse David. — Mas você está mesmo bem de novo, não?

— Estou mesmo — disse Catherine. — Não me sinto triste, mórbida ou digna de pena.

— Está bem e adorável.

— Tudo está maravilhoso e mudado. Vamos nos revezar—
disse Catherine. — Você é meu hoje e amanhã. E vai ser de Marita
nos dois dias seguintes. Céus, que fome que sinto! É a primeira
vez que sinto fome em uma semana.

Quando David e Catherine voltaram do mergulho no final
da tarde, foram até Cannes para comprar os jornais de Paris e
depois se sentaram no café e leram e conversaram antes de voltar
para casa. Depois de trocar de roupa, David foi encontrar Marita
sentada no bar, lendo. Ele reconheceu o livro como seu. Aquele
que ela não tinha lido.

— Deram um bom mergulho? — perguntou ela.

— Sim. Nadamos até bem longe.

— Você mergulhou da pedra alta?

— Não.

— Fico feliz — disse ela. — Como está Catherine?

— Mais alegre.

— Sim. Ela é bem inteligente.

— E você, como está? Tudo bem?

— Muito bem. Estou lendo esse livro.

— Que tal?

— Só posso dizer depois de amanhã. Estou lendo bem
devagar, para fazer com que dure.

— O que é isso? Um pacto?

— Acho que sim. Mas eu não me preocuparia muito com o
livro ou com o que sinto por você. Nada mudou.

— Tudo bem — disse David. — Mas senti demais sua falta
hoje de manhã.

— Depois de amanhã — disse ela. — Não se preocupe.

Capítulo Vinte e Um

O dia seguinte na história foi muito ruim porque, bem antes do meio-dia, ele descobriu que não era apenas a necessidade de dormir que fazia a diferença entre um menino e os homens. Nas primeiras três horas, ele teve mais energia do que eles e pediu a carabina .303 a Juma para carregar, mas Juma balançou a cabeça. Ele não sorria e sempre fora o melhor amigo de David e o ensinara a caçar. Ele me ofereceu a arma ontem, pensou David, e hoje estou em muito melhor forma. E estava mesmo, mas, às dez, ele já sabia que o dia seria ruim ou pior que o anterior. Era tão ingênuo pensar que pudesse acompanhar o pai quanto seria pensar que pudesse lutar com ele. Sabia também que não era só porque eram homens. Eram caçadores profissionais, e ele agora sabia que era por isso que Juma não despendia nem um sorriso. Eles sabiam tudo o que o elefante fizera, apontavam os sinais um para o outro sem falar e, quando a caminhada se tornava difícil, seu pai sempre se submetia a Juma. Quando pararam para encher os cantis em um riacho, seu pai falou:

— Tente aguentar até o fim do dia, Davey.

Depois, quando finalmente tinham ultrapassado a região desolada e escalavam de novo, rumo à floresta, as pistas do elefante viravam à direita rumo a uma velha trilha de elefantes. Viu seu pai e Juma conversando e, quando subiu até eles, Juma olhava para trás na direção do caminho que haviam percorrido e depois para uma ilha rochosa de morros bem distante na região árida, e era como se usasse uma bússola, tendo como referência os picos de três morros azuis distantes no horizonte.

— Juma sabe para onde vai agora — explicou o pai. — Ele pensava que sabia, mas acabou caindo aqui nesse lugar.

Ele olhou para trás, na direção do território onde haviam passado todo o dia.

— Aonde ele vai agora não é nada mau, mas vamos ter que escalar.

Escalaram até o escurecer e depois montaram outro acampamento. David tinha matado com seu estilingue dois francolins de um pequeno bando que atravessara a trilha pouco antes do pôr do sol. As aves tinham ido à velha trilha de elefantes para se banhar na areia, caminhando, roliças e ordenadas, e, quando a pedrinha quebrou as costas de uma delas e a ave começou a tremer em convulsões, batendo as asas, outra correu em sua direção para bicá-la e David armou outra pedra, esticou a atiradeira e arremessou nas costelas da segunda ave. Ao correr em sua direção para colocar a mão nela, as outras debandaram. Juma olhou para trás e sorriu dessa vez e David recolheu as duas aves, quentes e roliças, com suas penas macias, e bateu as cabeças contra o cabo de seu facão de caça.

Agora, onde estavam acampados para a noite, seu pai disse:

— Nunca vi esse tipo de francolim tão alto. Fez muito bem em pegar esses dois.

Juma assou as aves atravessadas em um espeto sobre as brasas de uma pequena fogueira. Seu pai bebeu uísque com água na tampa do cantil e ficaram observando, deitados, enquanto Juma cozinhava. Depois, Juma deu a cada um deles um peito com o coração dentro e comeu ele mesmo os dois pescoços, as costas e as patas.

— Faz uma grande diferença, Davey — disse seu pai. — Estamos bem abastecidos de provisões agora.

— A que distância estamos dele? — perguntou David.

— Bem perto, na verdade — disse o pai. — Tudo depende de se deslocar ou não quando a lua aparecer. Vai ser uma hora mais tarde hoje e duas horas mais tarde de quando você o encontrou.

— Por que Juma acha que sabe para onde ele está indo?

— Ele o feriu e matou seu *askari*, seu amigo, não muito longe daqui.

— Quando?

— Cinco anos atrás, diz ele. Isso pode significar qualquer data. Quando você ainda era um *toto* — disse ele.

— E ele vive sozinho desde então?

— É o que diz. Ele não o viu. Apenas ouviu falar.

— Qual o tamanho que ele disse ter?

— É enorme. Maior do que qualquer coisa que eu já tenha visto. Ele disse que só existiu um elefante maior que esse e ele também veio daqui de perto.

— Melhor eu ir dormir — disse David. — Espero estar melhor amanhã.

— Você foi esplêndido hoje — disse o pai. — Fiquei muito orgulhoso. Juma também.

À noite, quando acordou depois que a lua surgiu, teve certeza de que não estavam orgulhosos dele, exceto, talvez, por sua destreza ao matar as duas aves. Ele encontrara o elefante à noite e o seguira para ver que tinha suas duas presas e depois voltou para encontrar os dois homens e colocá-los no caminho. David sabia que eles estavam orgulhosos disso. Mas, depois que a terrível caminhada começou, tornou-se inútil para eles e um perigo para seu sucesso, assim como Kibo fora para ele quando chegou bem perto do elefante à noite, e sentiu que os dois deviam ter-se odiado por não o terem mandado de volta quando ainda havia tempo. As presas do elefante pesavam noventa quilos cada. Como haviam crescido além do tamanho normal, o elefante era caçado por elas e agora eles três o matariam. David estava certo de que o matariam porque ele, David, resistira o dia todo e prosseguira depois que o ritmo da caminhada o havia derrubado, já ao meio-dia. Então, provavelmente estavam orgulhosos por ter feito aquilo. Mas ele não acrescentara nada de útil à caçada e estariam muito melhores sem ele. Durante o dia, muitas vezes desejou jamais ter traído o elefante e, à tarde, lembrou-se de ter desejado nunca tê-lo visto. Acordado sob o luar, sabia que aquilo não era verdade.

Durante toda a manhã, enquanto escrevia, tentou lembrar-se de como se sentira de verdade e o que acontecera no dia seguinte. A parte mais difícil era como se sentira de verdade e manter esse sentimento inalterado pelo que sentira depois. Os detalhes da região estavam nítidos e límpidos como a manhã até a abreviação e o prolongamento da exaustão, e ele descrevera tudo aquilo muito bem. Mas seus sentimentos pelo elefante foram a parte mais difícil, e ele sabia que teria de se afastar daquilo e depois voltar, para ter certeza de que seria tal como acontecera, não depois, mas naquele mesmo dia. Ele sabia que o sentimento começara a ganhar forma, mas estava exausto demais para se lembrar com exatidão.

Ainda envolvido com esse problema e revivendo toda a história, trancou a pasta e saiu do quarto atravessando a laje que levava à varanda onde Marita estava sentada em uma cadeira debaixo de um pinheiro, de frente para o mar. Ela lia e, como ele estava descalço, não o ouviu. David olhou para ela e ficou contente em vê-la. Depois, lembrou-se do disparate daquela situação, voltou para o hotel e foi até seu quarto e de Catherine. Ela não estava mais lá e, ainda sentindo a África completamente real, e tudo aquilo em que se encontrava irreal e falso, foi à varanda para conversar com Marita.

— Bom dia — disse ele. — Viu Catherine?

— Saiu para algum lugar — disse a garota. — Pediu para avisar que voltaria.

De repente, nada mais era nem um pouco irreal.

— Não sabe aonde ela foi?

— Não — respondeu a garota. — Saiu de bicicleta.

— Meu Deus — disse David. — Ela não anda de bicicleta desde que compramos a Bug.

— Foi o que ela disse. Está voltando a pedalar. Foi boa sua manhã?

— Não sei. Vou saber amanhã.

— Vai tomar café?

— Não sei. Já é tarde.

— Queria que tomasse.

— Vou entrar e me limpar — disse ele.

Tomou banho e estava fazendo a barba quando Catherine entrou. Vestia uma velha camisa de Grau du Roi e calças curtas de linho cortadas abaixo do joelho, estava acalorada e com a camisa molhada.

— É maravilhoso — disse ela. — Mas eu tinha esquecido o que acontece com as coxas na subida.

— Pedalou muito longe, diaba?

— Seis quilômetros — disse ela. — Não foi nada, mas tinha esquecido as *côtes*.

— Está quente demais para pedalar agora, a não ser que vá de manhã cedo — disse David. — Mas fico feliz que tenha recomeçado.

Ela agora estava debaixo do chuveiro e disse ao sair:

— Veja só como estamos morenos. Estamos exatamente do jeito que tínhamos planejado.

— Você está mais morena.

— Não muito. Você também está bem escuro. Veja como ficamos nós dois juntos.

Olharam um para o outro, de pé, lado a lado, no longo espelho da porta.

— Ah, você gosta de nós — disse ela. — Que bom! Eu também. Toque aqui para ver.

Postou-se bem ereta e ele colocou a mão em seus seios.

— Vou vestir uma de minhas blusas justas para que você possa ver o que acho das coisas — disse ela. — Não é engraçado que nossos cabelos não tenham cor quando estão molhados? Ficam pálidos como algas.

Ela pegou um pente e penteou o cabelo para trás, de modo que parecesse que acabara de sair do mar.

— Vou usar o meu assim agora de novo — disse ela. — Como em Grau du Roi e aqui, na primavera.

— Gosto quando você deixa cair sobre a testa.

— Estou cansada desse penteado. Mas posso fazer, se você quiser. Acha que podíamos ir à cidade e tomar café no bar?

— Não tomou café da manhã?

— Queria esperar por você.

— Tudo bem — disse ele. — Vamos lá tomar café. Também estou com fome.

Tiveram um café da manhã muito bom, café com leite, brioches, geleia de morango e *ouefs au plat avec jambon*, e, quando terminaram, Catherine perguntou:

— Você me acompanharia ao Jean? Hoje é dia de lavar meu cabelo e quero cortá-lo.

— Vou esperar você aqui.

— Não pode vir comigo, por favor? Você já foi lá e não foi ruim para ninguém.

— Não, diaba. Fui uma vez, mas só aquela vez. É como fazer uma tatuagem ou algo assim. Não me peça isso.

— Não significa nada para ninguém, só para mim. Quero que a gente fique exatamente igual.

— Não podemos ficar iguais.

— Poderíamos, se você permitisse.

— Realmente não quero fazer isso.

— Nem se eu disser que é tudo o que quero?

— Por que não pode querer algo sensato?

— Eu quero. Mas também quero que a gente fique igual e você está quase, não seria um grande problema. O mar fez todo o trabalho.

— Então deixe por conta do mar.

— Eu quero hoje.

— E então ficará feliz, suponho.

— Estou feliz agora, porque você vem comigo e vou ficar feliz. Você adora a minha aparência. Sabe que é verdade. Pense por esse lado.

— É uma bobagem.

— Não é, não. Não quando se trata de você e você faz isso para me agradar.

— Quanto vai se sentir mal se eu não for?

— Não sei. Mas muito.

— Tudo bem — concordou ele. — Significa mesmo tanto assim para você?

— Sim — disse ela. — Oh, obrigada. Não vai demorar muito desta vez. Avisei a Jean que iríamos e ele está com o salão aberto para nós.

— Tem sempre assim tanta confiança de que vou fazer as coisas?

— Sei que faria isso se soubesse quanto eu queria.

— Eu queria muito não fazer. Não devia pedir.

— Você não vai se importar. Não é nada de mais e depois vai ser divertido. Não se preocupe com Marita.

— O que tem ela?

— Ela disse que, se você não fizesse por mim, era para perguntar se não o faria por ela.

— Não invente.

— Não. Ela disse isso de manhã.

— Queria que você pudesse se ver — disse Catherine.

— Estou feliz por não poder.

— Queria que se visse no espelho.

— Não poderia.

— Olhe para mim. É assim que você está e eu fiz e não há nada que você possa fazer agora. É assim que está.

— Não podíamos ter feito isso — disse David. — Eu não poderia ficar igual a você.

— Bem, nós já fizemos — disse Catherine. — E você também. Então é melhor começar a gostar.

— Não podemos ter feito isso, diaba.

— Sim, fizemos. Você também sabia. Apenas não olhava. E agora estamos condenados. Eu estava e agora você está. Olhe para mim e veja quanto gostou.

David olhou em seus olhos, que ele amava, e seu rosto escuro e a cor branco-marfim incrivelmente monótona de seus cabelos e como ela parecia feliz, e, então, ele começou a compreender que coisa mais estúpida havia permitido.

Capítulo Vinte e Dois

Ele não achou que pudesse seguir em frente com a história naquela manhã e, por um bom tempo, não pôde. Mas sabia o que tinha de fazer e finalmente começou, e eles seguiam o rastro do elefante em uma velha trilha de elefantes, que era um caminho bem batido e gasto no meio da floresta. Parecia que os elefantes o atravessavam desde que a lava das montanhas esfriara e as árvores cresceram, altas e próximas. Juma estava muito confiante, e eles avançavam rapidamente. Tanto seu pai como Juma pareciam bem seguros de si, e o percurso pelo caminho era tão tranquilo que Juma lhe deu a .303 para carregar enquanto atravessavam em meio à luminosidade fragmentada da floresta. Depois, perderam a trilha em montes fumegantes de esterco fresco e as pegadas redondas de uma manada de elefantes que havia pegado a trilha dos elefantes, vinda da mata fechada, à esquerda do caminho. Juma tomou a .303 de David com raiva. Só à tarde conseguiram alcançar a manada e ultrapassá-la, vendo aqueles volumes cinzentos através das árvores, o movimento das enormes orelhas e as trombas perscrutadoras enrolando e desenrolando, o barulho de galhos quebrando, o barulho de árvores sendo derrubadas e o estrondo nas barrigas dos elefantes e o estalo e o ruído seco do esterco caindo.

Finalmente, encontraram a trilha do velho elefante e, quando esta se desviava para um caminho menor de elefantes, Juma olhou para o pai de David e abriu um sorriso, mostrando seus dentes afiados, e seu pai acenou com a cabeça. Pareciam compartilhar um segredo obsceno, exatamente como pareceram quando os encontrou naquela noite na shamba.

Não demorou muito até chegarem ao segredo. Seguia à direita na floresta e os sinais do velho paquiderme os levavam até lá. Era um crânio que alcançava o peito de David e também era branco do sol e das chuvas. Havia uma depressão profunda na testa e sulcos que partiam do meio das cavidades oculares brancas e ocas e se alargavam em buracos fragmentados vazios nos quais as presas haviam sido cortadas. Juma apontou o ponto no qual o grande elefante que perseguiam havia ficado enquanto olhava para baixo, na direção do crânio, e onde sua tromba se movera um pouco do lugar em que repousara no chão e onde as pontas das presas haviam tocado o chão na lateral. Ele mostrou a David o buraco único na grande depressão sobre o osso branco da testa e depois os quatro buracos próximos uns aos outros perto da orelha. Deu um largo sorriso para David e seu pai, e tirou um cartucho de .303 do bolso, encaixando a ponta no buraco no osso da testa.

— Aqui foi onde Juma feriu o grande elefante — disse seu pai. — Este era seu *askari*. Seu amigo, na verdade, pois também era um grande animal. Ele arremeteu e Juma o abateu, acabando com ele com um tiro no ouvido.

Juma mostrava os ossos espalhados e como o grande elefante caminhara por entre eles. Juma e o pai de David estavam muito contentes com o que haviam encontrado.

— Quanto tempo acha que ele e o amigo passaram juntos? — perguntou David ao pai.

— Não faço a menor ideia — disse o pai. — Pergunte a Juma.

— Pergunte o senhor, por favor.

Seu pai e Juma conversaram, e Juma olhou para David e riu.

— Ele disse que provavelmente quatro ou cinco vezes a duração da sua vida — disse o pai de David. — Na verdade, ele não sabe e não se importa.

Eu me importo, pensou David. Eu o vi no luar e ele estava sozinho, mas eu estava com Kibo. Kibo também estava comigo. O elefante não fazia mal a ninguém e nós seguimos a trilha que ele fez para ver seu amigo morto e agora vamos matá-lo. É culpa minha. Eu o traí.

Juma agora havia decifrado a trilha e gesticulou para seu pai. Então, eles partiram.

Meu pai não precisa matar elefantes para viver, pensou David. Juma não o teria encontrado se eu não o tivesse visto. Teve sua oportunidade contra ele e tudo o que fez foi feri-lo e matar seu amigo. Kibo e eu o encontramos, e eu nunca deveria ter contado a eles e devia tê-lo mantido em segredo para sempre, deixando que se embebedassem com suas *bibis* na shamba de cerveja. Juma estava tão bêbado que não conseguiríamos acordá-lo. Vou manter sempre tudo em segredo. Nunca mais vou contar nada a eles. Se o matarem, Juma irá beber sua parte do marfim ou então comprar outra maldita esposa. Por que você não ajudou o elefante quando podia? Tudo o que precisava fazer era não ir no segundo dia. Não, aquilo não os teria impedido. Juma teria seguido em frente. Nunca devia ter contado a eles. Nunca, nunca diga nada a eles. Tente lembrar-se disso. Nunca diga nada a ninguém. Nunca diga nada a ninguém outra vez.

Seu pai esperou por ele para subir e disse, com a fala mansa:

— Ele deu uma descansada aqui. Não está se locomovendo como antes. Vamos chegar nele a qualquer instante agora.

— Foda-se a caça ao elefante — disse David, quase em silêncio.

— O que foi? — perguntou seu pai.

— Foda-se a caça ao elefante — repetiu David, com a voz baixa.

— Tome cuidado para não foder com tudo — disse seu pai, olhando sério para ele.

Taí uma coisa, pensou David. Ele não é burro. Agora ele sabe tudo e nunca mais vai confiar em mim outra vez. Que bom! Não quero que confie, porque eu nunca mais vou dizer algo a ele ou a outra pessoa durante toda a minha vida. Nunca, nunca, nunca.

Foi ali que parou a caçada naquela manhã. Sabia que ainda não estava bom. Não descrevera a enormidade do crânio com o qual depararam na floresta, nem os túneis debaixo da terra construídos pelos besouros e que surgiram como galerias ou catacumbas desertas quando o elefante moveu o crânio. Não descrevera a longa extensão dos ossos esbranquiçados, nem como os rastros do elefante se haviam espalhado ao redor da cena da matança, tampouco como, ao segui-los, pôde ver como o elefante se moveu e então foi capaz de ver o que o elefante viu.

Não descrevera a amplidão da única trilha de elefantes que era uma estrada perfeita em meio à floresta, nem as árvores lisas, friccionadas e desgastadas, tampouco o modo como outras trilhas se interseccionavam, parecendo o mapa do metrô em Paris. Não descrevera a luz na floresta onde as árvores se juntavam no topo e não tinha esclarecido certas coisas que precisava descrever do jeito como ocorreram na época, e não como as recordava agora. As distâncias não eram importantes, pois todas as distâncias mudaram, e sua lembrança delas correspondia à forma como eram. Mas sua mudança de sentimentos em relação a Juma e a seu pai e ao elefante era complicada, por causa da exaustão que a provocara. O cansaço levou ao início da compreensão. A compreensão estava iniciando, e ele percebia isso ao escrever. Mas a terrível compreensão verdadeira ainda estava por vir e ele não podia mostrá-la por meio de declarações arbitrárias de retórica, mas tão somente recordando as coisas reais que a provocaram. No dia seguinte, ele acertaria as coisas e, depois, seguiria em frente.

Guardou os cadernos de manuscritos na pasta, trancou-a, saiu pela porta do quarto e caminhou pela frente do hotel até onde Marita estava lendo.

— Quer tomar café da manhã? — perguntou ela.

— Acho que gostaria de um drinque.

— Vamos até o bar — disse ela. — É mais fresco.

Entraram e se sentaram nos bancos, e David despejou o uísque Haig Pinch num copo e preencheu com Perrier gelada.

— O que aconteceu com Catherine?

— Saiu, bem alegre e contente.

— E você, como vai?

— Feliz, tímida e um tanto quieta.

— Tímida demais para eu te beijar?

Abraçaram-se e ele pôde sentir que estava inteiro de novo. Não sabia até onde fora imensamente dividido e separado, pois, quando começava a trabalhar, escrevia de um núcleo interior que não podia ser partido, nem mesmo marcado ou arranhado. Sabia disso e esta era a sua força, uma vez que todo o resto podia ser fragmentado.

Ficaram sentados no bar enquanto o rapaz fazia a mesa, e o primeiro frescor do outono veio na brisa do mar e depois, sentados à mesa sob os pinheiros, tiveram aquela sensação de novo enquanto comiam e bebiam.

— Essa brisa fresca vem lá do Curdistão — disse David. — As tempestades equinociais estão prestes a chegar.

— Mas não vão chegar hoje — observou a garota. — Não precisamos nos preocupar com elas hoje.

— Não houve nenhum tipo de vento desde que nos conhecemos no café em Cannes.

— Consegue se lembrar de coisas assim tão antigas?

— Parece mais antigo que a guerra.

— Estive na guerra nos últimos três dias — disse a garota. — Acabei de sair dela hoje de manhã.

— Nunca penso nisso — disse David.

— Agora eu li — disse Marita a ele —, mas não entendi quanto a você. Nunca deixou claro em que acreditava.

Ele encheu o copo dela e depois o seu.

— Não soube até mais tarde — disse ele. — Então não tenter agir como se soubesse. Deixei de pensar nisso enquanto acontecia. Simplesmente sentia e via e agia e pensava de forma tática. Por isso não é um livro melhor. Porque eu não era mais inteligente.

— É um livro muito bom. As cenas de voo são maravilhosas e o sentimento pelas outras pessoas e pelos próprios aviões.

— Sou bom no que diz respeito a outras pessoas e a coisas técnicas e táticas — disse David. — Não quero falar bobagem ou me vangloriar. Mas, Marita, ninguém conhece a si mesmo quando está envolvido pra valer. Você não é digno de consideração. Seria vergonhoso naquela situação.

— Mas depois você acaba sabendo.

— Claro. Às vezes.

— Posso ler a narrativa?

David encheu os copos de vinho outra vez.

— Quanto ela te contou?

— Ela disse que me contou tudo. Ela conta muito bem as coisas, você sabe.

— Prefiro que não leia — disse David. — Só causaria problemas. Não sabia que você apareceria quando escrevi e não posso evitar que ela te conte as coisas, mas não preciso que você as leia também.

— Então não devo ler?

— Gostaria que não o fizesse. Também não quero dar ordens.

— Então preciso te contar — disse a garota.

— Ela deixou que você lesse?

— Sim. Disse que eu deveria.

— Maldita seja!

— Ela não fez por mal. Foi quando ela estava preocupada.

— Então você leu tudo?

— Sim. É maravilhoso. É muito melhor que o último livro e agora as histórias são muito melhores do que ele ou do que tudo mais.

— E quanto à parte de Madri?

Olhou para ela, e ela ergueu o olhar para ele. Então, passou a língua pelos lábios e não desviou o olhar e disse com muito cuidado:

— Eu sabia de tudo aquilo, pois sou exatamente como você.

Quando estavam deitados juntos, Marita disse:

— Não pensa nela quando faz amor comigo?

— Não, sua boba.

— Não quer que eu faça o que ela faz? Porque eu sei de tudo e também posso fazer.

— Pare de falar e sinta.

— Posso fazer melhor que ela.

— Pare de falar.

— Não acho que deva...

— Não fale.

— Mas você não precisa...

— Ninguém precisa, mas nós...

Ficaram deitados em um abraço forte e, então, finalmente Marita disse com a voz mansa:

— Tenho que sair, mas volto logo. Por favor, durma por mim.

Ela o beijou e, quando voltou, encontrou-o dormindo. Ele queria esperar por ela, mas caiu no sono. Ela deitou ao seu lado e o beijou e, quando ele não acordou, ela ficou ao seu lado em silêncio e tentou dormir também. Mas não estava com sono e o beijou levemente outra vez e então começou a brincar com ele suavemente enquanto apertava os seios contra seu corpo. Ele se remexeu em seu sono, e ela agora estava deitada com a cabeça abaixo do seu peito e brincava com leveza e curiosidade, fazendo pequenas intimidades e descobertas.

Era uma tarde longa e fresca, e David dormia e, quando acordou, Marita não estava mais lá e ele ouviu as vozes das duas garotas na varanda. Vestiu-se, destravou o ferrolho da porta para seu quarto de trabalho e então saiu pela porta daquele quarto e caminhou pela laje. Não havia ninguém na varanda, exceto o garçom, que levava as coisas do chá para dentro, e ele encontrou as garotas no bar.

Capítulo Vinte e Três

As duas garotas estavam sentadas no bar com uma garrafa de Perrier-Jouët em um balde com gelo e pareciam revigoradas e adoráveis.

— É como encontrar um ex-marido — disse Catherine. — Faz com que me sinta muito sofisticada.

Ela nunca parecera tão contente ou mais adorável.

— Devo dizer que combina com você.

Ela olhou para David, fingindo avaliá-lo.

— Acha que ele está bem? — indagou Marita. Olhou para David e corou.

— E você tinha de corar — disse Catherine. — Olhe só para ela, David.

— Ela me parece muito bem — disse David. — Você também.

— Parece ter dezesseis anos — disse Catherine. — Ela me disse que contou a você que leu a narrativa.

— Acho que devia ter me pedido — disse David.

— Eu sei disso — respondeu Catherine. — Mas comecei a ler para mim mesma e achei tão interessante que pensei que a Herdeira também deveria ler.

— Eu teria dito não.

— Mas o caso é — disse Catherine — se alguma vez ele disser não em relação a qualquer coisa, Marita, siga em frente. Não quer dizer nada.

— Não acredito — disse Marita. E sorriu para David.

— É porque ele não escreveu a narrativa até o tempo atual. Quando tiver escrito, você vai ver.

— Terminei com a narrativa — disse David.

— Isso é sujeira — disse Catherine. — Esse era o meu presente e nosso projeto.

— Tem que escrever, David — disse a garota. — Vai escrever, não vai?

— Ela quer fazer parte, David — disse Catherine. — E vai ficar muito melhor quando você também tiver uma garota bronzeada.

David encheu sua taça de champanhe. Viu Marita olhar para ele, um aviso, e disse a Catherine:

— Vou continuar depois de acabar as histórias. O que fez de seu dia?

— Eu tive um ótimo dia. Tomei decisões e planejei coisas.

— Oh, Deus — disse David.

— São todos planos bem diretos — disse Catherine. — Não precisa resmungar. Você fez o que quis o dia todo e eu não me importei. Mas eu tenho o direito de fazer alguns planos.

— Que tipo de planos? — perguntou David. Sua voz não mostrava qualquer emoção.

— Primeiro, temos de começar a preparar o lançamento do livro. Vou precisar que o manuscrito seja datilografado até o ponto no qual está agora e ver se conseguimos ilustrações. Terei de conversar com os artistas e combinar as coisas.

— Você teve um dia muito ocupado — disse David. — Você sabe, não é, que os manuscritos não são datilografados antes que a pessoa que escreveu os releia e deixe prontos para a datilografia?

— Isso não é necessário, pois preciso apenas de um rascunho para mostrar aos artistas.

— Entendo. E se eu não quiser que o texto seja copiado por enquanto?

— Não quer que seja lançado? Eu quero. E alguém tem que começar com a parte prática.

— Quais foram os artistas em que pensou hoje?

— Artistas diferentes para partes diferentes. Marie Laurencin, Pascen, Derain, Dufy e Picasso.

— Pelo amor de Deus, Derain.

— Não consegue imaginar um belo Laurencin de mim e Marita no carro quando paramos pela primeira vez junto ao Loup, a caminho de Nice?

— Ninguém escreveu isto.

— Bom, então escreva. Certamente é muito mais interessante e instrutivo do que um bando de nativos num kraal, ou seja lá como chame, cobertos de moscas e sarnas, na África Central, com seu pai beberrão cambaleando pra lá e pra cá, cheirando a cerveja azeda, sem saber quais dos pequenos horrores ele concebera.

— Agora a vaca foi para o brejo — disse David.

— O que você disse, David? — perguntou Marita.

— Eu disse muito obrigado por almoçarem comigo — falou David.

— Por que não agradece a ela pelo resto? — perguntou Catherine. — Ela deve ter feito algo de extraordinário para que você dormisse como se estivesse morto até o final da tarde. Agradeça a ela por isso, pelo menos.

— Obrigado pelo mergulho — disse David à garota.

— Ah, vocês foram nadar? — perguntou Catherine. — Fico feliz por terem ido nadar.

— Nadamos até bem longe — disse Marita. — E tivemos um ótimo almoço. Você almoçou bem, Catherine?

— Acho que sim — disse Catherine. — Não me lembro.

— Aonde foi? — perguntou Marita, delicadamente.

— Saint Raphael — disse Catherine. Lembro-me de ter parado lá, mas não do almoço. Nunca presto atenção quando como sozinha. Mas estou bem certa de que almocei por lá. Sei que era essa a minha intenção.

— A volta foi boa? — perguntou Marita. — A tarde estava fresca e adorável.

— Não sei — disse Catherine. — Não percebi. Estava pensando no livro e em como começar. Temos de dar início. Não sei por que David começou a se fazer de difícil no instante em que passei a pôr as coisas em ordem. Tudo isso foi se arrastando de um modo tão casual que subitamente me senti envergonhada por todos nós.

— Pobre Catherine — disse Marita. — Mas, agora, que planejou tudo, deve se sentir melhor.

— Eu me sinto — disse Catherine. — Estava muito feliz quando cheguei. Sabia que deixaria vocês contentes e também que tinha realizado algo prático, mas então David me fez sentir como uma idiota ou uma leprosa. Não posso fazer nada se sou prática e razoável.

— Eu sei, diaba — disse David. — Só não queria misturar os trabalhos.

— Mas foi você quem misturou — disse Catherine. — Não vê? Indo para a frente e para trás tentando escrever histórias, quando tudo o que precisava fazer era seguir com a narrativa, que significa tanto para todos nós. Estava tudo indo tão bem, e estávamos chegando às partes mais emocionantes. Alguém precisa mostrar a você que as histórias são apenas seu jeito de escapar de sua obrigação.

Marita olhou para ele outra vez, e ele entendeu o que ela estava tentando falar e disse:

— Vou tomar um banho. Conte tudo a Marita. Volto logo.

— Temos outros assuntos para conversar — disse Catherine. — Me desculpe por ter sido rude quanto a você e Marita. Na verdade, não poderia estar mais feliz por vocês.

David levou consigo tudo o que fora dito para o banheiro, onde tomou banho e vestiu um suéter de pescador recém-lavado e calças. O tempo agora à noite era fresco, e Marita estava no bar folheando a *Vogue*.

— Ela desceu para dar uma olhada no seu quarto — disse Marita.

— Como ela está?

— Como posso saber, David? Ela agora é uma grande editora. Desistiu do sexo. Isso não interessa mais a ela. É algo infantil, na verdade, diz ela. Não sabe como um dia pode ter um significado para ela. Mas talvez decida ter um caso com outra mulher se voltar a essa praia. Há certa insistência em relação a outra mulher.

— Cristo, nunca pensei que seria assim.

— Não pense — disse Marita. — Não importa nada disso. Eu te amo e você vai escrever amanhã.

Catherine chegou e disse:

— Vocês dois ficam ótimos juntos, estou bastante orgulhosa. Sinto como se tivesse inventado vocês. Ele se saiu bem hoje, Marita?

— Tivemos um ótimo almoço — disse Marita. — Por favor, seja justa, Catherine.

— Oh, eu sei que ele é um amante satisfatório — disse Catherine. — Ele é sempre assim. Igual a seus Martinis ou ao seu jeito de nadar, esquiar ou voar, provavelmente. Nunca o vi em um avião. Todos dizem que era maravilhoso. Na verdade, é como acrobacia, acredito, e tão chato quanto. Não foi isso o que perguntei.

— Você foi muito boa em deixar que passássemos o dia juntos, Catherine — disse Marita.

— Vocês podem passar o resto da vida juntos — disse Catherine. — Se não entediarem um ao outro. Não preciso mais de nenhum de vocês.

David a observava no espelho e ela parecia tranquila, linda e normal. Ele podia ver Marita olhando para ela com muita tristeza.

— No entanto, gosto de olhar para vocês e adoraria ouvi-los conversar, se abrissem suas bocas.

O JARDIM DO ÉDEN ~ 239

— Como vai você? — perguntou David.

— Esse foi um esforço e tanto — disse Catherine. — Estou muito bem.

— Algum novo plano? — perguntou David. Sentia como se estivesse acenando para um navio.

— Só o que já contei a vocês — continuou Catherine. — Provavelmente isso vai me manter bem ocupada.

— O que foi aquela bobagem sobre outra mulher?

Sentiu Marita lhe dar um chute e colocou seu pé sobre o dela, reconhecendo o golpe.

— Não era bobagem — disse Catherine. — Quero tentar outra vez para ver se perdi algo. Pode ser que sim.

— Todos estamos sujeitos a falhas — disse David, e Marita o chutou de novo.

— Eu quero ver — disse Catherine. — Agora sei o bastante sobre o assunto para reconhecer a diferença. Não se preocupe com sua garota bronzeada. Ela não faz meu tipo. É toda sua. Ela é do jeito que você gosta e é muito bonita, mas não é para mim. O tipo moleca de rua não me atrai.

— Talvez eu seja uma moleca — disse Marita.

— É uma palavra muito educada para esse tipo.

— Mas também sou mais mulher do que você, Catherine.

— Vá em frente e mostre a David o tipo de moleca que é. Ele vai adorar.

— Ele sabe o tipo de mulher que eu sou.

— Esplêndido — disse Catherine. — Fico feliz que tenham encontrado suas línguas. Prefiro mesmo conversar.

— Você não é uma mulher de verdade, afinal — disse Marita.

— Eu sei — concordou Catherine. — Tentei explicar isso a David várias vezes. Não é mesmo, David?

David olhou para ela sem dizer nada.

— Não é?

— Sim — respondeu ele.

— Tentei de verdade e me despedacei em Madri para ser uma garota e tudo o que fez foi me despedaçar — disse Catherine. — Agora tudo o que sou está acabado. Vocês são uma garota e um garoto e o são de verdade. Não precisam mudar, e isso não os afeta, mas e eu não sou. E agora nada sou. Tudo o que eu queria era que David e você fossem felizes. Todo o resto, eu invento.

Marita disse:

— Sei disso e tento explicar a David.

— Sei que você tenta. Mas não precisa ser leal a mim ou algo do gênero. Não faça isso. Ninguém seria, de qualquer jeito, e você provavelmente não é de verdade. Mas eu digo a você para não ser. Quero que seja feliz e o faça feliz. Você também pode e eu não posso, e sei disso.

— Você é a garota mais fantástica que existe — disse Marita.

— Não sou. Estava acabada antes mesmo de começar.

— Não. Eu é que estou — disse Marita. — Fui estúpida e ridícula.

— Você não foi estúpida. Tudo o que disse era verdade. Vamos parar de falar e ser amigas. Podemos?

— Podemos, por favor? — Marita pediu a ela.

— É o que eu quero — disse Catherine. — E não ser uma valentona dramática. Por favor, não tenha pressa com o livro, David. Sabe que tudo o que eu quero é que escreva o melhor que puder. Foi com isso que começamos. Já esqueci tudo, o que quer que tenha sido dessa vez.

— Você só estava cansada — disse David. — Também acho que não almoçou nada.

— Provavelmente não — disse Catherine. — Mas talvez sim. Podemos esquecer isso tudo agora e ser amigos?

Então, ficaram amigos; o que quer que sejam amigos, pensou David, e tentou não pensar, mas falou e escutou na irrealidade em que se transformara a realidade. Ouviu cada uma delas falar sobre a outra e percebeu que uma devia saber exatamente o que a outra pensava, e provavelmente o que cada uma dissera a ele. Naquele sentido, eram mesmo amigas, compreensivas em suas discordâncias básicas, confiantes diante de sua completa desconfiança e desfrutando uma da companhia da outra. Ele também desfrutava da companhia delas, mas, naquela noite, estava cheio.

No dia seguinte, deveria voltar ao seu próprio território, aquele do qual Catherine tinha ciúmes e que Marita amava e respeitava. Vinha sendo feliz no lugar da história e sabia que era bom demais para durar e agora estava de volta daquilo que lhe era caro para o espaço superpovoado de loucura que tomara, agora, o novo caminho da praticidade exacerbada. Estava cansado daquilo e cansado de Marita colaborar com sua inimiga. Catherine não era inimiga dele, exceto quando ela era ele próprio, na busca impossível e irrealizável que é o amor e assim era sua própria inimiga. Ela sempre precisa tanto de um inimigo que precisa manter algum por perto, e ela mesma é a mais próxima e a mais fácil de atacar, conhecendo suas fraquezas e forças e todas as falhas de nossas defesas. Ela passa meu flanco com tamanha destreza para depois perceber que é o seu, e a última luta é sempre um rodopio e a poeira que sobe é nossa própria poeira.

Catherine queria jogar gamão com Marita depois do jantar. Elas sempre jogavam sério e a dinheiro e, quando Catherine foi buscar o tabuleiro, Marita disse a David:

— Por favor, não venha ao meu quarto esta noite.

— Ótimo.

— Você entende?

— Vamos deixar de lado essa palavra — disse David. Sua frieza voltava à medida que a hora de trabalhar se aproximava.

— Está zangado?

— Sim — respondeu David.

— Comigo?

— Não.

— Não se pode estar zangado com alguém que está doente.

— Você não viveu o bastante — disse David. — É exatamente com essa pessoa que todos sempre estão zangados. Fique doente uma vez e vai ver.

— Queria que não estivesse zangado.

— Queria nunca ter encontrado vocês duas.

— Por favor, David.

— Você sabe que não é verdade. Estou só me preparando para trabalhar.

Ele foi para o quarto e colocou a luz de leitura ao seu lado da cama, encontrou uma posição confortável e leu um dos livros de W. H. Hudson. Era *Nature in Downland* e ele o levara para ler porque tinha um título pouco promissor. Ele sabia bem que chegaria uma hora em que precisaria de todos os livros e estava guardando os melhores. Mas, tirando o título, nada ali o entediava. Estava feliz em ler e estava outra vez fora de sua vida e com Hudson e seu irmão montados em seus cavalos, na brancura confusa da lanugem do cardo na altura do peito sob o luar e gradualmente o rolar dos dados e o ruído baixo das vozes das garotas também se tornaram reais novamente, de modo que, depois de um tempo, ao sair para preparar um uísque com Perrier para levar de volta ao seu lugar de leitura, elas lhe pareceram, quando as viu jogando, seres humanos de verdade fazendo algo normal, e não personagens em uma peça inacreditável à qual fora obrigado, relutantemente, a assistir.

Voltou ao quarto, leu e bebeu seu uísque com Perrier bem devagar, e tinha se despido e desligado a luz e estava quase dormindo quando ouviu Catherine entrar no quarto. Pareceu-lhe que ela ficara por um bom tempo no banheiro antes de senti-la chegar à cama, e ele ficou deitado, imóvel, e respirava devagar e esperava realmente conseguir dormir.

— Está acordado, David? — perguntou ela.

— Acho que sim.

— Não acorde — disse ela. — Obrigada por dormir aqui.

— É o que normalmente faço.

— Não precisa.

— Sim, preciso.

— Fico feliz por isso. Boa noite.

— Boa noite.

— Você me daria um beijo de boa-noite?

— Claro — disse ele.

Ele a beijou e aquela era a Catherine de antes, quando pareceu voltar para ele por um tempo.

— Desculpe por ter sido um grande fracasso outra vez.

— Não vamos falar dessas coisas.

— Você me odeia.

— Não.

— Podemos recomeçar do jeito que eu planejei?

— Acho que não.

— Então, por que veio para cá?

— É o meu lugar.

— Por nenhum outro motivo?

— Achei que estivesse se sentindo sozinha.

— E estava.

— Todos estamos sozinhos — disse David.

— É terrível estarmos juntos na cama e nos sentirmos sozinhos.

— Não tem solução — disse David. — Todos os seus planos e maquinações são inúteis.

— Não dei a menor chance a eles.

— Era uma loucura, de qualquer jeito. Estou cheio de loucuras. Você não é a única afetada.

— Eu sei. Mas não podemos tentar só mais uma vez e eu vou ser boa de verdade? Eu consigo. Quase fui.

— Estou cheio disso tudo, diaba. Cheio, da cabeça aos pés.

— Não poderia tentar só mais uma vez por ela e por mim?

— Não funciona e já estou cheio disso.

— Ela disse que você teve um dia ótimo e que estava muito alegre, nada deprimido. Não pode tentar mais uma vez por nós duas? Quero muito que tente.

— Você quer muito tudo e, quando o consegue, está acabado e você não dá a mínima.

— Só estava superconfiante dessa vez e me tornei insuportável. Por favor, não podemos tentar outra vez?

— Vamos dormir, diaba, e parar de falar nisso.

— Por favor, me dê outro beijo — disse Catherine. — Vou dormir, porque eu sei que você também vai. Você sempre faz o que eu quero, pois na verdade também é o que quer fazer.

— Você só quer as coisas para você, diaba.

— Não é verdade, David. De qualquer jeito, eu sou você e ela. Foi por isso que fiz. Sou todo mundo. Sabe disso, não é?

— Vá dormir, diaba.

— Eu vou. Mas pode, por favor, me dar outro beijo para que a gente não se sinta sozinho?

Capítulo Vinte e Quatro

Pela manhã, lá estava ele de novo na encosta distante da montanha. O elefante não se deslocava mais como antes. Agora se movia a esmo, alimentando-se ocasionalmente, e David percebeu que se aproximavam dele. Tentou lembrar o que sentiu. Não tinha amor pelo elefante ainda. Precisava lembrar-se disso. Tinha só uma tristeza que vinha do próprio cansaço, o que lhe dera uma compreensão de adulto. Embora fosse muito jovem, descobrira como devia ser muito velho.

Sentia saudade de Kibo e pensar que Juma havia assassinado o amigo do elefante o voltava contra Juma e fazia do elefante seu irmão. Percebeu então quanto significava para ele ter visto o elefante à luz do luar e tê-lo seguido com Kibo e chegado perto dele na clareira, de modo a ver suas grandes presas. Mas ele não sabia que nada seria tão bom quanto aquilo outra vez. Agora sabia que iriam matar o elefante e não havia nada que pudesse fazer. Havia traído o elefante quando voltou para contar a eles na shamba. Eles me matariam e também matariam Kibo se tivéssemos presas de marfim, pensou, sabendo que não era verdade. Provavelmente o elefante vai descobrir agora onde nasceu e eles irão matá-lo ali. É tudo de que precisam para um cenário perfeito. Queriam matá-lo onde mataram seu amigo. Aquilo seria uma bela piada. Aquilo os deixaria contente. Os malditos matadores de amigos.

Estavam agora à beira da mata fechada, e o elefante estava próximo. David sentia seu cheiro e eles o ouviam quebrando galhos e o estalo destes. Seu pai colocou a mão no ombro de David, para que ficasse para trás e esperasse do lado de fora, e então pegou um bom punhado de cinzas da algibeira em seu bolso e arremessou no ar. A cinza mal se voltou na direção deles ao cair e seu pai acenou com a cabeça para Juma e se curvou para segui-lo dentro da mata densa. David viu suas costas e seus traseiros entrarem na mata e sumirem de vista. Não ouvia seus movimentos.

David ficou imóvel e ouviu o elefante se alimentando. Podia sentir seu cheiro, tão intenso quanto na noite de luar quando se aproximara dele e vira suas magníficas presas. Então, parado ali, tudo ficou em silêncio e ele não conseguia sentir o cheiro do elefante. Depois, ouviu um guincho alto, uma colisão e um tiro da .303, seguido pelo detonar duplo e pesado da .450 de seu pai e então os estrondos e trombadas foram se afastando e ele entrou na floresta cerrada e encontrou Juma de pé, tremendo e com o sangue escorrendo da testa sobre o rosto, e seu pai pálido e furioso.

— Ele investiu contra Juma e o derrubou — disse seu pai. — Juma o acertou na cabeça.

— Onde você o acertou?

— Na porra do lugar que deu — respondeu seu pai. — Siga a porra da trilha de sangue.

O JARDIM DO ÉDEN ～ 249

Havia bastante sangue. Um feixe na altura da cabeça de David que jorrara vívido nos troncos, galhos e folhas e outro muito mais baixo, escuro e sujo, com partes do estômago.

— Tiro no pulmão e nas vísceras — disse seu pai. — Nós o encontraremos derrubado ou ferido... o pior, espero — acrescentou.

Encontraram-no ferido, tomado de tanto sofrimento e desespero que não conseguia mais se mexer. Desabara em meio à vegetação densa onde se alimentava e atravessara um caminho de mata aberta, e David e seu pai correram seguindo a trilha de sangue espalhado por toda parte. Depois, o elefante entrou na floresta fechada e David o viu à sua frente, parado, cinza e imenso, diante do tronco de uma árvore. David só enxergava a cauda e, então, seu pai tomou a frente e ele o seguiu e chegaram à lateral do elefante, como se fosse um navio, e David viu o sangue saindo de seus flancos e escorrendo pelos lados e, então, seu pai ergueu a carabina e disparou e o elefante virou a cabeça com as grandes presas se movendo pesada e lentamente e olhou para eles e, quando seu pai disparou o segundo tiro, o elefante pareceu oscilar como uma árvore derrubada e desabou na direção deles. Mas não estava morto. Tinha sido ferido e agora estava caído, com o ombro quebrado. Ele não se mexia, mas seu olho estava vivo e olhava para David. Tinha cílios longos, e seu olho era a coisa mais viva que David já tinha visto.

— Atire no ouvido com a três zero três — disse seu pai. Vá em frente.

— Atire você — disse David.

Juma reapareceu, mancando e ensanguentado, com a pele da testa pendurada sobre o olho esquerdo, o osso do nariz à mostra e uma orelha dilacerada. Tomou a carabina de David sem falar uma palavra e empurrou o cano quase dentro do ouvido e disparou duas vezes, puxando com raiva o ferrolho e o forçando para frente. O elefante abriu bem o olho depois do primeiro tiro e então o olho começou a brilhar e o sangue saiu do ouvido e desceu em duas correntes vívidas sobre a pele cinzenta e enrugada. Era um sangue de cor diferente, e David pensou — devo lembrar isso — e lembrou, embora nunca lhe tenha servido de nada. Toda a dignidade e majestade e toda a beleza desapareceram do elefante, e ele era um enorme amontoado enrugado.

— Nós o pegamos, Davey, graças a você — dissera seu pai. — Agora é melhor acendermos uma fogueira para que eu possa dar um jeito em Juma. Venha cá, seu João Bobão. Essas presas vão durar.

Juma se aproximou com um sorriso escancarado, carregando a cauda do elefante, que não tinha um só pelo. Fizeram uma piada suja e então seu pai começou a falar rapidamente em suaíli: Qual a distância até a água? Qual a distância para encontrar as pessoas que possam levar essas presas daqui? Como está você, seu velho e desprezível filho duma porca? O que você quebrou?

Então, ao receber as respostas, seu pai disse:

— Você e eu vamos voltar para pegar as mochilas onde as deixamos antes de sairmos atrás dele. Juma vai recolher madeira e acender a fogueira. A mala de socorros está na minha mochila. Temos de buscar as mochilas antes de escurecer. Não vai haver infecção. Não são feridas de garras. Vamos andando.

Seu pai sabia como ele se sentia em relação ao elefante e, naquela noite e nos dias seguintes, ele tentou, se não convertê-lo, ao menos levá-lo de volta a ser o menino que era antes de descobrir que detestava caçar elefantes. David não incluiu qualquer declaração sobre a intenção do seu pai, que nunca fora declarada, na estória, mas usara apenas os acontecimentos, os desgostos, os eventos e as sensações do massacre, e o trabalho para cortar as presas e para realizar a cirurgia improvisada em Juma, disfarçada com zombaria e gracejos, de modo a menosprezar a dor e reduzir seu impacto, uma vez que não havia remédios. A responsabilidade adicional dada a David e a confiança que lhe fora oferecida e não fora aceita, ele colocou na história sem destacar sua importância. Tentou manter o elefante vivo sob a árvore, ferido em sua aflição derradeira e afogando no sangue que escorrera tantas vezes antes, mas sempre estancava, e agora o impedia de respirar, o enorme coração bombeando para afogá-lo enquanto ele observava o homem que chegara para acabar com ele. David sentira-se orgulhoso porque o elefante tinha farejado Juma e o atacara instantaneamente. Ele teria matado Juma se seu pai não tivesse disparado contra ele, arremessando-o contra as árvores com sua tromba e arremetido com a morte em todo o seu ser, sentindo como se fosse só mais uma ferida até o sangue subir e impedir sua respiração. Naquela noite, quando se sentou ao lado da fogueira, David ficou olhando para Juma com seu rosto costurado e suas costelas quebradas, sem as quais tentava respirar, e se perguntou se o elefante o teria reconhecido quando ele tentou matá-lo. Ele esperava que sim. O elefante era seu herói agora, assim como o fora seu pai por um bom tempo, e ele pensou, não acreditei que ele pudesse fazer aquilo com sua velhice e cansaço. Ele também teria matado Juma. Mas não olhou para mim como se quisesse me matar. Olhou só com tristeza, do mesmo jeito que eu me sentia. Visitou seu velho amigo no dia em que morreu.

Era a história de um menino bem jovem, ele sabia, quando a terminou. Releu, viu os espaços que teria de preencher de modo a fazer que quem a lesse sentisse que aquilo de fato acontecera como estava lendo e marcou esses espaços na margem.

Lembrou-se de como o elefante perdera toda a sua dignidade no instante em que seu olho deixou de ficar vivo e como, quando seu pai e ele voltaram com as mochilas, o elefante já começara a inchar, mesmo na noite fria. Não havia mais um elefante de verdade, somente o corpo morto, cinzento, enrugado e inchado, e as enormes presas sarapintadas de marrom e amarelo pelas quais o haviam matado. As presas estavam manchadas com o sangue seco e ele o raspou com a unha como um pedaço seco de lacre de cera e o colocou no bolso da camisa. Aquilo foi tudo que levou do elefante, a não ser pelo início da consciência da solidão.

Após a carnificina, seu pai tentou conversar com ele naquela noite junto à fogueira.

— Você sabe, ele era um assassino, Davey — disse. — Juma falou que ninguém sabe quantas pessoas ele matou.

— Todas elas estavam tentando matá-lo, não estavam?

— Naturalmente — respondeu seu pai —, com aquele par de presas.

— Como então poderia ser um assassino?

— Como queira — disse o pai. — Lamento que tenha se sentido confuso em relação a ele.

— Queria que tivesse matado Juma — disse David.

— Acho que você está exagerando um pouco — disse seu pai. — Você sabe, Juma é seu amigo.

— Não é mais.

— Não precisa dizer isso a ele.

— Ele sabe — retrucou David.

— Acho que o está julgando mal — disse o pai, e os dois encerraram a conversa.

Depois, quando se puseram finalmente de volta, seguros, com as presas, depois de tudo o que acontecera, e as presas foram apoiadas na parede da casa de pau e barro, escoradas ali com as pontas se tocando, as presas tão altas e grossas que ninguém acreditava nelas, nem mesmo quando a tocavam, e ninguém, nem mesmo seu pai, conseguia alcançar o topo da curvatura, onde se inclinavam para que as pontas se encontrassem ali, quando Juma, seu pai e ele eram heróis e Kibo era o cachorro dos heróis e os homens que carregaram as presas eram heróis, heróis já levemente embriagados e prestes a se embebedar mais, seu pai disse: — Quer fazer as pazes, Davey?

— Tudo bem — respondeu, pois sabia que aquele era o começo de sua decisão de não contar nada.

— Fico feliz — disse seu pai. — Fica tudo mais simples e melhor.

Eles então sentaram em banquetas à sombra da grande figueira, com as presas apoiadas na parede da cabana, e beberam a cerveja nativa em cabaças trazidas por uma moça e seu irmão mais novo, não mais um detestável estorvo, mas a servidora dos heróis, sentada em meio à poeira ao lado do heroico cachorro de um herói, que segurava um velho galeto recém-promovido ao cargo de galo preferido do herói. Ficaram ali sentados e beberam cerveja enquanto começava a grande batucada, e o som dos *Ngomas* começava a aumentar.

Ele saiu da sala de trabalho e sentia-se feliz, vazio e orgulhoso, e Marita o esperava na varanda, sentada ao sol da manhã brilhante de início de outono, que ele não sabia existir.

Era uma manhã perfeita, tranquila e fresca. Lá embaixo, o mar estava calmo e, do outro lado da baía, avistava-se a curva branca de Cannes, com as montanhas escuras atrás dela.

— Eu te amo muito — disse ele à garota bronzeada quando ela se levantou. Ele a abraçou, beijou-a e ela disse:

— Você terminou.

— É claro — disse ele. — Por que não?

— Eu te amo. Estou bastante orgulhosa — disse. Caminharam e ficaram olhando para o mar, enlaçados um no outro.

— Como está, garota?

— Estou muito bem e muito feliz — disse Marita. — Estava falando a verdade quando disse que me amava ou era só a manhã?

— Era só a manhã — disse David e a beijou outra vez.

— Posso ler a história?

— O dia está muito agradável.

— Não poderia ler para me sentir como você, e não simplesmente feliz por você estar feliz como se fosse sua cachorrinha?

Deu a chave a ela e, quando ela trouxe os cadernos e leu a história no bar, David a leu ao seu lado. Sabia que era maleducado e estúpido. Jamais fizera aquilo antes com ninguém e ia de encontro a tudo que acreditava em relação a escrever, mas não pensou naquilo, exceto no instante em que pôs seu braço sobre a garota e olhou para o que estava escrito no papel pautado. Não conseguia deixar de querer ler com ela e não conseguia deixar de compartilhar o que nunca compartilhara e o que acreditara que não poderia e não deveria ser compartilhado.

Quando acabou de ler, Marita abraçou David e o beijou com tanta força que tirou sangue do seu lábio. Ele ficou olhando para ela, sentiu o gosto do sangue distraidamente e sorriu.

— Desculpa, David — disse ela. — Por favor, me perdoe. Estou muito feliz e mais orgulhosa do que você.

— Ficou bom? — disse ele. — Consegue sentir o cheiro da shamba, o odor limpo dentro da cabana aí dentro e também a maciez das banquetas? A cabana é bem limpa e o chão de terra é varrido.

— Claro que é. Você já tinha escrito na outra história. Posso ver também a curvatura da cabeça de Kibo, o cachorro heroico. Você é um herói formidável. O sangue manchou sua camisa?

— Sim. Ele amoleceu quando suei.

— Vamos à cidade comemorar este dia — disse Marita. — Podemos fazer um monte de coisas hoje.

David parou no bar e despejou Haig Pinch e depois Perrier gelada em um copo e o levou para o quarto, onde bebeu a metade e tomou um banho frio. Depois, vestiu as calças e a camisa, e colocou suas alpargatas, para ir à cidade. Sentia que a história era boa e se sentia ainda melhor em relação a Marita. Nenhuma das duas fora diminuída pelo aguçamento da percepção que tinha agora e a clareza não lhe trouxe qualquer tristeza.

Catherine estava ocupada com o que quer que fosse e faria o que bem entendesse. Olhou para fora e sentiu a velha e alegre despreocupação. Era um dia para voar, na verdade. Desejava que houvesse um campo no qual pudesse alugar um avião e levar Marita lá no alto e mostrar a ela o que era possível fazer em um dia como aquele. Talvez ela gostasse. Mas não há nenhum campo aqui. Então esqueça isso. Seria divertido, contudo. Assim como esquiar. Faltam só dois meses, se quiser. Cristo, como foi bom terminar hoje e encontrá-la ali! Marita, sem qualquer maldito ciúme do trabalho, e fazê-la saber o que estava buscando e como fora longe. Ela sabe de verdade e não está fingindo. Eu a amo e tome nota disso, uísque, e seja minha testemunha, Perrier, seu garotão, velho Perrier, eu tenho sido leal a você, Perrier, à minha própria maneira fodida. É muito bom quando você se sente tão bom. É um sentimento tolo, mas se encaixa neste dia. Então vamos em frente.

— Vamos lá, garota — disse a Marita diante da porta do quarto dela. — O que a está impedindo, além de suas belas pernas?

— Estou pronta, David — disse ela. Vestia um suéter apertado e calças, seu rosto brilhava. Escovou seus cabelos escuros e olhou para ele.

— É maravilhoso quando você está assim tão alegre.

— É um dia muito bom — disse ele. — E nós temos muita sorte.

— Você acha? — perguntou ela, enquanto se dirigiam ao carro. — Acha que temos sorte de verdade?

— Sim — respondeu ele. — Acho que a sorte mudou hoje de manhã ou talvez à noite.

LIVRO QUATRO

Capítulo Vinte e Cinco

O carro de Catherine estava na garagem do hotel quando eles chegaram. Estava estacionado no lado direito do acesso de cascalho. David parou a Isotta atrás dele, e ele e Marita desceram e atravessaram o caminho, passando pelo carro azul, pequeno, baixo e vazio, chegando à laje sem conversarem.

Passaram pelo quarto de David, com a porta trancada e as janelas abertas, e Marita parou em frente à sua porta e disse:

— Até!

— O que vai fazer hoje à tarde? — perguntou ele.

— Não sei — respondeu ela. — Vou estar por aqui.

Ele foi até o pátio do hotel e entrou pela porta principal. Catherine estava sentada no bar, lendo o *Herald* de Paris, com uma taça e meia garrafa de vinho a seu lado no balcão. Ergueu o olhar para ele.

— O que o trouxe de volta? — perguntou ela.

— Almoçamos na cidade e voltamos — disse David.

— Como vai a sua puta?

— Ainda não tenho uma.

— Estou falando daquela para quem escreve as histórias.

— Ah. As histórias.

— Sim. As histórias. As historinhas monótonas e melancólicas sobre sua adolescência ao lado de um pai trapaceiro e beberrão.

— Ele não era tão trapaceiro, na verdade.

— Ele não enganou a esposa e todos os amigos?

— Não. Só a si mesmo, na verdade.

— Certamente você o retrata de um modo desprezível nestes últimos esquetes ou vinhetas ou causos que escreveu sobre ele.

— Você quer dizer as histórias.

— Você as chama de histórias — disse Catherine.

— Sim — disse David, enchendo uma taça com o adorável vinho gelado naquele dia claro e brilhante, no salão agradável e ensolarado do hotel limpo e confortável e, ao bebericá-lo, sentiu que o vinho fracassara em alegrar seu coração morto e frio.

— Quer que eu vá chamar a Herdeira? — indagou Catherine.

— Não seria bom que ela pensasse que nos enganamos quanto a quem pertence o dia ou que tivéssemos decidido beber sozinhos juntos.

— Não precisa chamá-la.

— Eu gostaria. Ela cuidou de você hoje e eu, não. É sério, David, ainda não sou uma bruxa. Só me comporto e falo como uma.

Enquanto esperava Catherine voltar, David bebeu outra taça de champanhe e leu a edição parisiense do *The New York Herald* que ela deixara no bar. Beber o vinho sozinho não tinha o mesmo gosto e ele encontrou uma rolha na cozinha para fechar a garrafa antes de colocá-la novamente na caixa de gelo. Mas a garrafa não estava muito pesada e, erguendo-a contra a luz que entrava pela janela ocidental, viu que sobrara pouco vinho e o despejou, bebendo-o todo, e colocou a garrafa no chão de azulejos. Mesmo bebê-lo rapidamente não lhe causou qualquer efeito.

Graças a Deus ele progredia com as histórias agora. O que tornara o último livro bom eram as pessoas que estavam nele e a precisão dos detalhes, que lhe davam credibilidade. Tudo de que precisava, na verdade, era lembrar-se com precisão, e a forma era moldada pelo que ele decidia deixar de fora. No entanto, é claro, ele podia fechá-la como o diafragma de uma câmera e intensificá-la, de modo que ficasse concentrada no ponto em que o calor era mais intenso e a fumaça começava a subir. Sabia que estava alcançando isso agora.

O que Catherine dissera sobre as histórias quando tentou magoá-lo o fez começar a pensar sobre seu pai e todas as coisas em relação às quais tentara fazer o que podia. Agora, disse a si mesmo, você precisa tentar crescer outra vez e encarar o que tiver de encarar sem ficar irritado ou magoado por alguém não entender ou apreciar o que escreveu. Ela entende cada vez menos. Mas você trabalhou bem e nada pode afetar você enquanto conseguir trabalhar. Tente ajudá-la agora e esqueça-se de si mesmo. Amanhã você terá a história para rever e deixá-la perfeita.

Mas David não queria pensar na história. Ele se importava mais com a escrita do que com qualquer outra coisa, e se importava com muitas outras coisas, mas sabia que, quando escrevia, não devia se preocupar com ela nem tocá-la ou mexer nela, assim como não abriria a porta de um quarto escuro para ver como um negativo estava sendo revelado. Deixe-a em paz, disse a si mesmo. Você é um tremendo idiota, mas sabe o que deve fazer.

Seus pensamentos se voltaram para as duas garotas, e ele se perguntou se deveria ir atrás delas e ver o que queriam fazer ou se gostariam de sair e nadar. Afinal, aquele era seu dia com Marita e talvez ela o estivesse aguardando. Talvez algo pudesse ser salvo naquele dia para todos eles. Talvez elas estivessem tramando algo. Seria melhor ir até elas e perguntar o que queriam fazer. Então vá, disse a si mesmo. Não fique aqui parado, pensando em ir. Vá atrás delas.

A porta do quarto de Marita estava fechada e ele bateu.

Elas estavam conversando e, quando ele bateu, a conversa foi interrompida.

— Quem é? — perguntou Marita.

Ele ouviu Catherine rir e ela disse:

— Entre, seja quem for.

Ele ouviu Marita dizer algo a ela e Catherine disse:

— Entre, David.

Abriu a porta. Elas estavam deitadas juntas na grande cama, lado a lado; o lençol as cobria até o queixo.

— Por favor, entre, David — disse Catherine. — Estávamos esperando você.

David olhou para elas, a morena séria e a loura sorridente. Marita olhou para ele, tentando lhe dizer algo. Catherine ria.

— Não vai se deitar também, David?

— Vim para saber se querem sair para nadar ou algo assim — disse David.

— Não quero — disse Catherine. — A Herdeira estava dormindo e me deitei com ela. Ela se comportou muito bem e me pediu para ir embora. Não é nem um pouco infiel a você.

O JARDIM DO ÉDEN ~ 263

Nem um pouquinho. Não quer se juntar a nós para que nós duas possamos ser fiéis a você?

— Não — respondeu David.

— Por favor, David — disse Catherine. — Hoje é um dia bastante agradável.

— Quer ir nadar? — perguntou David a Marita.

— Gostaria — disse a garota, sobre o lençol.

— Seus puritanos — disse Catherine. — Por favor, sejam sensatos. Venha para a cama, David.

— Quero ir nadar — disse Marita. — Por favor, saia, David.

— Por que ele não pode te ver? — perguntou Catherine. — Ele te vê na praia.

— Ele vai me ver na enseada — disse Marita. — Por favor, saia, David.

David saiu e fechou a porta sem olhar para trás, ouvindo Marita falar em voz baixa com Catherine e a risada de Catherine. Caminhou pela laje até a frente do hotel e olhou para o mar. Uma brisa leve soprava agora e ele observava os três destróieres franceses e um cruzador, nítido e escuro, e claramente estampado sobre o mar azul, à medida que avançavam em formação, resolvendo alguns problemas. Estavam bem distantes e pareciam ser silhuetas de reconhecimento por seu tamanho, até que uma linha branca surgiu na proa quando um navio acelerou para mudar o padrão. David ficou observando-os até as duas garotas se aproximarem dele.

— Por favor, não fique zangado — disse Catherine.

Estavam vestidas para ir à praia, e Catherine colocou uma bolsa com as toalhas e os roupões sobre uma cadeira de aço.

— Você também vai nadar? — perguntou David a ela.

— Se não ficar zangado comigo.

David não disse palavra e observou os navios mudarem seu curso e outro destróier sair da formação, fazendo um ângulo agudo com a linha branca que ondulava da proa. Começou a soltar fumaça, deixando um rastro de vapor negro que se alargava ao fazer a curva em velocidade máxima.

— Era só uma piada — disse Catherine. — Temos feito boas piadas pesadas. Você e eu.

— O que eles estão fazendo, David? — perguntou Marita.

— Manobras antissubmarinos, acho eu — disse. — Talvez haja submarinos trabalhando com eles. Provavelmente vieram de Toulon.

— Estavam em Sainte Maxime ou Saint Raphael — disse Catherine. — Eu os vi outro dia.

— Não sei por que a cortina de fumaça — disse David. Deve haver outros navios que não conseguimos enxergar.

— Lá vêm as aeronaves — disse Marita. — Não são fantásticas?

Eram hidroplanos bem pequenos e bonitos, e três deles estavam contornando a ponta bem baixo sobre a água.

— Quando estivemos aqui, no início do verão, eles testavam a artilharia perto das Porquerolles e foi formidável — observou Catherine. — As janelas tremiam. Vão lançar bombas de profundidade, David?

— Não sei. Acho que não, se estiverem usando submarinos de verdade.

— Posso ir nadar, não posso, David, por favor? — pediu Catherine. — Eu irei para bem longe e depois vocês podem nadar o tempo todo sozinhos.

O JARDIM DO ÉDEN ~ 265

— Eu perguntei se você queria nadar — disse David.

— É verdade — disse Catherine. — Perguntou. Então vamos lá agora e seremos todos amigos e felizes. Se as aeronaves se aproximarem, poderão nos ver na areia, na enseada, e isso os deixará animados.

As aeronaves de fato se aproximaram da enseada enquanto David e Marita nadavam para longe e Catherine se bronzeava na areia. Passaram rapidamente, três linhas de três, com seus grandes motores Rhône roncando repentinamente enquanto sobrevoavam e então silenciando à medida que iam avançando, rumo a Sainte Maxime.

David e Marita nadaram de volta para a praia e se sentaram na areia ao lado de Catherine.

— Eles nem olharam para mim — disse Catherine. — Devem ser rapazes muito sérios.

— O que você esperava? Uma aerofotogrametria? perguntou David.

Marita pouco dissera depois que haviam deixado o hotel e nada disse em relação a isso.

— Era divertido quando David vivia de fato comigo — disse Catherine a ela. — Lembro quando eu gostava de tudo que David fazia. Você também deve tentar gostar das coisas dele, Herdeira. Quer dizer, se é que ele ainda tem algo para dar.

— Você ainda tem algo para dar, David?

— Ele trocou tudo o que tinha por aquelas histórias — disse Catherine. — Costumava ter tantas coisas. Espero mesmo que você goste de histórias, Herdeira.

— Eu gosto — respondeu Marita. Ela não olhou para David, mas ele viu seu rosto sereno e escuro e os cabelos molhados de mar e a adorável pele macia e seu lindo corpo enquanto estava sentada, observando o mar.

— Que bom! — disse Catherine preguiçosamente e deu um suspiro longo, profundo e preguiçoso ao se espichar no roupão de praia na areia ainda quente do sol da tarde. — Pois é o que terá. Ele costumava fazer muitas outras coisas e as fazia de uma forma soberba. Tinha uma vida fantástica e tudo em que pensa agora é na África, em seu pai beberrão e em suas reportagens na imprensa. Seus recortes. Ele já te mostrou os recortes, Herdeira?

— Não, Catherine — respondeu Marita.

— Mas vai — disse Catherine. — Ele tentou me mostrar uma vez em Le Grau du Roi, mas dei um basta naquilo. Havia centenas de recortes, e praticamente todos eles tinham sua fotografia e eram sempre as mesmas fotos. É pior do que carregar cartões-postais obscenos. Acho que os lê sozinho e me trai com eles. Num cesto de lixo, provavelmente. Ele sempre tem um cesto de lixo. Ele mesmo disse que é a coisa mais importante para um escritor...

— Vamos dar um mergulho, Catherine — disse Marita. — Acho que estou começando a sentir frio.

— Eu quis dizer que o cesto de lixo é a coisa mais importante para um escritor — disse Catherine. — Eu sempre pensei em comprar uma lixeira realmente fantástica que fosse digna dele. Mas ele nunca coloca nada do que escreve no lixo. Escreve naqueles cadernos infantis ridículos e não joga nada fora. Simplesmente risca as palavras e faz anotações nas margens. É tudo uma fraude, na verdade. Também comete erros de ortografia e gramática. Você sabia, Marita, que ele nem mesmo conhece bem a gramática?

— Pobre David — disse Marita.

— Claro que seu francês é pior — disse Catherine. — Você nunca o viu tentando escrevê-lo. Ele engana bem ao conversar e é divertido ao usar gírias. Mas, na verdade, é analfabeto.

— Que pena! — disse David.

— Eu o achava maravilhoso — disse Catherine — até descobrir que não conseguia escrever nem mesmo um bilhete corretamente. Mas você poderá escrever em francês para ele.

— *Ta gueule* — disse David, animado.

— Ele é bom nesse tipo de coisa — acrescentou Catherine. — Gírias rápidas que provavelmente já eram obsoletas antes mesmo de conhecê-las. Fala um francês bem idiomático, mas não sabe escrever coisa alguma. Na verdade, ele é analfabeto, Marita, e você há de convir: sua caligrafia também é horrenda. Ele não sabe escrever como um cavalheiro, nem escrever como um cavalheiro em qualquer que seja a língua. Especialmente em sua própria língua.

— Pobre David — disse Marita.

— Não posso dizer que dei a ele os melhores anos da minha vida — disse Catherine. — Pois só vivi com ele desde março, eu acho, mas certamente lhe dediquei os melhores meses da minha vida. Pelo menos aqueles em que me diverti mais e ele certamente os tornou divertidos também. Gostaria que não tivesse terminado em completa desilusão, mas o que se pode fazer quando você descobre que o sujeito é analfabeto e pratica seu vício solitário num cesto de lixo cheio de recortes tirados de algo chamado The Original Romeike's, seja lá o que forem. Qualquer garota se sentiria desestimulada e, francamente, não serei eu a suportar isso.

— Pegue os recortes e queime — disse David. — Isso seria o mais aconselhável. Não gostaria de dar um mergulho agora, diaba?

Catherine olhou para ele com malícia.

— Como soube que fiz isso? — perguntou ela.

— Fez o quê?

— Que queimei os recortes.

— Você fez isso, Catherine? — perguntou Marita.

— Claro que fiz — respondeu Catherine.

David ficou de pé, olhando para ela. Sentia-se completamente vazio. Era como fazer uma curva em uma montanha onde não existia estrada, mas tão somente um abismo à frente. Marita agora também estava de pé. Catherine olhava para eles, com o rosto calmo e sereno.

— Vamos dar um mergulho — disse Marita. — Vamos nadar até a ponta e voltar.

— Fico feliz que finalmente esteja sendo simpática — disse Catherine. — Fiquei esperando para entrar na água por um bom tempo. Está mesmo ficando bem frio. A gente esquece que está em setembro.

Capítulo Vinte e Seis

Eles se vestiram na praia e escalaram a trilha íngreme, com David carregando a bolsa com os artigos de praia até onde o velho carro esperava junto aos pinheiros. Entraram e David dirigiu até o hotel, sob a luz do início da noite. Catherine ficou quieta no carro e aqueles que os ultrapassavam podiam achar que voltavam de uma tarde qualquer em uma das praias não frequentadas do Estérel. Os navios de guerra não estavam mais à vista quando deixaram o carro na garagem, e o mar além dos pinheiros era azul e calmo. A noite estava tão bonita e límpida quanto fora a manhã.

Caminharam até a entrada do hotel, e David levou a bolsa com os artigos de praia até a despensa, colocando-a no chão.

— Deixa que eu levo — disse Catherine. — Precisam se secar.

— Desculpe — disse David. Virou-se diante da porta da despensa e foi embora para seu quarto de trabalho, nos fundos do hotel. Dentro do quarto, abriu a grande mala Vuitton. A pilha de cadernos em que estavam escritas as histórias desaparecera. E também os quatro envelopes polpudos do banco que continham os recortes. A pilha de cadernos com a narrativa estava intacta. Ele trancou a mala e revirou todas as gavetas do armário e revistou o quarto. Não acreditava que as histórias tinham desaparecido. Não acreditava que ela pudesse ter feito aquilo. Na praia, pensou que ela pudesse ter feito aquilo, mas parecia impossível, e ele não acreditara de verdade. Estavam calmos, atentos e comedidos em relação àquilo, como se é treinado para agir em situações de perigo, emergência ou desastre, mas não parecia possível que de fato tivesse ocorrido.

Agora ele sabia que era verdade, mas ainda achava que poderia ser uma piada de mau gosto. Então, vazio e com o coração morto, abriu outra vez a maleta e procurou e depois a trancou e procurou pelo quarto novamente.

Agora não havia perigo ou emergência. Somente desastre. Mas não podia ser. Ela provavelmente os escondera em algum lugar. Podiam estar na despensa, ou no quarto deles, ou talvez os tivesse colocado no quarto de Marita. Não poderia tê-los destruído de verdade. Ninguém podia fazer algo assim a outro ser humano. Ele ainda não acreditava que ela havia feito aquilo, mas se sentiu nauseado ao fechar a porta à chave.

As duas garotas estavam no bar quando David chegou. Marita olhou para ele e entendeu a situação, e Catherine o viu chegar pelo espelho. Ela não olhou para ele, somente para seu reflexo no espelho.

— Onde colocou, diaba? — perguntou David.

Ela deu as costas para o espelho e olhou para ele.

— Não vou contar — respondeu ela. — Dei um jeito nelas.

— Gostaria que me contasse — disse David. — Porque preciso muito delas.

O JARDIM DO ÉDEN ~ 271

— Não precisa, não — disse ela. — Não tinham valor algum e eu as odiava.

— Não aquela sobre Kibo — disse David. — Você adorava Kibo. Não se lembra?

— Ele também teve que sumir. Eu queria rasgar e manter sua parte, mas não encontrei. De qualquer jeito, você disse que ele morreu.

David viu Marita olhar para ela e desviar o olhar. Depois, retornou o olhar.

— Onde as queimou, Catherine?

— Também não vou contar — disse Catherine. — Você faz parte de tudo aquilo.

— Queimou as histórias com os recortes? — perguntou David.

— Não vou contar — disse Catherine. — Está falando comigo como um policial ou como na escola.

— Diga, diaba. Só quero saber.

— Paguei por elas — disse Catherine. — Paguei o dinheiro para você escrever.

— Eu sei — disse David. — Foi muito generoso da sua parte. Onde as queimou, diaba?

— Não vou contar a ela.

— Não. Conte só para mim.

— Peça que ela vá embora.

— Tenho que ir mesmo — disse Marita. — Te vejo depois, Catherine.

— Tudo bem — disse Catherine. — Não é culpa sua, Herdeira.

David sentou-se no banco alto ao lado de Catherine e ela olhou pelo espelho e observou Marita sair do salão.

— Onde as queimou, diaba? — perguntou David. — Pode me dizer agora.

— Ela não entenderia — disse Catherine. — Por isso quis que fosse embora.

— Eu sei — disse David. — Onde as queimou, diaba?

— No barril de aço com buracos que a Madame usa para queimar o lixo — respondeu Catherine.

— Não sobrou nada?

— Não. Joguei gasolina de um *bidon* na *remise*. O fogo era enorme e queimou tudo. Fiz isso por você, David, e por todos nós.

— Tenho certeza de que sim — disse David. — Não sobrou nada?

— Ah, não. Podemos ir lá ver se quiser, mas não é necessário. O papel queimou até ficar preto e eu remexi tudo com um bastão.

— Vou lá dar uma olhada — declarou David.

— Mas vai voltar — disse Catherine.

— Claro — disse David.

A queima aconteceu no incinerador de lixo, que era um antigo galão de gasolina de duzentos litros com alguns buracos perfurados. O bastão usado para remexer as cinzas, ainda recém-queimado em uma das pontas, era um velho cabo de vassoura que já fora usado para tal função. O *bidon* estava no barracão de pedra e continha querosene. No barril, estavam alguns pedaços chamuscados identificáveis das capas verdes dos cadernos, e David encontrou folhas queimadas de jornal e dois pedaços chamuscados de papel rosa, que identificou como aqueles usados pelo serviço de *clipping* da Romeike. Em um deles, conseguiu enxergar o cabeçalho de Providence, Rhode Island. As cinzas haviam sido bem reviradas, mas, sem dúvida, era possível encontrar mais material que não fora queimado ou chamuscado caso decidisse esquadrinhá-los ou examiná-los melhor. Ele rasgou o papel cor-de-rosa com Providence RI impresso em pedaços menores e os largou no antigo barril de gasolina, que colocara novamente de pé. Pensou que nunca estiveram em Providence, Rhode Island, e levou o cabo de vassoura de volta ao barracão, onde percebeu a presença de sua bicicleta de corrida, cujos pneus estavam vazios, entrou pela cozinha do hotel, que estava vazia, e seguiu para o salão, onde se juntou à sua mulher, Catherine, no bar.

— Não estava do jeito que falei? — perguntou Catherine.

— Sim — respondeu David, sentando-se em um dos bancos e colocando os cotovelos no balcão.

— Talvez fosse suficiente queimar os recortes — disse Catherine. — Mas achei que era melhor fazer uma limpeza geral.

— E foi o que você fez — disse David.

— Agora você pode continuar com a narrativa e nada vai te impedir. Pode começar pela manhã.

— Claro — concordou David.

— Fico feliz que se mostre sensato — disse Catherine. Não sabe quanto eram imprestáveis, David. Tive de mostrar a você.

— Não podia ter poupado a história de que gostou, sobre Kibo?

— Eu te disse que tentei encontrar. Mas, se quiser reescrever, posso te contar palavra por palavra.

— Vai ser divertido.

— Vai mesmo. Você vai ver. Quer que eu conte agora? Podemos começar, se você quiser.

— Não — recusou David. — Não agora. Pode escrevê-la?

— Não sei escrever, David. Você sabe disso. Mas posso te contar a hora que quiser. Você não liga para as outras, liga? Não valiam nada.

— Por que fez isso, na verdade?

— Para te ajudar. Você pode ir à África e escrever tudo outra vez quando seu ponto de vista for mais maduro. O lugar não pode ter mudado muito. Mas acho que seria legal se escrevesse sobre a Espanha. Você disse que o país era quase como a África e lá você teria o benefício de uma língua civilizada.

David se serviu uma dose de uísque, encontrou uma garrafa de Perrier, destampou-a e despejou um pouco no copo. Lembrou-se do dia em que passaram pelo local onde engarrafavam a água Perrier na planície, a caminho de Aigues Mortes, e de como...

— Não vamos falar sobre escrever — disse a Catherine.

— Eu gostaria — disse ela. — Quando é algo construtivo e tem um propósito válido. Você sempre escreveu tão bem até começar com essas histórias. O pior de tudo era a sujeira, as moscas, a crueldade e a bestialidade. Você parecia quase chafurdar nisso tudo. Aquela história terrível sobre o massacre na cratera e a desumanidade de seu próprio pai.

— Podemos não falar sobre isso? — pediu David.

— Quero falar sobre isso — disse Catherine. — Quero que você entenda por que era necessário queimá-las.

— Anote tudo — disse David. — Prefiro não ouvir isso agora.

— Mas não sei escrever essas coisas, David.

Você vai conseguir — disse David.

— Não. Mas vou contar a alguém que saiba — disse Catherine. — Se você fosse mais cordial, escreveria para mim. Se me amasse de verdade, ficaria feliz em fazê-lo.

— Tudo o que quero é te matar — disse David. — E o único motivo que me impede é que você é louca.

— Não pode falar assim comigo, David.

— Não?

— Não, não pode. Não pode. Está me ouvindo?

— Estou.

— Então ouça quando digo que não pode falar estas coisas. Não pode dizer estas coisas terríveis para mim.

— Estou ouvindo — disse David.

— Não pode dizer estas coisas. Não vou aceitar. Vou me divorciar de você.

— Isso seria muito bem-vindo.

— Então vamos continuar casados e nunca te darei o divórcio.

— Seria lindo.

— Farei o que bem entender com você.

— Você já fez.

— Vou te matar.

— Estou cagando pra isso — disse David.

— Não consegue nem falar como um cavalheiro num momento como esse?

— O que diria um cavalheiro num momento como esse?

— Que sente muito.

— Tudo bem — disse David. — Sinto muito. Sinto muito por ter te conhecido. Sinto muito por ter me casado com você...

— Eu também.

— Cale a boca, por favor. Diga isso a alguém que saiba pôr no papel. Sinto muito por sua mãe ter conhecido seu pai e que tenham feito você. Sinto muito por você ter nascido e por ter crescido. Sinto muito por tudo o que fizemos, bom ou mau...

— Não é verdade.

— Não — disse ele. — Vou calar a boca. Não queria fazer um discurso.

— Na verdade, você só tem pena de si mesmo.

— É possível — disse David. — Mas porra, diaba, por que precisava queimar? As histórias?

— Eu tive que fazer isso, David — disse ela. — Lamento se não consegue entender.

Na verdade, ele entendera antes de fazer a pergunta a ela, e a pergunta, percebeu, fora retórica. Não gostava de retórica e não confiava em quem a usava e se envergonhou por cair nesse erro. Bebeu lentamente o uísque com Perrier, enquanto pensava em quanto era falsa a noção de que tudo o que se compreende é perdoado e então reforçou sua própria disciplina tão rigorosamente quanto teria feito nos velhos tempos com o mecânico e o armeiro, examinando o avião, o motor e suas armas. Aquilo não era necessário então, pois eles executavam o serviço perfeitamente, mas era um modo de não pensar, e era, para usar uma palavra líquida, reconfortante. Agora *era* necessário, pois o que dissera a Catherine sobre matá-la fora dito de verdade, e não retoricamente. Sentia vergonha do discurso que se seguira àquela afirmação. Mas não havia nada que pudesse fazer quanto à afirmação, que fora feita de verdade, exceto manter sua disciplina, de modo a recorrer a ela caso começasse a perder o controle.

O JARDIM DO ÉDEN ~ 277

Serviu outra dose de uísque, acrescentou Perrier de novo e ficou observando as pequenas bolhas se formarem e romperem. Ela que vá para o inferno, pensou.

— Sinto muito por ter-me irritado — disse ele. — É claro que entendo.

— Fico feliz, David — disse ela. — Vou partir amanhã de manhã.

— Para onde?

— Hendaye e depois Paris, para procurar os artistas para o livro.

— É mesmo?

— Sim. Acho que devo. Desperdiçamos tempo e hoje fiz tantos progressos que preciso seguir em frente.

— Você vai como?

— Com a Bugatti.

— Não devia dirigir sozinha.

— Eu quero.

— Não é bom, diaba. De verdade. Não posso permitir isso.

— Posso pegar o trem? Tem um que vai para Bayonne. Posso alugar um carro lá ou em Biarritz.

— Podemos conversar sobre isso pela manhã?

— Eu quero conversar agora.

— Não devia ir, diaba.

— Eu vou — disse ela. — Você não vai me impedir.

— Estou só pensando no melhor jeito.

— Não está, não. Está tentando me impedir.

— Se esperar, iremos juntos.

— Eu não quero ir com você. Quero ir amanhã e com a Bugatti. Se não estiver de acordo, irei de trem. Não pode impedir ninguém de pegar o trem. Sou maior de idade, e o fato de ser casada com você não faz de mim sua escrava ou sua propriedade. Eu irei e você não pode me impedir.

— Vai voltar?

— Pretendo.

— Entendo.

— Não entende, mas não faz diferença. Trata-se de um projeto sensato e coordenado. Essas coisas não são jogadas no ar...

— Dentro de um cesto de lixo — disse David, lembrando-se da disciplina e bebericando o uísque com Perrier.

— Vai procurar seus advogados em Paris? — perguntou ele.

— Se tiver algo a falar com eles. Geralmente procuro meus advogados. Só porque você não tem advogados não significa que as outras pessoas não devam procurar os seus. Quer que meus advogados façam alguma coisa para você?

— Não — respondeu David. — Que se fodam seus advogados!

— Tem dinheiro suficiente?

— Estou bem de dinheiro.

— É mesmo, David? As histórias valiam mesmo um montão? Isso me deixou muito chateada e reconheço minhas responsabilidades. Vou descobrir e fazer exatamente o que deveria.

— Vai fazer o quê?

— Exatamente o que deveria fazer.

— E o que você pretende fazer?

— Vou pedir uma avaliação do valor delas e depositar o dobro na sua conta.

— Parece algo muito generoso — disse David. — Você sempre foi generosa.

— Quero ser justa, David, e é possível que elas valessem, financeiramente, muito mais do que a sua avaliação.

— E quem faz essas avaliações?

— Deve existir gente que faça. Tem gente para avaliar tudo.

— Que tipo de gente?

— Não sei dizer, David. Mas posso imaginar gente como o editor da *Atlantic Monthly*, da *Harper's*, da *La Nouvelle Revue Française*.

— Vou sair um pouco — disse David. — Você está bem?

— Exceto pelo fato de sentir que provavelmente fiz um grande mal a você que devo tentar reparar, estou muito bem — disse Catherine. — Esse era um dos motivos pelos quais eu ia a Paris. Não queria te contar.

— Não vamos discutir banalidades — disse David. — Então quer pegar o trem?

— Não. Quero ir com a Bugatti.

— Tudo bem. Vá de Bugatti. Mas dirija com cuidado e não ultrapasse nas lombadas.

— Vou dirigir como me ensinou e fingir que você está comigo o tempo todo e conversar com você e contar histórias para nós dois e inventar histórias sobre como salvei sua vida. Sempre invento essas coisas. E, com você, tudo vai parecer mais breve e fácil, e a velocidade não vai parecer grande. Vou me divertir.

— Que bom — disse David. — Vá com toda a calma possível. Durma em Nîmes na primeira noite, a não ser que parta muito cedo. Eles nos conhecem no Imperator.

— Pensei em chegar a Carcassonne.

— Não, diaba, por favor.

— Talvez consiga partir cedo e chegar a Carcassonne. Vou por Arles e Montpellier, e não perderei tempo em Nîmes.

— Se sair tarde, pare em Nîmes.

— Parece que está falando com um bebê — disse ela.

— Eu irei com você — disse ele. — É melhor.

— Não, por favor. É importante que eu faça isso sozinha. Sério. Não quero que venha comigo.

— Tudo bem — disse ele. — Mas eu devia ir com você.

— Por favor, não. Tem que confiar em mim, David. Vou dirigir com cuidado e seguir em frente para chegar logo.

— Não pode, diaba. Está escurecendo cedo agora.

— Não se preocupe. Está sendo um doce em me deixar ir — disse Catherine. — Mas sempre deixou. Se fiz alguma coisa que não devia, espero que possa me perdoar. Vou sentir muito a sua falta. Já estou sentindo. Na próxima vez, iremos juntos.

— Você teve um dia agitado — disse David. — Está cansada. Deixe pelo menos que eu leve sua Bugatti à cidade, para dar uma verificada.

Ele parou diante da porta de Marita e disse:

— Quer dar uma volta?

— Sim — respondeu ela.

— Então vamos — disse ele.

Capítulo Vinte e Sete

David entrou no carro, Marita se sentou ao seu lado e ele pegou uma faixa da estrada onde a areia avançava da praia, desacelerou, observando a vegetação de papiros à frente, à sua esquerda, e a praia deserta e o mar à direita, enquanto via a estrada negra à frente. Jogou o carro na estrada novamente até ver a ponte pintada de branco vindo rapidamente em sua direção e, então, diminuiu a velocidade, à medida que calculava a distância, levantou o pé do acelerador e bombeou suavemente os freios. O carro seguiu estável e foi perdendo impulso a cada freada, sem desviar ou travar as rodas. Parou o carro antes da ponte, reduziu a marcha e o jogou de novo na estrada, arrancando um rosnado crescente e contínuo ao longo da N. 6, rumo a Cannes.

— Ela queimou tudo — disse.

— Oh, David — falou Marita e seguiram até Cannes, onde as luzes já estavam acesas, e David parou o carro sob as árvores, em frente ao café no qual se conheceram.

— Não prefere ir a outro lugar? — perguntou Marita.

— Não me importa — disse David. — Não faz a menor diferença.

— Se preferir rodar de carro por aí — sugeriu Marita.

— Não. Prefiro esfriar a cabeça — disse David. — Queria só ver se o carro estava em ordem para ela dirigir.

— Ela vai?

— Foi o que disse.

Estavam sentados à mesa, na varanda, sob a sombra salpicada das folhas das árvores. O garçom trouxe um Tio Pepe para Marita e um uísque com Perrier para David.

— Você quer que eu vá com ela? — perguntou Marita.

— Não acha mesmo que algo vai acontecer com ela, acha?

— Não, David, acho que ela já causou confusão suficiente por um bom tempo.

— Pode ser — disse David. — Ela queimou a porra toda, exceto a narrativa. O material que falava dela.

— É uma bela narrativa — disse Marita.

— Não tente levantar o meu moral — disse David. — Fiz a narrativa e escrevi aquilo que ela queimou. Não me venha com enganação.

— Você pode escrever as histórias de novo.

— Não — disse David. — Quando fica no ponto exato, não dá para lembrar. Toda vez que você relê, é como uma grande e inacreditável surpresa. Você não acredita que escreveu aquilo. Quando consegue acertar, não dá para fazer outra vez. Você só acerta cada coisa uma vez. E só tem direito a certa quantidade na vida.

— Certa quantidade de quê?

— De histórias boas.

— Mas você pode se lembrar delas. Precisa lembrar.

— Nem eu, nem você ou qualquer outra pessoa. Elas se foram. Quando consigo acertar, elas se foram.

— Ela foi cruel com você.

— Não — disse David.

— Foi o que então?

— Precipitada — disse David. — Na verdade, tudo que aconteceu hoje foi porque ela se precipitou.

— Espero que seja bondoso assim comigo.

— Apenas fique por perto e me ajude a não a matar. Sabe o que ela vai fazer, não sabe? Vai pagar pelas histórias, para que eu não perca nada.

— Não.

— Sim. Ela vai pedir aos advogados que as avalie de algum modo fantástico *ao estilo de* Rube Goldberg e então vai me pagar o dobro do valor estimado.

— Sério, David, ela não falou isso.

— Falou e não há sombra de dúvida. Falta apenas cuidar de alguns detalhes e saber o que é mais alto, o dobro da estimativa ou qualquer que seja o valor que pareça generoso e a satisfaça.

— Não pode deixar que ela viaje sozinha, David.

— Eu sei.

— O que vai fazer?

— Não sei. Mas vamos ficar aqui um pouquinho — disse David. — Não há pressa alguma agora. Acho que ela provavelmente estava cansada e foi dormir. Eu também gostaria de dormir, com você, e acordar e encontrar o material todo lá, e não desaparecido, e começar a trabalhar de novo.

— Vamos dormir e um dia, quando você acordar, vai trabalhar tão bem quanto hoje de manhã.

— Você é muito boa — disse David. — Mas certamente se meteu numa tremenda encrenca quando entrou aqui aquela noite, não foi?

— Não tente me deixar de fora — disse Marita. — Eu sei no que me meti.

— Claro — disse David. — Nós dois sabemos. Quer outro drinque?

— Se você quiser — disse Marita, e então: — Não sabia que era uma batalha quando cheguei.

— Nem eu.

— No seu caso, na verdade, é você contra o tempo.

— Não o tempo que pertence a Catherine.

— Só porque o tempo dela é diferente. Ela entra em pânico por causa dele. Você disse esta noite que tudo o que aconteceu hoje foi só por precipitação. Não é verdade, mas foi perspicaz. E você venceu muito bem o tempo por um longo período.

Muito tempo depois, ele chamou o garçom, pagou os drinques e deixou uma boa gorjeta, deu partida no carro, acendeu os faróis e estava soltando a embreagem quando o que havia realmente acontecido lhe veio à cabeça de novo. Estava tudo de volta, claro e imaculado, como quando olhou pela primeira vez dentro do incinerador de lixo e viu as cinzas remexidas com o cabo de vassoura. Lançou os faróis cuidadosamente em meio à noite calma e vazia da cidade e seguiu pelo porto até chegar à estrada. Sentiu o ombro de Marita ao seu lado e a ouviu dizer:

— Eu sei, David. Também fui atingida.

— Não deixe que isso aconteça.

— Fico feliz que tenha acontecido. Não há nada a ser feito, mas nós faremos alguma coisa.

— Que bom!

— Faremos mesmo. *Toi et moi.*

Capítulo Vinte e Oito

No hotel, Madame saiu da cozinha quando David e Marita chegaram ao salão principal. Trazia uma carta na mão.

— Madame pegou o trem para Biarritz — disse ela. — Deixou essa carta para Monsieur.

— Quando ela partiu? — perguntou David.

— Assim que Monsieur e Madame saíram — respondeu Madame Aurol. — Ela mandou o rapaz à estação para comprar a passagem e reservar um *wagon-lit*.

David começou a ler a carta.

— O que gostariam de comer? — perguntou Madame. — Frango frio com salada? Uma omelete para começar. Também temos carneiro, se Monsieur preferir. O que ele gostaria de comer, Madame?

Marita e Madame Aurol conversaram e David acabou de ler a carta. Colocou-a no bolso e olhou para Madame Aurol.

— Ela parecia bem quando partiu?

— Talvez não, Monsieur.

— Ela vai voltar — disse David.

— Sim, Monsieur.

— Nós cuidaremos bem dela.

— Sim, Monsieur.

Ela começou a chorar um pouco ao virar a omelete e David abraçou-a e deu-lhe um beijo.

— Vá falar com Madame — disse ela — e me deixe colocar a mesa. Aurol e o garoto estão em Napoule, misturando *belote* e política.

— Eu ponho a mesa — disse Marita. — Abra o vinho, David, por favor. Não acha que deveríamos tomar uma garrafa de Lanson?

Ele fechou a porta do baú de gelo e, segurando a garrafa gelada, arrancou o selo, soltou o arame e então, com cuidado, puxou a rolha entre o polegar e o indicador, sentindo o beliscão da tampa de metal contra o polegar e a promessa longa, fria e arredondada da garrafa. Tirou a rolha delicadamente e serviu três taças. Madame se afastou do forno com sua taça e todos ergueram as taças. David não sabia a que brindar, então disse as primeiras palavras que lhe ocorreram, que foram *"À nous et à la liberté"*.

Todos beberam e então Madame serviu a omelete e todos beberam de novo sem brindar.

— Coma, David, por favor — disse Marita.

— Tudo bem — concordou ele, bebendo um pouco do vinho e comendo a omelete lentamente.

— Coma só um pouquinho — disse Marita. — Vai te fazer bem.

Madame ficou olhando para Marita e balançou a cabeça.

— Não vai adiantar nada não se alimentar — disse Madame a ele.

— Claro — disse David, e comeu lenta e cuidadosamente e bebeu o champanhe, que renascia cada vez que servia uma taça.

— Onde ela deixou o carro? — perguntou ele.

— Na estação — respondeu Madame. — O rapaz a acompanhou. Ele trouxe a chave de volta. Está em seu quarto.

— O *wagon-lit* estava cheio?

— Não. Ele a colocou a bordo. Havia pouquíssimos passageiros. Ela vai ter espaço.

— Não é um mau trem — disse David.

— Coma um pouco de frango — disse Madame — e beba mais vinho. Suas mulheres também estão com sede.

— Eu não estou — disse Marita.

— Está, sim — retrucou Madame. — Bebam agora e levem uma garrafa com vocês. Eu conheço esse aí. Vai fazer bem a ele tomar um bom vinho.

— Não quero beber muito, *chérie* — disse David a Madame. — Amanhã será um dia ruim e eu não gostaria de me sentir mal.

— Não vai. Eu conheço o senhor. Mas coma agora para me agradar.

Ela pediu licença pouco depois e desapareceu por quinze minutos. David comeu todo o frango e a salada e, quando ela voltou, todos beberam juntos outra taça de vinho e, então, David e Marita deram boa noite a Madame, que agora agia de um modo bastante formal, e saíram pela varanda e olharam para a noite. Os dois estavam com pressa, e David carregava a garrafa aberta de vinho em um balde de gelo. Ele o colocou sobre a estufa, tomou Marita nos braços e a beijou. Os dois se abraçaram com força e nada disseram e, então, David pegou o balde e foram caminhando até o quarto de Marita.

Sua cama fora arrumada agora para duas pessoas, e David colocou o balde no chão e disse:

— Madame.

— Sim — respondeu Marita. — Naturalmente.

Estavam deitados juntos com a noite clara e fria lá fora, e a brisa suave do mar, e Marita disse:

— Eu te amo, David, e agora está tudo certo.

Certo, pensou David. Certo. Nada é certo.

— O tempo todo antes — disse Marita —, antes que eu pudesse dormir com você a noite inteira, eu pensei e pensei que você não gostaria de uma esposa que não conseguisse dormir.

— Que tipo de esposa é você?

— Você vai ver. Uma esposa feliz, agora.

Mais tarde ele sentiu que fazia muito tempo que não dormia, mas na verdade não fazia e, quando acordou com a primeira luz cinza, viu Marita na cama ao seu lado e ficou feliz até lembrar o que acontecera. Foi bem cuidadoso para não acordá-la, mas, quando ela se mexeu, ele a beijou antes de sair da cama. Ela sorriu e disse:

— Bom dia, David.

— Volte a dormir, minha querida — respondeu David.

— Tudo bem — disse ela. — E virou-se para o lado rapidamente, como um animalzinho, e com seus cabelos escuros ficou enrolada de olhos fechados contra a luz e seus longos cílios escuros e brilhantes contrastando com a coloração marrom-rosada que sua pele assumia no início da manhã. David ficou olhando para ela e pensou como era bela e como ele conseguia ver que seu espírito não abandonava o corpo enquanto dormia. Ela era adorável e sua cor e a maciez inacreditável de sua pele eram quase javanesas, pensou. Ficou observando a coloração do seu rosto se aprofundar à medida que a luz ficava mais forte. Então, balançou a cabeça e, carregando suas roupas no braço esquerdo, saiu em meio à nova manhã, andando descalço sobre as pedras ainda molhadas de orvalho.

No quarto que era seu e de Catherine tomou banho, fez a barba, encontrou uma camisa limpa e shorts, e os vestiu, olhou para o quarto vazio, sua primeira manhã ali sem a mulher, e depois saiu rumo à cozinha vazia, onde encontrou uma lata de Maquereau Vin Blanc Capitaine Cook e a abriu, levando-a para o bar, arriscadamente, com seu líquido na altura da borda, junto a uma garrafa gelada de cerveja Tuborg.

Abriu a cerveja, segurou a tampa entre o polegar direito e a primeira junção do indicador direito, e a dobrou ao meio, para depois colocá-la no bolso, já que não vira nenhuma lixeira. Levantou a garrafa, que ainda sentia gelada em sua mão e agora gotejava em seus dedos e, sentindo o aroma que vinha da lata de cavalinhas temperadas e marinadas, tomou um bom gole da cerveja gelada, colocou a garrafa no balcão e puxou um envelope do bolso de trás, desdobrou a carta de Catherine e começou a reler:

> David, percebi muito subitamente que você deve saber como foi terrível. Pior que bater em alguém — uma criança seria o pior que posso imaginar — com um carro. A batida no para-choque ou talvez só um pequeno impacto e então todo o resto acontecendo, com a multidão se aglomerando e gritando. Uma mulher francesa gritando *écrasseuse*, mesmo que a culpa fosse da criança.

292 ~ ERNEST HEMINGWAY

Fiz aquilo e sei que está feito e não posso desfazer. É horrível demais para se entender. Mas aconteceu.

Vou resumir. Voltarei e resolveremos tudo da melhor maneira que pudermos. Não se preocupe. Mandarei telegramas, telefonarei e farei todas as coisas para o meu livro. Então, se você um dia terminar, tentarei fazer esta única coisa. Tive de queimar as outras coisas. O pior foi ter de ser honesta em relação a elas, mas não preciso dizer isso a você. Não peço que me perdoe, mas, por favor, tenha boa sorte e farei tudo da melhor maneira que puder.

A Herdeira tem sido boa com você e comigo, e eu não a odeio.

Não vou terminar como gostaria, pois soaria muito absurdo para se acreditar, mas vou dizer mesmo assim, já que sempre fui grosseira e presunçosa e também absurda ultimamente, como nós dois sabemos. Eu te amo e sempre amarei, e lamento muito. Que palavra inútil!

Catherine

Quando terminou, começou a reler tudo de novo.

Jamais lera outra carta de Catherine, pois, desde que se haviam conhecido no bar do Crillon, em Paris, até o dia em que se casaram na igreja americana na Avenue Hoche, tinham visto um ao outro todo dia e agora, lendo esta primeira carta pela terceira vez, descobria que ainda podia se comover, e estava comovido.

Colocou a carta de volta no bolso de trás e comeu outra cavalinha pequena, carnuda e diminuta, com o molho de vinho branco aromático, e terminou a cerveja. Depois, foi à cozinha buscar um pedaço de pão para encharcar no líquido dentro da lata e pegar outra garrafa de cerveja. Tentaria trabalhar naquele dia e quase certamente não conseguiria. O dia fora tomado por emoções demais, danos demais, tudo demais, e sua mudança de compromisso, não importa quanto fosse saudável, quanto simplificava as coisas para ele, era algo grave e violento, e essa carta acentuava ainda mais a gravidade e a violência.

Tudo bem, Bourne, pensou quando começou a tomar a segunda cerveja, não perca tempo pensando como as coisas estão mal, pois você sabe. Tem três escolhas. Tente lembrar uma história que perdeu e a escreva de novo. Segundo, tente escrever uma nova história. E terceiro, trabalhe na maldita narrativa. Então se concentre e escolha a melhor opção. Você sempre jogou quando podia apostar em si mesmo. Nunca aposte em algo que fale, disse seu pai, e você respondeu: a não ser em você. E ele disse. Não em mim, Davey, mas jogue suas fichas em si mesmo às vezes, seu pequeno canalha com coração de ferro. Ele quis dizer coração de gelo, mas foi um pouco mais bondoso com sua boca sutilmente mentirosa. Ou talvez quisesse dizer aquilo mesmo. Não se deixe enganar pela cerveja Tuborg.

Então escolha a melhor opção e escreva algo novo da melhor maneira que possa. E, lembre-se, Marita foi tão atingida quanto você. Talvez até mais. Então aposte. Ela liga tanto para o que perdemos quanto você.

Capítulo Vinte e Nove

Quando finalmente desistiu de escrever naquele dia, já era de tarde. Começara uma frase assim que entrara no escritório e a completara, mas não conseguira escrever mais nada depois. Riscou-a e começou outra frase, e se viu de novo diante de um branco total. Não conseguia escrever a frase seguinte, embora soubesse qual deveria ser. Escreveu uma primeira frase declarativa novamente, mas foi impossível para ele colocar a frase seguinte no papel. Ao final de duas horas, a situação não mudara. Não conseguia escrever mais de uma única frase, e essas frases eram cada vez mais simples e completamente inexpressivas. Continuou com aquilo por quatro horas antes de descobrir que sua determinação era inútil diante do que acontecera. Admitiu o fato sem aceitar, fechou e guardou o caderno com as linhas de frases riscadas e foi procurar a garota.

Ela estava na varanda pegando sol e lendo e, quando ergueu o olhar e viu o rosto dele, disse:

— Não?

— Pior que não.

— Nada de nada?

— Não.

— Vamos tomar um drinque.

— Boa ideia — disse David.

Estavam dentro, junto ao bar, e o dia entrou com eles. Era tão bom quanto o dia anterior e talvez até melhor, já que o verão deveria ter ido embora e cada dia de calor era algo extra. Não devíamos desperdiçá-lo, pensou David. Devíamos aproveitá-lo e guardá-lo, se conseguirmos. Preparou os Martinis e os serviu e sentiram seu gosto gelado e seco.

— Fez bem em tentar trabalhar de manhã — disse Marita. — Mas não vamos pensar mais nisso hoje.

— Ótimo — disse ele.

Pegou a garrafa de Gordon's, o Noilly Prat e a jarra, escoou a água do gelo e, usando sua taça vazia, começou a dosar mais dois drinques.

— Está um dia lindo — disse ele. — O que faremos?

— Vamos nadar agora — disse Marita. — Assim não desperdiçaremos o dia.

— Ótimo — disse David. — Devo dizer a Madame que voltaremos tarde para o almoço?

— Ela preparou um farnel frio — disse Marita. — Achei que provavelmente você gostaria de nadar, não importa como corresse o trabalho.

— Foi uma decisão inteligente — disse David. — Como está Madame?

— Com o olho levemente descolorido — disse Marita.

— Não.

Marita riu.

Subiram a estrada e circundaram o promontório atravessando o bosque e deixaram o carro à sombra entrecortada dos pinheiros. Então, carregaram a cesta do almoço e os artigos de praia, descendo a trilha até a enseada. Uma brisa suave soprava do leste e o mar estava escuro e azul enquanto passavam em meio aos pinheiros-marítimos. As pedras eram vermelhas, e a areia da enseada era amarela e enrugada, e a água, quando chegaram nela, era límpida e com um tom âmbar-claro sobre a areia. Colocaram a cesta e a mochila na sombra da maior rocha, tiraram a roupa e David subiu na pedra alta para mergulhar. Ficou ali, nu e bronzeado no sol, olhando para o mar.

— Quer mergulhar? — gritou.

Ela balançou a cabeça.

— Eu te espero.

— Não — gritou ela, e caminhou dentro d'água até a altura das coxas.

— Como está a água? — gritou ele do alto.

— Mais fria do que nunca. Quase gelada.

— Ótimo — disse ele e, enquanto ela o observava e caminhava, a água chegou em sua barriga e tocou seus seios e ele se endireitou, ficou na ponta dos pés, pareceu despencar lentamente, sem cair, e então se lançou para baixo, provocando uma turbulência na água que um golfinho poderia fazer ao reentrar com habilidade no buraco que fez ao emergir. Ela nadou na direção do círculo d'água e ele então emergiu ao lado dela e a abraçou com força e colocou sua boca salgada na dela.

— *Elle est bonne, la mer* — disse ele. — *Toi aussi.*

Nadaram para longe da enseada, em direção às águas profundas, além do ponto no qual as montanhas desciam até o mar, ficaram de costas e boiaram. A água estava mais fria do que antes, mas a superfície estava um pouco mais quente, e Marita flutuou com as costas arqueadas para cima, com a cabeça inteira, exceto o nariz, debaixo d'água, e seus seios morenos eram sutilmente polidos pelo movimento que a brisa suave dava ao mar. Seus olhos estavam fechados contra o sol e David estava ao seu lado na água. Seu braço estava embaixo da cabeça dela e ele beijou o bico de seu seio esquerdo e depois o outro seio.

— Têm gosto de mar — disse ele.

— Vamos dormir aqui?

— Você consegue?

— É difícil manter as costas arqueadas.

— Vamos nadar até lá longe e depois voltar.

— Tudo bem.

Nadaram até bem distante, mais longe do que jamais haviam nadado, longe o bastante para conseguir enxergar a península seguinte e foram ainda além, até verem a linha roxa interrompida de montanhas atrás da floresta. Ficaram deitados na água, observando o litoral. Depois, voltaram lentamente. Pararam para descansar quando deixaram a península para trás e então nadaram vagarosamente e com força até a entrada da enseada, e chegaram então à areia.

— Está cansada? — perguntou David.

— Muito — disse Marita. Nunca nadara tanto assim antes.

— O coração batendo muito ainda?

— Não, estou bem.

David caminhou pela areia até chegar à pedra, onde pegou uma das garrafas de Tavel e duas toalhas.

O Jardim do Éden ~ 299

— Você parece uma foca — disse David, sentando-se ao lado dela na areia.

Passou o Tavel para ela, que bebeu no gargalo e o devolveu. Ele deu um bom gole e então se estendeu na areia seca e macia, debaixo do sol, com a cesta do almoço ao lado deles e o vinho gelado, que bebiam no gargalo. Marita disse:

— Catherine não teria se cansado.

— Claro que teria. Ela nunca nadou para tão longe assim.

— Verdade?

— A gente nadou para bem longe, garota. Nunca estive antes naquele ponto onde se veem aquelas montanhas no fundo.

— Que bom! — disse ela. — Não há nada que a gente possa fazer em relação a ela hoje. Então é melhor não pensar nisso. David?

— Sim.

— Ainda me ama?

— Sim. Muito.

— Talvez eu tenha cometido um grande erro com você e só esteja sendo gentil comigo.

— Você não cometeu nenhum erro e não estou sendo gentil.

Marita pegou um punhado de rabanetes e os comeu devagar e bebeu vinho. Os rabanetes estavam frescos e crocantes, e tinham um sabor picante.

— Não precisa se preocupar com o trabalho — disse ela. — Sei que vai ficar tudo bem.

— Claro — disse David.

Cortou um dos corações de alcachofra com o garfo e comeu um pedaço, banhado no molho de mostarda que Madame preparara.

— Pode me passar o Tavel? — disse Marita. Tomou um bom gole do vinho e colocou a garrafa ao lado de David, prendendo a base na areia com firmeza e apoiando-a contra a cesta. — Não acha que Madame preparou um bom almoço, David?

— É um almoço excelente. Aurol a deixou mesmo de olho roxo?

— Não de verdade.

— Ela usa uma língua afiada ao falar com ele.

— Existe a diferença de idade e ele estava em seu direito de agredi-la se ela o insultou. Foi o que ela disse. No fim. E ela te mandou um recado.

— Que recado?

— Só recados de amor.

— Ela ama *você* — disse David.

— Não. Seu bobo. Ela só está ao meu lado.

— Não há mais lados — disse David.

— Não — disse Marita. — E não tentamos formar lados. Simplesmente aconteceu.

— Sim, aconteceu.

David passou para ela a tigela com a alcachofra cortada e o molho, e pegou a segunda garrafa de Tavel. Ainda estava gelada. Tomou um bom gole do vinho.

— Fomos queimados — disse ele. — A maluca tacou fogo nos Bourne.

— Nós somos os Bourne?

— Claro. Somos os Bourne. Pode levar um tempo para conseguirmos os documentos. Mas é isso que somos. Quer que eu escreva? Acho que consigo escrever algo assim.

— Não precisa.

— Vou escrever na areia — disse David.

O JARDIM DO ÉDEN ~ 301

* * *

Dormiram bem e naturalmente até o final da tarde e, quando o sol baixou, Marita acordou e viu David deitado ao seu lado na cama. Seus lábios estavam fechados e ele respirava bem devagar e ela ficou olhando para o rosto dele e para seus olhos cobertos, que só vira fechados, adormecidos, duas vezes anteriormente, e olhou para seu peito e seu corpo, com os braços esticados de ambos os lados. Foi à porta do banheiro e se olhou no espelho comprido. Então sorriu para o espelho. Depois de se vestir, foi à cozinha conversar com Madame.

Quando voltou, David ainda dormia e ela se sentou ao seu lado na cama. No escuro, o cabelo dele era claro e contrastava com seu rosto moreno, e ela esperou que despertasse.

Sentaram-se no bar e os dois bebiam Haig Pinch com Perrier. Marita era muito cuidadosa com seu drinque.

— Acho que você devia ir à cidade todo dia para comprar os jornais e tomar um drinque e ler sem ninguém. Gostaria que tivesse um clube ou um café de verdade no qual pudesse encontrar seus amigos — disse ela.

— Isso não existe.

— Bem, acho que seria bom para você ficar longe de mim por um tempo, quando não estiver trabalhando. Passou muito tempo atropelado por garotas. Sempre irei me certificar de que tenha amigos homens. Isso foi algo muito ruim que Catherine fez.

— Não foi de propósito; tudo culpa minha.

— Pode ser verdade. Mas você acha que teremos amigos? Bons amigos?

— Eu e você já temos um.

— Mas vamos ter outros?

— Talvez.

— E eles vão te levar embora por saberem mais do que eu?

— Não saberão mais.

— Será que surgirão jovens e novos e revigorantes, trazendo coisas novas, e você se cansará de mim?

— Não trarão e eu não me cansarei.

— Vou matá-los se fizerem. Não vou entregar você a ninguém, do jeito que ela fez.

— Que bom!

— Quero que você tenha amigos homens e amigos da guerra com quem possa atirar e jogar cartas no clube. Mas não precisamos que tenha amigas, precisamos? Revigorantes, novas, que se apaixonarão e irão compreender você e tudo o mais?

— Não saio por aí atrás de mulheres. Você sabe disso.

— São sempre novas — disse Marita. — Todo dia surge uma nova. Ninguém pode estar seguro o bastante. Você, acima de todos.

— Eu te amo — disse David — e você é minha parceira também. Mas vá devagar. Agora apenas fique comigo.

— Estou com você.

— Sei disso e adoro olhar para você, saber que está aqui e que vamos dormir juntos e felizes.

No escuro, Marita deitou-se apoiada nele. Ele sentiu seus seios contra o peito e o braço dela atrás da sua cabeça e a mão dela o tocando e seus lábios contra os dele.

— Sou sua garota — disse ela no escuro. — Sua garota. Não importa o que aconteça, serei sempre sua garota. Sua menina boa, que te ama.

— Sim, minha querida. Durma bem. Durma bem.

— Durma você primeiro — disse Marita. — Voltarei num minuto.

Ele dormia quando ela voltou e entrou debaixo do lençol e se deitou a seu lado. Ele dormia sobre o lado direito e sua respiração era lenta e firme.

Capítulo Trinta

David acordou de manhã quando o primeiro raio de luz atravessou a janela. Ainda estava cinza do lado de fora e os troncos dos pinheiros eram diferentes daqueles que normalmente via ao acordar e havia um espaço maior entre eles e o mar. Seu braço direito estava rijo porque dormira sobre ele. Depois, já acordado, percebeu que estava em uma cama estranha e viu Marita dormindo deitada ao seu lado. Lembrou-se de tudo, olhou carinhosamente para ela, cobriu seu corpo jovem e bronzeado com o lençol, deu-lhe outro beijo bem de leve e, colocando seu roupão, saiu para a manhã umedecida de sereno, levando consigo a imagem dela para seu quarto. Tomou uma chuveirada fria, fez a barba, vestiu camisa e shorts e foi até seu quarto de trabalho. Parou diante da porta do quarto de Marita e a abriu com muito cuidado. Ficou parado, olhando enquanto ela dormia, fechou a porta devagar e foi ao quarto no qual trabalhava agora. Sacou seus lápis e um caderno novo, apontou cinco lápis e começou a escrever a história de seu pai e do ataque no ano da rebelião Maji-Maji, que começara com a viagem pelo lago salgado. Fez a travessia agora e completou a terrível jornada do primeiro dia, quando o nascer do sol os alcançou com o percurso que devia ser feito no escuro ainda a meio caminho e as miragens já se formando, enquanto o calor se tornava insuportável. Quando a manhã já ia bem adiantada e uma brisa leste forte e refrescante vinda do mar soprava por entre os pinheiros, ele terminou a noite e o primeiro acampamento sob as figueiras, onde a água descia de uma escarpa e se afastava do acampamento de manhã cedo e subia a longa estrada que levava à trilha íngreme escarpa acima.

Percebeu que sabia muito mais sobre seu pai do que quando escrevera essa história pela primeira vez e sabia que podia avaliar seu progresso pelas pequenas coisas que tornavam seu pai mais tangível e porque tinha mais dimensões do que quando escrevera a história anterior. Tinha sorte, só agora, por seu pai não ser um homem simples.

David escreveu com regularidade e bem, as frases que criara anteriormente lhe voltando completas e inteiras, e colocou-as no papel, revisou-as e as cortou como se estivesse corrigindo uma prova tipográfica. Não faltava nem uma só frase e ele escreveu muitas delas à medida que lhe voltavam à mente sem mudá-las. Às duas horas, já havia recuperado, corrigido e melhorado aquilo que originalmente lhe tomara cinco dias para escrever. Continuou a escrever por um bom tempo e não havia nenhum sinal de que qualquer parte da história deixaria de lhe voltar à lembrança, intacta.

Posfácio

Hemingway entre as mulheres

Roberto Muggiati

Comentando *O jardim do Éden* na revista *Life*, Anthony Burgess diz que o livro "celebra as alegrias de um novo casamento" e é "uma invocação de um tempo de inocência genuína, em que os sentidos são mais importantes do que o pensamento, em que a palavra pecado não tem nenhum significado". O primeiro capítulo de *O jardim do Éden* é a chave para todo o desenrolar da trama e para a compreensão de um Hemingway que, ao escrever, sempre oscilou entre a ação e a reflexão, e aqui talvez chegue ao equilíbrio ideal. Depois dos primeiros momentos de paz e harmonia entre David e Catherine — mais precisamente depois de o casal fazer amor após o almoço —, a mulher anuncia que vai mudar. Essa mudança individual prenuncia que tudo o mais também vai mudar. Daí para o final do livro, passamos do Gênesis ao Apocalipse com a entrada em cena de Marita — uma jovem atraente que completa um triângulo perfeito, fazendo amor ora com David, ora com a própria Catherine — e com o acirramento do conflito básico que o escritor sempre enfrentou entre amor e trabalho.

Na obra de Hemingway, quando não é uma figura altamente idealizada, a mulher aparece como um entrave à criatividade, uma influência negativa. Na história de seus quatro casamentos oficiais, o escritor costumava alternar períodos de intensa lua de mel com períodos de desgaste, em que procurava afastar-se da mulher, ora partindo em busca de outras mulheres, ora de aventuras (como a caça e a pesca), ou mergulhando dentro de si para a grande catarse literária.

Às vezes, Freud explica. No caso de Hemingway, sua relação primal com a mulher — representada pela mãe — foi sempre regida pela hostilidade. Segundo John Dos Passos — o escritor que, com Hemingway, atuou como voluntário nas ambulâncias italianas durante a Primeira Guerra —, Ernest era o único homem que conhecera que realmente odiava a mãe. O curioso é que, na família, era Grace, a mãe, quem se voltava para os valores culturais, como cantora de ópera e pintora. Já o dr. Clarence Hemingway era um médico sem muita imaginação e um pai excessivamente rigoroso. Mas Ernest guardou para o resto da vida a noção de que fora a mãe dominadora quem levou seu pai ao suicídio, no porão da casa, com um tiro no ouvido. O episódio foi tão marcante para o escritor — então com 29 anos — que Hemingway pediu à mãe — e obteve — o revólver Smith & Wesson com que o pai deu fim à vida; um gesto que o próprio Ernest reencenaria, com um fuzil de caça, 33 anos mais tarde.

O JARDIM DO ÉDEN ～ 309

Em seu primeiro esforço literário — uma história escrita aos dez anos de idade —, Hemingway mata a mãe do jovem herói. Talvez fosse uma vingança simbólica contra a mãe, que sempre insistira em tratar seus filhos — Ernest e Marcelline, um ano e meio mais velha — como gêmeos do mesmo sexo. A crítica mais recente tem dado muita importância ao fato de que Grace costumava vestir o filho em trajes femininos durante os primeiros anos de vida. Isso não era raro nos Estados Unidos da virada do século, mas a mãe de Hemingway nutria uma fantasia exagerada de que Ernest e Marcelline eram "irmãs gêmeas". Os dois dormiam em berços idênticos, tinham as mesmas bonecas e os mesmos jogos de porcelana à mesa. Quando Ernest tinha 7 anos e Marcelline 8 e meio, a mãe ordenou que os dois cortassem os cabelos curtos, à "moda garoto". Em outra ocasião, presenteou-os com duas espingardas de ar comprimido e os fez se vestirem como meninos. Tudo isso criou na cabeça das crianças uma verdadeira confusão de identidade sexual. O pai tentava fortalecer a masculinidade do filho, levando-o em excursões de caça e pesca. Aos 3 anos, pouco antes do Natal, Ernest confessou à mãe ter medo de que Papai Noel não soubesse que ele era menino, porque usava roupas iguais às da irmã. Toda essa ambiguidade afetaria profundamente o herói de milhões: o homem que fez do machismo não apenas um estilo de vida, mas também uma teoria literária e um sistema filosófico.

Já no primeiro capítulo de O jardim do Éden, além da obsessão hemingwayana por comida e bebida, afloram os temas da vestimenta — as camisas de marinheiro e os shorts, usados à maneira unissex, e o fetiche dos cabelos. A "mudança" de Catherine, o corte dos cabelos, permite que ela adquira, como em um passe de mágica, uma configuração transexual. Para os que leram o velho Ernest e se lembram, o fetiche vem de longe, de outra Catherine, a de *Adeus às armas*, de 1929. Ela sugere ao herói, Frederic Henry (outra representação autobiográfica de Hemingway): "E por que não deixa o cabelo crescer? [...] Deixaria crescer um pouco mais, e depois eu cortaria o meu. Ficaríamos com o cabelo do mesmo comprimento; o meu, louro, o seu, mais escuro". E, pouco adiante, como que antecipando a cena final do primeiro capítulo de *O jardim do Éden*: "Ah, querido, eu amo tanto você que gostaria de ser você também. [...] Eu queria que nos misturássemos completamente". É uma cena de amor romântica, à qual, pela manipulação da linguagem, Hemingway imprime forte sensualidade.

No processo criativo, os escritores costumam fabricar personagens fundindo várias pessoas em uma só. O nome Catherine vem, certamente, de uma das primeiras paixões do Hemingway adolescente — Katy Smith, irmã do seu amigo Bill, ambos companheiros de Ernest das férias da adolescência na baía de Horton, perto do lago no qual os Hemingway passavam o verão. Oito anos mais velha que Ernest, Katy foi retratada em uma tórrida cena de sexo no conto "Summer People" (só publicado em 1972), em que o jovem herói perde a virgindade. Na verdade, nada aconteceu entre Ernest e Katy, e o escritor levou a imagem da garota como mais uma memória a ser exorcizada através da literatura. Para ele, escrever era uma forma de libertação: "Se escrevesse a respeito, ele se livraria daquilo", anotou certa vez sobre a morte do pai. "Tinha se livrado de muitas coisas, escrevendo sobre elas..."

Por ironia da sorte — ou pelo caráter incestuoso das amizades de Hemingway —, Katy Smith acabou se casando com o companheiro de Ernest na campanha da Itália, John Dos Passos. Ela teve uma morte horrível em 1948, quase decapitada: Dos Passos, ofuscado pelo sol, bateu o carro em que viajavam contra a traseira de um caminhão. Baseado nas memórias de Katy, Dos Passos escreveu um livro sobre os verões na baía de Horton. Hemingway, furioso, desabafou: "Ele a matou... E agora está roubando meu material."

Se Katy é nominalmente evocada em *Adeus às armas* e em *O jardim do Éden*, as mulheres que inspiraram as duas Catherines são outras. A do romance de 1929 se baseia em outra experiência amorosa frustrada do escritor. Ferido por estilhaços de morteiro na Itália em 1918, Ernest se apaixona pela enfermeira americana Agnes von Kurowsky, que o atendeu no Ospedale Croce Rossa Americana, em Milão. Mais uma vez, Édipo explica: Agnes era sete anos mais velha que Ernest... Interessante, inteligente, cativou Hemingway, mas era independente demais para seu gosto. Depois de uma série de desencontros, afastaram-se: Ernest voltou para os Estados Unidos, já com certa aura de celebridade pelos feitos de guerra; Agnes ficou na Itália, para se casar com um militar de alta patente.

Hemingway transfigurou o episódio no seu segundo grande romance, *Adeus às armas*, com Agnes entronizada na figura de Catherine Barkley, que acaba morrendo no parto. Bernice Kert, que dedicou alguns anos de trabalho a pesquisar e a escrever o livro *The Hemingway Women: Those Who Loved Him — The Wives and Others* (1983), diz que "Catherine Barkley é uma mulher hemingwayana idealizada, altruísta, corajosa e erótica — em parte, mãe; em parte, parceira sexual. Nada exige do amante, a não ser que retribua o seu amor. Aqueles críticos que defendem as heroínas de Hemingway alegam que essas criaturas ideais são superiores aos seus heróis — mais fiéis, mais apaixonadas e mais responsáveis. Mas isso não redime Ernest das acusações de que demonstrava pouco interesse em entender as necessidades, as aspirações e os conflitos das mulheres de carne e osso".

Agnes von Kurowsky não detinha direitos de exclusividade sobre a personagem de Catherine. Feather Cat, ou simplesmente Cat, ou Kat, foi o apelido que Hemingway deu à sua primeira mulher, Hadley Richardson — oito anos mais velha —, com quem se casou em setembro de 1921. E havia na protagonista de *Adeus às armas* um pouco também da escocesa Duff Twysden, que fascinou Ernest e serviu de modelo para a heroína Lady Brett Ashley, em seu primeiro romance, *O sol também se levanta*, de 1926. O amor de Lady Brett pelo herói do "romance-símbolo da Geração Perdida", Jake Barnes, é tornado impossível por um dispositivo ficcional autobiográfico: Jake ficou impotente ao ser ferido por estilhaços na Primeira Guerra. De onde se vê que — em *O sol*, assim como em *Adeus às armas* — Duff e Agnes competem pela inspiração da personagem principal. No conto "As neves do Kilimanjaro", de 1936, quase vinte anos depois do fim do caso com Agnes, Ernest evoca "a primeira, aquela que o deixou... ele nunca pudera matar a sua lembrança".

O JARDIM DO ÉDEN ~ 313

O casamento com Hadley também entra em *O jardim do Éden*. Um dos pontos cruciais da história está relacionado à queima dos manuscritos de David por Catherine — um ato de agressão em que Hemingway mostra a mulher como castradora do impulso criativo do homem, do qual sente um ciúme doentio. A cena não surgiu do nada, mas se baseou em dois fatos reais bem próximos. O primeiro, quando sua mãe, durante uma mudança de casa, queimou implacavelmente todas as lembranças e objetos íntimos do dr. Clarence Hemingway sem consultar o filho. O outro episódio foi um golpe de azar de Hadley: ao deixar Paris de trem para se encontrar com Ernest na Suíça, ela toma a iniciativa de colocar, em uma pequena valise, todos os escritos do marido, com as cópias carbono, caso ele resolva trabalhar na revisão dos contos durante as férias. A valise, por inadvertência de Hadley, desaparece na estação de Lyon. Ernest, desesperado, a princípio não quer acreditar no desastre. Larga Hadley e pega o primeiro trem de Lausanne para Paris, onde verifica, no pequeno apartamento do casal, que realmente tinham sumido os originais e as cópias daqueles primeiros contos, tão penosamente escritos, segundo o módulo de perfeição, que, já àquela época, Hemingway se impusera: "Escreva uma só frase verdadeira e as outras se seguirão."

Em crise, o jovem Ernest foi buscar consolo junto a Gertrude Stein e Alice B. Toklas, o notório casal de lésbicas que comandava a vida cultural dos exilados em Paris. Desde que chegaram à Europa, no início de 1922, Ernest e Hadley passaram a frequentar o número 27 da Rue de Fleurus. Enquanto os homens ficavam na sala com Miss Stein discutindo assuntos sérios, as esposas, como Hadley, eram gentilmente encaminhadas à cozinha para conversar sobre culinária e costura com Alice. Mas, para Ernest, a casa de Gertrude — então com 48 anos, o dobro da sua idade — representava mais do que um simples salão literário. Alguns biógrafos veem em Miss Stein uma projeção da figura materna do escritor. Na América, ele chamava a mãe às vezes de Mrs. *Stein*. Ernest desconfiava de que existisse uma relação homossexual entre sua mãe e Ruth Arnold, que, aos 12 anos, começara a estudar canto com Grace e, aos 20, acabara se instalando na residência dos Hemingway em Oak Park, como uma espécie de ajudante doméstica.

Foi com Hadley que Hemingway teve o primeiro filho, John Hadley Nicanor Hemingway, nascido em 1923. Conhecido depois como Jack, daria seguimento ao carisma do sobrenome, através das filhas, a modelo Margaux e a atriz Mariel. Em seus últimos anos, Ernest evocou ternamente os tempos com Hadley na França em *Paris é uma festa*, publicado postumamente. Há uma profunda nostalgia em trechos como "minha mulher, meu filho e o gato F. Puss, todos felizes, ao pé da lareira" e "nada ali era simples, nem mesmo a pobreza, nem o dinheiro súbito, nem o luar, nem o bem e o mal, nem a respiração de alguém que, deitado ao nosso lado, dormisse ao luar".

Mas nem o filho nem a vibrante Paris dos anos 1920 conseguiram segurar o casamento. Em 1924, Ernest conheceu uma americana do Meio-Oeste que trabalhava na revista *Vogue* parisiense, Pauline Pfeiffer — quatro anos mais velha que ele. Em meio às idas e vindas da Geração Perdida (foi a época das touradas de Pamplona, descritas em *O sol também se levanta*), dentro do círculo de amigos — que incluía Zelda e Scott Fitzgerald, Gerald e Sara Murphy —, Ernest e Pauline acabaram se apaixonando sob as vistas de Hadley.

A situação lembra muito o triângulo de O jardim do Éden, e Ernest a descreveu em *Paris é uma festa*:

> Uma garota solteira tornar-se amiga de outra garota casada, passar a viver na companhia do casal e a iniciar, talvez sem o saber, inocentemente, mas com perseverança, a conquista do marido. Quando acontece que o marido é um escritor que leva a sério o difícil trabalho a que se dedica e não tem tempo para fazer companhia à sua mulher durante boa parte do dia, esse arranjo tem certas vantagens até que ele descubra seu verdadeiro sentido. O marido tem duas garotas bonitas a seu lado quando acaba de trabalhar. Uma delas é nova e desconhecida e, se ele não tiver sorte, acabará amando as duas.

Uma descrição em que ele tenta, acima de tudo, se justificar. Depois de muita confusão e jogo de culpa, Hadley e Hemingway concluem um ridículo "pacto dos Cem Dias": se, ao fim do prazo em que prometem ficar separados, Pauline e Ernest ainda se amarem, então Hadley dará o divórcio. Mas Hadley acabou cedendo antes, e Ernest e Pauline se casaram em maio de 1927, na Igreja de St. Honoré d'Eylau, em Paris. A lua de mel foi em Le Grau-du-Roi, na Camarga, o local exato do capítulo inicial de O jardim do Éden. Os jovens se bronzeiam correndo nus pelas praias desertas e vivem os prazeres do momento. Um dia, escurecem os rostos com o sumo de amoras para invadir um festival local disfarçados de ciganos.

Mas é preciso lembrar: se Hemingway tentava evocar os anos 1920 e retratar o triângulo com Hadley e Pauline, ele o fazia escrevendo em meados dos anos 1940, já no pós-guerra, ou seja, dois casamentos depois. O nome da outra mulher em *O jardim do Éden*, Marita (pequena Mary), pode ser uma homenagem à mulher mais recente, Mary Welsh. E a descrição física de Catherine lembra a terceira mulher, Martha Gelhorn. Foi Martha — além da sua mãe — a única mulher a fazer frente a Hemingway e, por isso mesmo, os dois tiveram uma relação explosiva. Ele a conheceu em uma tarde de dezembro de 1936, em um bar de Key West — onde tinha montado uma casa com Pauline —, e imediatamente se apaixonou por ela. Ao saber seu nome, disse que a conhecia como autora de um comovente livro sobre a depressão econômica. Martha Gelhorn mergulhara fundo no drama dos deserdados do sonho americano, e seu trabalho lhe valera até uma grande amizade com a então primeira-dama, Eleanor Roosevelt. Por coincidência, Martha vinha de St. Louis, onde tanto Hadley como Pauline haviam estudado.

Hemingway tinha o curioso hábito de emendar os casamentos, sobrepondo-os, e, também, de preencher os vazios entre o antigo e o novo matrimônio com um caso, geralmente sério. Assim, entre Hadley e Pauline, tivera seus arroubos pela fascinante Duff Twysden. Entre Pauline e Martha, enamorou-se de Jane Mason, personagem forte e esportiva que costumava acompanhá-lo em suas pescarias de marlim, no mar das Caraíbas. Jane inspirou uma das histórias mais contundentes de Ernest, "The Short Happy Life of Francis Macomber", em que a mulher, em um duvidoso acidente de caça, mata o marido durante um safári na África. Depois de três maridos, Jane acabou se casando com um homem que conhecera dezenove anos antes, através de Hemingway, o editor da revista *Esquire*, Arnold Gingrich. Era mais uma instância do caráter incestuoso do círculo de relações de *Papa* Hemingway.

A separação de Pauline — que deu a Ernest dois filhos, Patrick e Gregory — se superpôs ao caso com Martha Gelhorn. Em 4 de novembro de 1940, a *AP* noticiava o divórcio de Hemingway. E, em janeiro de 1941, a *Life* publicava uma reportagem do fotógrafo Robert Capa intitulada "O romancista ganha uma esposa", sobre Ernest e Martha. Na verdade, já nos tempos heroicos da Guerra Civil espanhola, os dois faziam amor debaixo das bombas em Madri. Ernest e Martha viveram uma verdadeira guerra conjugal, ao longo das outras guerras que cobriram. Como escritores, sua rivalidade era tão grande que Ernest chegou a sabotar muitos projetos de Martha. Ao aceitar a missão de reportar o Dia D para a imprensa, escolheu justamente a oferta da revista com a qual Martha colaborava, a *Collier's*: o artigo de capa, assinado por Hemingway, ofuscou o relato de Martha, relegado a um espaço mais modesto. Até no próprio deslocamento para o front, Ernest boicotou Martha: viajou de avião e nada fez para conseguir transporte da força aérea para Martha, que atravessou o Atlântico em um navio carregado de explosivos e sem barcos salva-vidas.

Como romancista, Martha nunca chegou a ameaçar Ernest, mas, como jornalista, muitos a consideravam mais vibrante e precisa que o próprio Hemingway. E, não totalmente por acaso, Ernest foi buscar sua quarta mulher em uma correspondente de guerra da revista *Time*, Mary Welsh, que conheceu em Londres, em 1944. Mary encerrou o ciclo das mulheres de Hemingway. Ou das mulheres oficiais, pelo menos, porque Ernest teve um último — e não menos tumultuado — caso em 1948, na Itália, com uma jovem descendente da aristocracia veneziana, Adriana Ivancich, então com 18 anos, ou seja, 31 anos mais moça. (Já com Martha e Mary, ele começara a fazer jus ao apelido de *Papa*: as duas eram nove anos mais jovens que Hemingway.)

Foi uma relação aparentemente platônica, policiada, de um lado, pela família de Adriana e, do outro, pela própria Mary. Mas, durante anos, pessoalmente ou por cartas, Ernest e Adriana se mantiveram ligados. A confusão aumentou em 1950, com a publicação de um novo romance de Hemingway, *Do outro lado do rio, entre as árvores*, a história de um coronel americano divorciado, estacionado em Trieste, que se apaixona por uma condessa italiana de 19 anos — enfim, um livro de denso conteúdo autobiográfico. A imprensa do mundo inteiro saiu à caça de Adriana, a nova musa inspiradora do grande escritor.

Em Cuba — onde Martha e Ernest tinham comprado uma casa nos arredores de Havana, redecorada depois por Mary; em Nova York ou em Veneza; nas longas incursões por Idaho — onde Ernest abrira uma nova residência; nas *plazas de toros* da Espanha ou nas savanas africanas, as brigas homéricas de Ernest e Mary entraram para o folclore literário e jornalístico. Quanto mais se embriagava, mais agressivo ficava com a mulher. Ela suportava tudo com um incrível estoicismo, explicado talvez pelo fato de que, no verão de 1946, quando estava à beira da morte em uma mesa de hospital em Wyoming e o médico disse que era impossível operar, Ernest assumiu o comando da administração "todas as mulheres que valia a pena levar para a cama eram difíceis". Mas o verdadeiro Hemingway talvez fosse aquele que, pedindo a um amigo que desculpasse o seu ar deprimido, queixou-se da "ferida aberta" que era amar as mulheres: "Ficamos tão caídos por elas... enquanto houver homens e mulheres, haverá um monte de problemas." Uma ferida que se reabriria com pungência 25 anos depois da morte do escritor, com a publicação de O jardim do Éden.

de plasma e obrigou o cirurgião a operar, salvando a vida de Mary.

Daí em diante, apesar do fugaz lampejo do romance *O velho e o mar*, que lhe deu o Nobel de Literatura em 1954, Hemingway entrou em declínio. Com a saúde abalada pelos danos que causara a si mesmo — comendo e bebendo desregradamente — e também pela quantidade de acidentes que sofrera ao longo dos anos, o escritor vivia o drama da impotência criativa (embora se gabasse de que, na cama, ele e Mary eram sensacionais) e se perdia no labirinto de *O jardim do Éden*. Em fevereiro de 1946, o romance tinha quatrocentas páginas; no final de abril, já chegava a setecentas; e, em meados de julho, a mil. No começo de 1947, Hemingway arquivou o livro. Na primavera de 1958, tentou resgatar o romance e fazer uma revisão em regra. No final de junho, tinha repassado 28 capítulos; no mês seguinte, confiante, prometeu que terminaria a obra em três semanas. No fim de 1958, Hemingway deixou de falar no livro.

Ao mesmo tempo, uma estranha paranoia — causada talvez por um processo de esclerose — minava a saúde mental daquele que foi um dos mais brilhantes escritores da sua época. E foi com Mary, a última mulher, presente na casa de Ketchum, Idaho, que Hemingway afugentou todos os seus fantasmas, nas primeiras horas de 2 de julho de 1961, um domingo: com um tiro do fuzil de caça Boss de cano duplo na boca, estourou os miolos. Ninguém sabe se, igual ao escritor de "As neves do Kilimanjaro" — que, gangrenado e à espera da morte, rememora sua trajetória amorosa —, Hemingway pensou nas mulheres da sua vida antes de apertar o gatilho. Ou se pensou na dificuldade de se relacionar com as mulheres. Certa vez, em tom jocoso, ele reclamou que

Impresso no Brasil pelo
Sistema Cameron da Divisão Gráfica da
DISTRIBUIDORA RECORD DE SERVIÇOS DE IMPRENSA S.A.
Rua Argentina, 171 – Rio de Janeiro, RJ – 20921-380 – Tel.: (21)2585-2000